Mitch Albom

Das Wunder von Coldwater

GOLDMANN
Lesen erleben

E.3

Mitch Albom

Das Wunder von Coldwater

Roman

Deutsch von
Sibylle Schmidt

GOLDMANN

Die Originalausgabe erschien 2013 unter dem Titel
»The First Phone Call From Heaven« bei HarperCollins, New York.

Dieses Buch ist auch als E-Book erhältlich.

FSC www.fsc.org MIX Papier aus verantwortungsvollen Quellen FSC® C014496

Verlagsgruppe Random House FSC® N001967
Das für dieses Buch verwendete FSC®-zertifizierte Papier
Munken Premium liefert Arctic Paper Munkedals AB, Schweden

1. Auflage

Umschlaggestaltung: UNO Werbeagentur München
Umschlagmotiv: © FinePic®, München
Redaktion: Almut Werner
Satz: Buch-Werkstatt GmbH, Bad Aibling
Druck und Bindung: GGP Media GmbH, Pößneck
Printed in Germany
ISBN 978-3-442-31380-8
www.goldmann-verlag.de

Für Debbie, eine Virtuosin am Telefon,
deren Stimme wir tagtäglich vermissen.

DIE WOCHE, IN DER ES GESCHAH

Als der erste Anruf vom Himmel die Welt erreichte, packte Tess Rafferty gerade eine Packung Teebeutel aus.

Drrrrnnn!

Tess ignorierte das Klingeln und ritzte mit dem Fingernagel die Plastikhülle auf.

Drrrrnnn!

Sie bohrte den Zeigefinger seitlich unter das Zellophan.

Drrrrnnn!

Schließlich riss Tess die durchsichtige Verpackung ab und zerknüllte sie in der Hand. Nach dem nächsten Klingelton würde sich der Anrufbeantworter einschalten, wenn Tess nicht jetzt sofort …

Drrnnn …

»Hallo?«

Zu spät.

»Ach, dieses blöde Ding«, murmelte Tess vor sich hin. Das Gerät auf ihrem Küchentresen klickte und spielte die Ansage ab.

»Hallo, Sie haben den Anrufbeantworter von Tess erreicht. Bitte hinterlassen Sie Ihren Namen und Ihre Telefonnummer, ich rufe so bald wie möglich zurück. Danke.«

Nach dem Piepton hörte Tess nur Rauschen. Aber dann:

»Hier ist Mom … ich muss dir was sagen.«

Tess stockte der Atem, und der Hörer fiel ihr aus der Hand.

Ihre Mutter war vor vier Jahren gestorben.

*

Drrrrnnng!

In der lebhaften Debatte im Polizeirevier wurde der zweite Anruf zunächst fast überhört. Einer der Beamten hatte 28 000 Dollar im Lotto gewonnen und diskutierte jetzt mit drei Kollegen darüber, was er mit dem Geld anstellen sollte.

»Erst mal bezahlst du deine Rechnungen.«

»Nee, das lass bloß bleiben.«

»Kauf dir lieber ein Boot.«

»Bezahl deine Rechnungen.«

»Gefällt mir nicht.«

»Kauf dir ein Boot!«

Drrrrnnng!

Jack Sellers, der Polizeichef, näherte sich im Rückwärtsgang seinem kleinen Büro. »Wenn du deine Rechnungen bezahlst, kriegst du doch nur noch mehr Rechnungen«, sagte er. Die anderen redeten lautstark weiter, während Jack das Telefon abnahm.

»Polizeirevier Coldwater, Sellers am Apparat.«

Rauschen. Dann die Stimme eines jungen Mannes.

»Dad? … Ich bin's, Robbie.«

Das Gespräch von Jacks Kollegen war jetzt wie ausgeblendet.

»Wer zum Teufel ist da?«, fragte Jack.

»Mir geht's gut, Dad. Mach dir keine Sorgen um mich, ja?«

Jacks Magen krampfte sich zusammen. Er sah seinen Sohn vor sich, wie er bei ihrem letzten Treffen glattrasiert und mit kurzem Armee-Haarschnitt am Flughafen zum Sicherheitscheck ging, zu seinem dritten Auslandseinsatz.

Der auch sein letzter sein sollte.

»Das kann doch nicht sein«, flüsterte Jack.

*

Brrnnnng!

Pastor Warren wischte sich Speichel vom Kinn. Er hatte auf

der Couch im Büroraum seiner Kirche, der Harvest of Hope Baptist Church, ein wenig gedöst.

Brrnnnng!

»Komme schon!«

Warren rappelte sich hoch. Man hatte vor seinem Büro eine Klingel anbringen lassen, weil der Pastor zweiundachtzig Jahre alt war und nicht mehr gut hörte.

Brrnnnng!

»Herr Pastor, hier ist Katherine Yellin. Bitte machen Sie schnell auf!«

Warren schlurfte zur Tür und öffnete sie.

»Guten Tag, Ka …«

Doch die Frau eilte bereits an ihm vorbei. Ihr Mantel war offen, und ihre rötlichen Haare sahen so zerzaust aus, als sei sie vollkommen überstürzt aus dem Haus gelaufen. Sie sank auf die Couch, stand nervös auf, setzte sich wieder.

»Bitte halten Sie mich nicht für verrückt.«

»Aber nein, meine Liebe …«

»Ich habe einen Anruf von Diane bekommen.«

»Von wem?«

»Von Diane.«

Warren schmerzte plötzlich der Kopf.

»Von Ihrer verstorbenen Schwester?«

»Heute Morgen. Als ich das Telefon abgenommen habe …«

Katherine Yellin umklammerte ihre Handtasche und begann zu weinen. Warren überlegte, ob er einen Arzt rufen sollte.

»Sie hat gesagt, ich solle mir keine Sorgen machen«, sagte Katherine mit erstickter Stimme. »Sie hat gesagt, es ginge ihr gut, und sie habe Frieden gefunden.«

»Das war also ein Traum?«

»Nein! Nein! Es war kein Traum! *Ich habe mit meiner Schwester gesprochen!*«

Tränen strömten über Katherines Gesicht.

»Aber wir haben doch darüber geredet, meine Liebe …«

»Ja, ich weiß, aber …«

»Sie fehlt Ihnen sehr …«

»Ja …«

»Und es geht Ihnen furchtbar schlecht …«

»Nein, Herr Pastor! Denn Diane hat mir heute Morgen erzählt, dass sie *im Himmel* ist … Verstehen Sie nicht?«

Katherine sah so glücklich aus, wie Pastor Warren sie noch nie erlebt hatte.

»Jetzt fürchte ich mich vor nichts mehr«, sagte sie.

*

Drrrrrnnnnnng.

Eine Glocke schrillte, und das eiserne Gefängnistor glitt beiseite. Sullivan Harding, ein großer breitschultriger Mann, schritt langsam und mit gesenktem Kopf voran. Sein Herz pochte wie wild – nicht vor Aufregung über die Freiheit, sondern weil er fürchtete, in letzter Sekunde aufgehalten zu werden.

Vorwärts. Vorwärts. Er blickte nur auf seine Schuhspitzen. Erst als er kleine schnelle Schritte auf dem Schotter hörte, sah er auf.

Jules.

Sein Sohn.

Sullivan spürte, wie kleine Arme sich um seine Beine schlangen, wie seine Hände in den lockigen Haarschopf des Jungen sanken. Sullivans Eltern – die Mutter mit dunkelblauem Anorak, der Vater in hellbraunem Anzug – rangen um Fassung, als sie ihren Sohn umarmten. Es war ein kalter grauer Tag, und die Straße war nass vom Regen. Nur Sullivans Frau fehlte in der Szene, aber sie war dennoch immer präsent.

Sullivan wollte etwas Würdiges sagen, aber er brachte nur ein raues Raunen zustande:

»Gehen wir.«

Sie stiegen ins Auto und fuhren los – an jenem Tag, an dem der erste Anruf vom Himmel die Welt erreichte.

Was dann geschah, hängt ganz davon ab, was man zu glauben bereit ist.

ZWEITE WOCHE

Kalter Sprühregen im September war keine Seltenheit in Coldwater, einer Kleinstadt nördlich der kanadischen Grenze, nur wenige Kilometer vom Lake Michigan entfernt.

Trotz der unangenehmen Witterung ging Sullivan Harding zu Fuß. Er hätte sich zwar den Wagen seines Vaters ausborgen können, aber nach zehn Monaten Gefangenschaft genoss Sullivan die frische Luft. Er trug eine Wollmütze und eine alte Wildlederjacke. Sein Weg führte ihn vorbei an der Schule, die er vor zwanzig Jahren besucht hatte, am Sägewerk, das seit letztem Winter geschlossen war, vorbei am Laden für Anglerbedarf, neben dem die Ruderboote für den Verleih wie Muschelschalen aufgestapelt waren, und vorbei an der Tankstelle, an der ein Angestellter an der Wand lehnte und seine Fingernägel betrachtete. *Meine Heimatstadt,* dachte Sullivan.

Als er vor dem Gebäude angekommen war, streifte er die Schuhe auf der geflochtenen Strohmatte mit der Aufschrift DAVIDSON & SÖHNE ab. Über dem Eingang war eine kleine Kamera montiert, und als Sullivan sie bemerkte, riss er sofort seine Mütze vom Kopf, strich sich über das dichte braune Haar und wartete einen Moment ab. Als nichts passierte, betrat er das Bestattungsinstitut.

Innen war es beinahe unerträglich heiß und stickig. Die Wände waren mit dunklem Eichenholz getäfelt, auf einer Art Pult sah er ein aufgeschlagenes Gästebuch liegen.

»Was kann ich für Sie tun?«

Der Bestattungsunternehmer, ein großer hagerer Mann Ende

sechzig mit blasser Haut, buschigen Augenbrauen und schütterem strohfarbenem Haar, trat auf Sullivan zu und stellte sich vor.

»Mein Name ist Horace Belfin.«

»Sully Harding.«

»Ach ja.«

Ach ja, dachte Sullivan, *der Mann, der nicht an der Bestattung seiner Frau teilnehmen konnte, weil er im Gefängnis saß.* Es war ihm zur Gewohnheit geworden, die unausgesprochenen Sätze anderer zu vollenden, weil er glaubte, dass die verschwiegenen Worte der Menschen vielleicht bedeutsamer waren als die gesprochenen.

»Giselle war meine Frau.«

»Mein herzliches Beileid.«

»Danke.«

»Es war eine schöne Zeremonie. Die Angehörigen haben es Ihnen sicher berichtet.«

»Ich *bin* einer der Angehörigen.«

»Natürlich.«

Schweigen trat ein.

»Die Asche?«, fragte Sully dann. »Wo ist ihre Asche?«

»In der Urnenhalle. Ich hole den Schlüssel.«

Belfin verschwand in seinem Büro.

Sully nahm einen Prospekt von einem Tischchen und schlug ihn bei der Seite über Feuerbestattung auf.

Die Asche kann ins Meer oder von einem Heißluftballon oder Flugzeug aus verstreut werden …

Sully warf den Prospekt auf den Tisch zurück. *Von einem Flugzeug.* Nicht einmal Gott konnte so grausam sein.

Zwanzig Minuten später verließ Sully das Bestattungsinstitut mit der Asche seiner Frau in einer engelförmigen Urne. Zuerst versuchte er die Urne mit einer Hand zu tragen, aber das fand er zu achtlos. Dann nahm er sie in beide Hände, kam sich dabei jedoch vor, als wolle er ein Opfer darbringen. Schließlich drückte er die Urne mit beiden Armen an die Brust, so wie ein Kind etwas tragen würde, und schritt durch die regennassen Straßen von Coldwater. Als er nach etwa einem Kilometer zur Bank vor dem Postamt kam, ließ er sich dort nieder und stellte die Urne neben sich.

Mittlerweile hatte es aufgehört zu regnen. In der Ferne läuteten Kirchenglocken. Sully schloss die Augen und stellte sich vor, wie Giselle sich an ihn schmiegte; alles an ihr – ihre meergrünen Augen, ihr lakritzschwarzes Haar, ihr graziler Körper – schien zu flüstern: *Beschütze mich.*

Doch genau das war ihm nicht gelungen – sie zu beschützen. Daran ließ sich nun nichts mehr ändern.

Lange saß Sully auf der Bank, und es hatte beinahe den Anschein, als warteten sie auf den Bus, der gebeugte Mann und der Porzellanengel.

*

Die wichtigen Nachrichten des Lebens werden durchs Telefon verbreitet. Die Geburt eines Kindes, die Verlobung eines Paares, ein tragischer Unfall auf nächtlicher Straße – die meisten Meilensteine des Menschenweges, gut oder schlimm, kündigen sich durch das Läuten eines Telefons an.

Tess saß auf dem Küchenboden und wartete darauf, dass ihr Telefon klingelte. Seit zwei Wochen erreichten Tess auf diesem Wege unglaubliche Nachrichten. Ihre Mutter *war noch da,* irgendwie, irgendwo. Zum x-ten Mal ließ Tess das letzte Gespräch Revue passieren.

»Tess … wein doch nicht, mein Schatz.«

»Aber es kann doch gar nicht sein, dass du es bist!«

»Ich bin hier, Tess, gesund und munter.«

Das hatte ihre Mutter immer gesagt, wenn sie irgendwohin gefahren war – egal, ob es in ein Hotel, zur Kur oder nur zu einem Verwandtenbesuch in der Nähe war. *Ich bin hier, gesund und munter.*

»Das ist doch gar nicht möglich.«

»Alles ist möglich. Ich bin bei Unserem Herrn. Ich möchte dir erzählen …«

»Was denn? Mom? Was denn?«

»Vom Himmel.«

Dann war die Verbindung abgebrochen, und Tess hatte fassungslos auf das Telefon in ihrer Hand gestarrt. Es war absolut ausgeschlossen, dass das gerade passiert war, das wusste Tess wohl. Doch die Stimme der eigenen Mutter ist so vertraut wie keine andere; wir kennen den Klang und die Melodik so gut wie keine anderen Töne, wir registrieren jede Veränderung im Tonfall. Es gab nicht den geringsten Zweifel: Tess hörte die Stimme ihrer Mutter.

Jetzt zog Tess die Knie an die Brust, während sie auf dem Küchenboden hockte und wartete. Seit dem ersten Anruf hatte sie das Haus nicht mehr verlassen und nur Cracker, Müsli, hartgekochte Eier und andere Vorräte gegessen. Sie war nicht zur Arbeit gegangen, hatte nichts eingekauft und nicht einmal die Post aus dem Briefkasten geholt.

Tess strich sich durch die strähnigen langen blonden Haare. *Selbstisolation wegen eines Wunders? Was würden die Leute sagen?* Doch das war ihr egal. Ein paar Worte vom Himmel hatten alle Worte der Erde wertlos gemacht.

*

Jack Sellers saß an seinem Schreibtisch in dem ehemaligen Ziegelwohnhaus, in dem heute das Polizeirevier von Coldwater untergebracht war. Seine Kollegen nahmen an, dass Jack Berichte schrieb. Aber auch er wartete nur auf den Klingelton des Telefons.

Jack hatte die verrückteste Woche seines Lebens hinter sich: zwei Anrufe von seinem toten Sohn. Zwei Gespräche, die Jack niemals für möglich gehalten hätte. Seiner Exfrau Doreen, Robbies Mutter, hatte Jack noch nichts davon erzählt. Nach Robbies Tod war Doreen in eine Depression verfallen und brach schon bei der Erwähnung von seinem Namen in Tränen aus. Und außerdem: Was sollte Jack zu ihr sagen? Dass ihr Sohn, im Kampf gefallen, irgendwo noch am Leben war? Dass sich auf Jacks Schreibtisch die Himmelspforte befand? Und dann?

Jack selbst hatte keine Ahnung, was er von diesen Erlebnissen zu halten hatte. Er wusste nur, dass er wie ein Wilder ans Telefon hechtete, sobald es einen Ton von sich gab.

Wie der erste Anruf, hatte auch der zweite an einem Freitagnachmittag stattgefunden. Jack hatte erst Rauschen gehört und dann ein luftiges wellenartiges Geräusch.

»Ich bin's, Dad.«

»Robbie!«

»Mir geht's gut, Dad. Hier gibt es keine schlechten Tage.«

»Wo bist du?«

»Das weißt du doch, Dad. Es ist fantastisch hier …«

Klicken.

»Hallo? Hallo?«, schrie Jack. Dann merkte er, dass seine Kollegen bereits zu ihm herüberschauten. Rasch schloss er die Tür. Eine Minute später klingelte das Telefon erneut. Jack starrte auf das Display. Wie bei den vorherigen Anrufen wurde keine Nummer angezeigt.

»Hallo?«, flüsterte er.

»Sag Mom, sie soll nicht weinen … Wenn wir wüssten, was danach kommt, würden wir nie mehr Angst haben.«

*

Wenn man einmal eine Schwester hat, dann hat man sie für immer, auch wenn man sie nicht mehr sehen oder berühren kann.

Katherine Yellin sank aufs Bett und drückte das lachsrosa Klapphandy an sich, das früher ihrer Schwester Diane gehört hatte. Es war ein Samsung mit einem glitzernden Sticker von einem hochhackigen Schuh auf der Rückseite – Diane hatte eine Schwäche für Mode gehabt.

Es ist viel schöner, als wir es uns je hätten erträumen können, Kath.

Das hatte Diane bei ihrem zweiten Anruf gesagt, der wie der erste – und all diese anderen seltsamen Anrufe – an einem Freitag stattgefunden hatte. *Viel schöner, als wir es uns je hätten erträumen können.* Das kleine Wort *Wir* hatte Katherine an diesem Satz am meisten geliebt.

Die beiden Schwestern hatten eine sehr starke Bindung aneinander gehabt und das Leben in der Kleinstadt gemeinsam gemeistert. Diane – zwei Jahre älter als Katherine – war jeden Tag gemeinsam mit der jüngeren Schwester zur Schule gegangen, hatte sie bei den Pfadfindern untergebracht, war ihre Zahnspange losgeworden, als Katherine ihre gerade bekommen hatte, und hatte bei Schulbällen erst getanzt, wenn Katherine auch einen Partner gefunden hatte. Beide Schwestern waren langbeinig, hatten kräftige Arme und schwammen im Sommer jeden Tag fast zwei Kilometer im See. Beide besuchten die höhere Schule am Ort. Und weinten gemeinsam beim Tod ihrer Eltern. Als Diane geheiratet hatte, war Katherine ihre Trauzeugin gewesen; drei Jahre später im Juni hatten sie diese Rollen getauscht. Beide hatten je zwei Kinder – Diane zwei Töchter, Katherine zwei Söhne. Ihre Häuser lagen nur anderthalb Kilometer voneinander entfernt. Und sogar ihre Scheidungen hatten in aufeinanderfolgenden Jahren stattgefunden.

Nur was die Gesundheit betraf, war die Entwicklung der Schwestern sehr unterschiedlich verlaufen: Diane hatte immer unter Migräne, Herzrhythmusstörungen und Bluthochdruck gelitten und war mit nur sechsundvierzig Jahren plötzlich an einem Herzwandaneurysma gestorben. Von Katherine dagegen war häufig gesagt worden, sie sei in ihrem ganzen Leben »noch nie einen Tag krank gewesen«.

Jahrelang hatte Katherine deshalb Schuldgefühle gehabt. Doch nun hatte sie etwas verstanden. Diane – die zarte, anfällige Diane – war aus einem ganz bestimmten Grund vorzeitig aus dem Leben abberufen worden: Der Herr hatte sie ausgewählt, um zu zeigen, dass auf die Frommen das Himmelreich wartet.

Es ist viel schöner, als wir es uns je hätten erträumen können, Kath.

Katherine lächelte. *Wir.* Durch das rosafarbene Handy, das sie jetzt an ihre Brust drückte, hatte sie ihre Schwester wiedergefunden und würde sie nun nie wieder verlieren.

Und darüber würde sie kein Stillschweigen bewahren.

DRITTE WOCHE

Das Leben geht weiter – so heißt es. Aber das Leben ist kein Brettspiel, und wenn man einen geliebten Menschen verloren hat, geht das Leben zwar weiter – aber eben ohne diesen geliebten Menschen.

Sully hatte seine Frau verloren. Sie hatte lange im Koma gelegen und war dann gestorben. Laut Aussage des Krankenhauses war sie während eines Gewitters am ersten Tag des Sommers entschlafen. Sully hatte damals noch neun Wochen Haft bis zu seiner Entlassung vor sich. Als er die Nachricht bekam, fühlte sich sein gesamter Körper taub an. Es kam Sully vor, als erfahre er von der Vernichtung des Planeten Erde, während er selbst auf dem Mond stand.

Jetzt dachte er unentwegt an Giselle, auch wenn diese Gedanken immer die düstere Erinnerung an jenen letzten Tag mit sich brachten, den Absturz und das Feuer und diesen einen Moment, der alles veränderte. Doch da er ohnehin nichts anderes mehr besaß als seine traurigen Erinnerungen, gab Sully sich ihnen hin. Die Engelurne stellte er in ein Regal, neben dem sein Sohn Jules – der in zwei Monaten sieben Jahre alt würde – auf der Couch schlief.

Sully ließ sich in den Sessel fallen. Der Umgang mit der Freiheit fiel ihm noch immer nicht leicht. Man sollte meinen, dass jemand, der zehn Monate eingesperrt war, seine Freiheit danach in vollen Zügen genießen würde. Doch Körper und Geist gewöhnen sich an alles, sogar an schreckliche Umstände. Und so gab es noch immer Momente, in denen Sully nur die Wand anstarrte, so apathisch wie ein Häftling. Dann musste er sich selbst in Erinnerung rufen, dass er jederzeit aufstehen und hinausgehen konnte.

Er nahm sich eine Zigarette und sah sich in dem schäbigen Zimmer um. Die neue Wohnung war günstig und lag im zweiten Stock, ohne Fahrstuhl. Durchs Fenster des Wohnzimmers blickte man auf Kiefern und einen kleinen Bach, der später in einen Fluss mündete. Als Kind hatte Sully dort Frösche gefangen.

Er war nach Coldwater zurückgekehrt, weil seine Eltern noch immer hier lebten. Sie hatten während seiner Haftzeit Jules betreut, und Sully wollte nicht noch mehr Unruhe in das Leben seines Sohnes bringen. Job und Heim waren sowieso verloren, seine Rücklagen waren für die Anwälte draufgegangen – Sully hätte gar keinen anderen Anlaufpunkt gehabt als Coldwater.

Vor dem Fenster flitzten zwei Eichhörnchen durch die Bäume. Sully beobachtete sie und versuchte sich einzureden, dass es Giselle hier vielleicht sogar gefallen hätte – abgesehen von der Beengtheit und dem verwohnten Zustand der Räume.

Ein Klopfen an der Tür riss Sully aus seinen Grübeleien. Er spähte durch den Spion und erblickte Mark Ashton mit zwei Einkaufstüten im Arm.

Mark und er waren während ihrer Zeit bei der Marine Piloten in derselben Staffel gewesen. Seit Sullys Verurteilung hatten sie sich nicht mehr gesehen.

»Hey«, sagte Mark, als Sully die Tür öffnete.

»Hey.«

»Hübsche Unterkunft – gut geeignet für Terroristen.«

»Bist du von Detroit aus hierhergefahren?«

»Bin ich. Lässt du mich jetzt auch rein?«

Sie umarmten sich kurz und gingen dann ins Wohnzimmer. Als Mark Jules auf der Couch liegen sah, fragte er leise:

»Schläft er?«

»Ja.«

»Ich hab Oreo-Kekse für ihn mitgebracht. Die mögen doch alle Kinder, oder?«

Sully nickte und ging voraus in die Küche. Mark stellte die Einkaufstüten zwischen unausgepackte Kartons auf die Arbeitsfläche. Dabei bemerkte er den vollen Aschenbecher und mehrere kleine Gläser in der Spüle – jene Art von Gläsern, aus denen man nur Alkohol trinkt, kein Wasser.

»Tja …«, sagte Mark und wusste plötzlich nicht mehr, wohin mit seinen Händen. Er sah Sully an – seinen alten Pilotenfreund, der noch immer so jungenhaft wirkte wie damals, als er der Football-Star seiner Schule gewesen war. Dünner war er allerdings geworden, und die Fältchen um die Augen verrieten sein Alter.

»Ist das hier der Ort, wo du aufgewachsen bist?«

»Jetzt weißt du, warum ich abgehauen bin.«

»Und wie kommst du klar?«

Sully zuckte die Achseln.

»Es ist furchtbar«, sagte Mark. »Das mit Giselle …«

»Ja.«

»Es tut mir so leid.«

»Ja.«

»Ich hätte angenommen, dass die dich zur Bestattung rauslassen.«

»Gibt eiserne Regeln bei der Marine.«

»Es war eine schöne Trauerfeier.«

»Hab ich gehört.«

»Und sonst …«

Sully blickte auf.

»Scheiß drauf«, sagte Mark. »Die anderen wissen Bescheid.«

Sie wissen Bescheid, dass du im Knast warst, dachte Sully den unausgesprochenen Satz zu Ende. *Sie wissen nicht, ob du die Strafe tatsächlich verdient hattest.*

»Ich wollte dich besuchen«, sprach Mark weiter.

»Ich wollte keinen Besuch haben.«

»Aber das war echt blöd für die anderen …«

»War mir egal.«

»Sully …«

»Lassen wir das Thema, okay? Ich hab berichtet, was passiert war. Zigtausendmal. Die haben was anderes geglaubt. Schluss, aus.«

Sully starrte auf seine Hände und presste die Fingerknöchel aneinander.

»Und was hast du jetzt vor?«, fragte Mark.

»Wie meinst du das?«

»Was willst du arbeiten?«

»Wieso?«

»Ich kenne jemanden hier«, sagte Mark. »Einen ehemaligen Kommilitonen, mit dem ich zusammengewohnt hab. Ich hab ihn angerufen.«

»Du hast ihn angerufen, ohne mich vorher zu fragen?«

»Über kurz oder lang wirst du Geld brauchen, und er hat vielleicht einen Job für dich.«

»Als was?«

»Vertreter.«

»Passt nicht zu mir.«

»Ist aber leichte Arbeit. Du musst nur Abonnenten gewinnen, Verträge abschließen und Geld kassieren.«

»Für welche Produkte?«

»Eine Zeitung.«

Sully blinzelte. »Das ist nicht dein Ernst, oder?« Er dachte an all die Zeitungen, die über den »Vorfall« berichtet hatten – wie sie sich auf die einfachste Erklärung geeinigt, voneinander abgeschrieben und ihn unisono verurteilt hatten, bevor sie sich auf die nächste Sensationsstory stürzten. Seit damals hasste Sully jegliche Art von Berichterstattung. Nie wieder würde er eine Zeitung anrühren, hatte er sich geschworen.

»Mit dem Job könntest du hierbleiben«, sagte Mark.

Sully trat zur Spüle und wusch ein Glas aus. Er wollte es so schnell wie möglich wieder füllen und hoffte, dass Mark bald verschwinden würde.

»Gib mir seine Nummer. Ich ruf ihn mal an«, sagte Sully, obwohl er genau wusste, dass er das nicht tun würde.

*

Tess Rafferty hockte im Schneidersitz auf weichen roten Kissen und starrte durchs Fenster auf die große Rasenfläche vor dem Haus, die seit Wochen nicht mehr gemäht worden war. In diesem Haus war Tess aufgewachsen; sie erinnerte sich noch daran, wie sie als Kind im Sommer genau an dieser Stelle herumgelungert und gequengelt hatte, während ihre Mutter, Ruth, an einem kleinen Tisch über ihren Papieren saß.

»Mir ist langweilig«, hatte Tess damals genörgelt.

»Geh doch raus spielen«, murmelte Ruth dann immer.

»Das ist aber auch langweilig.«

»Dann musst du dich eben langweilen.«

»Ich will auch eine Schwester haben.«

»Kann ich nicht mit dienen, tut mir leid.«

»Könntest du aber, wenn du heiraten würdest.«

»Ich war schon verheiratet.«

»Mir ist langweilig.«

»Lies doch mal ein Buch.«

»Hab schon alle gelesen.«

»Dann lies sie eben noch mal.«

So ging es immer weiter, und in abgewandelter Form wiederholte sich diese Unterhaltung durch Tess' Jugend, ihre Studienzeit und ihr Erwachsenenleben, bis eine Alzheimer-Erkrankung ihrer Mutter die Worte raubte. Die letzten Monate ihres Lebens hatte Ruth in völliger Stummheit verbracht. Und ihre Tochter nur mit schief gelegtem Kopf angestarrt, als betrachte sie eine Fliege.

Doch jetzt unterhielten sie sich wieder – ganz als habe der Tod Ruth nicht aus dem Leben verschwinden lassen. Vor einer Stunde hatte wieder eines dieser unerklärlichen Telefonate stattgefunden.

»Ich bin's wieder, Tess.«

»Oh Gott, Mom – ich kann das noch immer nicht glauben.«

»Ich hab dir doch immer gesagt, dass ich das schon hinkriegen werde.«

Tess lächelte unter Tränen. Ihre Mutter war Gesundheitsfanatikerin gewesen und hatte im Scherz immer gesagt, sie werde noch aus dem Jenseits dafür sorgen, dass Tess ihre Vitaminpillen schluckte.

»Aber du warst doch so krank, Mom.«

»Hier gibt es keine Schmerzen ...«

»Du hast so sehr gelitten ...«

»Hör mir mal zu, Schatz.«

»Das tue ich. Ich höre dir zu.«

»Die Schmerzen, die man im Laufe seines Lebens durchleidet, berühren einen nicht wirklich ... nicht dein wahres Ich ... man ist so viel schwereloser, als man glaubt.«

Diese Worte schenkten Tess eine wunderbare innere Ruhe. *Man ist so viel schwereloser, als man glaubt.* Tess blickte auf das Foto in ihren Händen. Es war das letzte gemeinsame Bild, entstanden bei der Feier am dreiundachtzigsten Geburtstag ihrer Mutter, als Ruth schon gezeichnet war von der Krankheit – abgemagert bis auf die Knochen, mit ausdruckslosem Blick.

»Mom, wie ist das möglich? Du benutzt doch kein Telefon.«

»Nein.«

»Aber wie kannst du dann mit mir sprechen?«

»Etwas ist geschehen, Tess ... es hat eine Öffnung gegeben.«

»Eine Öffnung?«

»Zur Zeit.«

»Wie lange wird sie andauern?«

Ein längeres Schweigen trat ein.

»Gar nicht.«

*

Tagtäglich geschehen irgendwo Wunder – in einem Operationssaal, auf dem stürmischen Ozean, durch das plötzliche Auftauchen eines fremden Menschen. Aber es gibt keine Regeln dafür. Und niemand führt Buch darüber.

Ab und an gelangt die Kunde von einem Wunder jedoch in die Welt.

Wenn das geschieht, verändert sich vieles.

Tess Rafferty und Jack Sellers hätten über ihre Anrufe vielleicht nie gesprochen. Aber Katherine Yellin tat es. In der Bibel stand schließlich auch geschrieben: *Gehet hin in alle Welt und prediget das Evangelium aller Kreatur.* Für Wunder galt das gewiss auch.

Und so stand Pastor Warren an einem Sonntagmorgen, dreiundzwanzig Tage nach dem ersten unerklärlichen Anruf in Coldwater, auf der Kanzel vor seiner Gemeinde, nichtsahnend, dass sein Gotteshaus sich in Kürze von Grund auf verändern würde.

»Lasst uns gemeinsam lesen Matthäus, Kapitel 11, Vers 28«, verkündete der Pastor und blinzelte. Die Schrift der Bibel verschwamm vor seinen Augen, und seine Hände waren im Alter zittrig geworden. Er dachte an die Worte aus dem Psalter: *Auch im Alter, Gott, verlass mich nicht, und wenn ich grau werde.*

»Ich bitte um Verzeihung!«

Die Gläubigen in den vorderen Reihen drehten sich um. Pastor Warren spähte über den Rand seiner Brille. In der fünften Reihe stand Katherine Yellin. Sie trug einen Hut mit schwarzem Band und ein lavendelfarbenes Kleid und hielt ein gefaltetes Blatt Papier in Händen.

»Bitte verzeihen Sie mir, Herr Pastor, doch der Geist des Herrn verlangt von mir, dass ich spreche.«

Warren schluckte. Er hatte eine gewisse Befürchtung, was nun kommen würde.

»Bitte nehmen Sie wieder Platz, Katherine ...«

»Es ist ungemein wichtig, Herr Pastor.«

»Jetzt ist nicht der ...«

»Ich bin eines Wunders teilhaftig geworden!«

Ein Raunen lief durch die Reihen.

»Katherine, der Herr ist mit uns allen, aber ein Wunder ...«

»Es ist vor drei Wochen geschehen.«

»– ist ein sehr bedeutsames Ereignis ...«

»Am Freitagmorgen, als ich in der Küche war.«

»– mit dem sich lieber die Kirchenobersten befassen sollten.«

»Ich habe einen Anruf bekommen ...«

»Katherine, ich muss jetzt wirklich darauf bestehen ...«

»– von meiner *verstorbenen Schwester!*«

Ein aufgeregtes Murmeln folgte dieser Ankündigung, dann war es wieder so still in der Kirche, dass man deutlich hören konnte, wie Katherine das Blatt Papier entfaltete.

»Der Anruf war von Diane, meiner Schwester. Viele von euch haben sie gekannt. Sie ist vor zwei Jahren gestorben, aber ihre Seele lebt – im Himmel! Sie hat es mir selbst gesagt!«

Pastor Warren musste sich angestrengt bemühen, sein Zittern zu beherrschen. Er hatte die Aufmerksamkeit seiner Gemeinde eingebüßt – in seinen Augen eine schwerwiegende Sünde.

»Am Freitagmorgen vor drei Wochen haben wir zum ersten Mal miteinander gesprochen«, fuhr Katherine mit erhobener Stimme fort und wischte sich Tränen von den Wangen. »Um 10.41 Uhr kam der Anruf. Am nächsten Freitag dann um 11.14 Uhr und am letzten Freitag um 19.02 Uhr abends. Sie hat meinen Namen gesagt ... sie sagte ›Kath, jetzt ist die Zeit gekommen, dass du es allen sagst. Ich warte darauf. Wir alle hier warten darauf.‹«

Katherine drehte sich um. »*Wir alle warten darauf.*«

Wieder breitete sich das Raunen aus, und Pastor Warren sah, wie die Leute unruhig wurden.

Er schlug mit der Hand auf sein Pult.

»Ich bitte ausdrücklich um Ruhe!« Er klopfte erneut. »Bitte! Beruhigen Sie sich!« Zwei weitere Schläge. »Mit aller Achtung gegenüber diesem Mitglied unserer Gemeinde ...«

»Es ist wahr, Herr Pastor!«

Eine neue Stimme ertönte von ganz hinten. Sie war dunkel und kehlig. Alle drehten sich um und blickten auf den großen kräftigen Mann im braunen Sakko, der sich von seiner Bank erhoben hatte. Es war Elias Rowe, ein Afroamerikaner, der schon lange der Gemeinde angehörte und ein Bauunternehmen besaß. Niemand hatte je erlebt, dass er vor einer Menschenmenge sprach – bis zu diesem Moment.

Elias Rowes Blick irrte durch den Raum. Als der Mann weitersprach, klang seine Stimme beinahe ehrfürchtig.

»Ich habe auch so einen Anruf bekommen«, sagte er.

VIERTE WOCHE

Es lässt sich nicht mehr genau feststellen, wer das Telefon tatsächlich erfunden hat. Der gebürtige Schotte Alexander Graham Bell erwarb zwar das amerikanische Patent, doch es wird häufig vermutet, dass das Telefon ursprünglich von einem amerikanischen Erfinder namens Elisha Gray entwickelt worden war, dessen Idee Alexander Bell gestohlen hatte. Wieder andere behaupten, einem Italiener namens Manzetti, einem anderen Italiener namens Meucci, einem Franzosen namens Bourseul oder einem Deutschen namens Reis gebühre der Ruhm.

Nicht angezweifelt wird jedoch die Tatsache, dass all diese Männer Mitte des neunzehnten Jahrhunderts daran arbeiteten, die Klangwellen einer Stimme von einem Ort zu einem anderen zu transportieren. Und dennoch bestand das allererste Telefongespräch – zwischen Bell und seinem Geschäftspartner Thomas Watson, die sich in getrennten Räumen aufhielten – aus den Worten: *Komm zu mir. Ich will dich sehen.*

In den zahllosen Telefongesprächen, die seither stattgefunden haben, ist diese Bitte immer ein wesentliches Element geblieben. *Komm zu mir. Ich will dich sehen.* Sehnsüchtige Liebende. Freunde in der Ferne. Großeltern und ihre Enkel. Die Stimme am Telefon ist nur ein kleines Häppchen und verstärkt den Hunger. *Komm zu mir. Ich will dich sehen.*

Auch Sully hatte ähnliche Worte gesagt – in seinem allerletzten Gespräch mit Giselle.

Um 6.00 Uhr morgens war er in seinem Hotel in Washington von einem höheren Offizier geweckt worden, Blake Pearson, der eine F/A 18 Hornet zur Westküste fliegen sollte. Blake war krank und wollte wissen, ob Sully für ihn einspringen könne. Sully könne ja auch noch in Ohio zwischenlanden, um Giselle und Jules für ein paar Stunden zu sehen, schlug Pearson vor; Sullys Familie war dort gerade zu Besuch bei Giselles Eltern. Sully willigte rasch ein. Das würde eine willkommene Abwechslung von zwei Wochen Reservedienst für ihn sein. Und dass er seine Familie sehen könnte, würde den langen Flug wettmachen.

»Du kannst heute hier sein?«, fragte Giselle schläfrig, als er sie anrief.

»Ja. In circa vier Stunden.«

»Möchtest du das denn auch?«

»Ja, sicher. Ich will euch sehen.«

Hätte Sully gewusst, was an diesem Tag geschehen würde, hätte er alles anders gemacht. Niemals wäre er ins Flugzeug gestiegen, er hätte nicht mit Blake gesprochen, wäre nicht einmal aufgestanden. Doch sein letztes Telefongespräch mit Giselle endete ganz ähnlich wie das allererste der Welt.

»Ich will dich auch sehen«, sagte Giselle.

Daran dachte Sully jetzt, als er den neun Jahre alten Buick Regal seines Vaters startete, einen Wagen, der sonst die meiste Zeit in der Garage stand. Damals war Sully zum letzten Mal geflogen. War zum letzten Mal an einem Flughafen gewesen. Hatte zum letzten Mal die Stimme seiner Frau gehört. *Ich will dich auch sehen.*

Sully fuhr zur Lake Street, der Haupteinkaufsmeile der Stadt. Die Gehwege vor der Bank, dem Postamt, der Bäckerei, dem Diner waren menschenleer. Ein Ladenbesitzer stand mit dem Besen in Händen untätig in der Tür.

Fest ansässig waren in Coldwater nur ein paar tausend Menschen. Die Touristen, die im Sommer zum Angeln kamen, waren mittlerweile alle verschwunden, die Eisdielen geschlossen. Die meisten Orte im Norden von Michigan schienen sich mit Beginn des Herbstes schon auf den Winterschlaf vorzubereiten.

Kein guter Zeitpunkt für eine Jobsuche, dachte Sully.

*

Amy Penn hoffte auf einen Knüller. Als der Fernsehsender anfragte, ob sie die Berichterstattung an Wochentagen übernehmen wolle, hatte Amy gedacht: *Ja, super, Politik – oder besser noch: ein Gerichtsprozess –,* Hauptsache irgendetwas, womit sie aus diesem Sumpf der Wochenendnachrichten rauskam. Sie war einunddreißig (obwohl Freunde ihr sagten, sie sei so hübsch, dass sie als Fünfundzwanzigjährige durchginge) und keine Berufsanfängerin mehr. Um jedoch an eine bessere Stelle zu kommen, brauchte sie bessere Geschichten. Aber bessere Geschichten waren Mangelware an den Wochenenden im Alpena County, wo sich alles um Football, Wohltätigkeitsmärsche und diverse Obst-Festivals drehte.

»Das könnte der Durchbruch sein«, hatte Amy ihrem Verlobten Rick, einem Architekten, am Donnerstagabend aufgeregt erzählt. Doch nachdem Amy am Freitag besonders früh aufgestanden war, ihr hellgrünes Kostüm angezogen, ihre braunen Ponyfransen geföhnt und dezente Mascara sowie einen recht knalligen Lippenstift aufgelegt hatte, fand sie sich später im Sender in einem fensterlosen Raum wieder und musste sich eine Story anhören, die verheerend nach Wochenendmeldungen klang.

»In Coldwater behauptet eine Frau, dass sie Anrufe von ihrer verstorbenen Schwester kriegt«, verkündete Phil Boyd, der Nachrichtenredakteur.

»Im Ernst?«, sagte Amy lahm, denn etwas anderes fiel ihr

darauf nicht ein. Sie sah Phil an, einen untersetzten Typen mit zottigem rotem Bart, der Amy immer an einen Wikinger erinnerte, und fragte sich, ob das ernst gemeint war. Diese Story ebenso wie der absurde Bart.

»Wo liegt Coldwater?«, fragte Amy.

»Circa hundertfünfzig Kilometer Richtung Westen.«

»Woher weiß man, dass sie diese Anrufe bekommt?«

»Sie hat es während eines Gottesdienstes in der Kirche verkündet.«

»Und wie haben die Leute darauf reagiert?«

»Das sollst du ja gerade rausfinden.«

»Ich soll die Frau also interviewen.«

Phil zog eine Augenbraue hoch. »Wär ratsam für den Anfang, ja.«

»Und wenn sie einfach nur geistesgestört ist?«

»Dann bringst du einfach das Band mit.«

Amy betrachtete ihre Fingernägel. Sie hatte sie eigens für dieses Gespräch lackiert.

»Du weißt aber, dass es so was nicht gibt, Phil.«

»Das Ungeheuer von Loch Ness auch nicht. Aber was glaubst du wohl, wie viele Storys das schon abgegeben hat.«

»Okay.«

Amy stand auf. Sie ging davon aus, dass ihre Reportage sofort in der Tonne landen würde, weil die Story der reinste Schrott war.

»Und wenn das alles totale Zeitverschwendung ist?«, fragte sie.

»Ist es nicht«, erwiderte Phil.

Erst als sie rausging, verstand Amy, wie er das gemeint hatte: Es war keine Zeitverschwendung, weil *sie* ja diese Reportage machen sollte. Also jemand, der ohnehin unwichtig war.

Es gab jedoch einen Punkt, den Phil verschwiegen hatte. Und Amy war nicht auf die Idee gekommen, danach zu fragen. Wie war die Nachrichtensendung *Nine Action News* auf diese Story aufmerksam geworden?

Ganz einfach: durch einen mysteriösen Brief, der auf Phils Schreibtisch gelandet war, ohne Unterschrift und Absender. Der Brief war doppelzeilig mit Schreibmaschine geschrieben, und der Text bestand nur aus folgenden Sätzen:

> Eine Frau ist auserwählt worden. Ein Himmelsgeschenk an die Erde. Dies wird zur berühmtesten Story der Welt werden. Coldwater, Michigan. Fragen Sie einen Mann Gottes. Er wird es bestätigen.

Als Nachrichtenredakteur war Phil an allerlei abstruse Schreiben gewöhnt und ignorierte sie meist einfach. Aber in einer Kleinstadt wie Alpena konnte man es sich in Phils Position nicht erlauben, die potentiell »berühmteste Story der Welt« zu missachten, so schlecht sie vielleicht auch sein mochte –Hauptsache, sie brachte höhere Ratings. Von denen hing nämlich Phils Job ab.

Deshalb suchte er sich eine Liste der Kirchen von Coldwater heraus und machte ein paar Anrufe. Bei den ersten beiden stieß er auf Anrufbeantworter. Aber bei der dritten Kirche – der Harvest of Hope Baptist Church – meldete sich eine Bürokraft, und eingedenk der Aufforderung *Fragen Sie einen Mann Gottes*, verlangte Phil den betreffenden Geistlichen zu sprechen.

»Woher wissen Sie das?«, hatte der verblüffte Pastor gefragt.

*

Heutzutage gibt es überall Telefone. In Zügen, Autos, Hosentaschen. Metropolen, Kleinstädte und Dörfer sind ebenso erreichbar wie Beduinenzelte; selbst in den entlegensten Winkeln der Welt können die Menschen heutzutage ein Gerät ans Ohr halten, hineinsprechen und eine Antwort bekommen.

Aber wenn man nun gar nicht erreicht werden möchte?

Elias Rowe stieg die Leiter hinunter und griff nach seinem Klemmbrett. Bald würden Außenarbeiten wegen der kalten Witterung nicht mehr möglich sein, und dieser Innenumbau war einer der wenigen Aufträge, die im Winter Geld einbrachten.

»Am Montag können wir mit den Trockenbauwänden anfangen«, sagte er.

Die Hausbesitzerin, eine Frau namens Josie, schüttelte den Kopf. »Nein, das geht nicht, ich hab das ganze Wochenende Besuch, und der reist erst am Montag ab.«

»Dann am Dienstag. Ich sag dem Handwerker Bescheid.«

Elias griff nach seinem Handy und merkte, dass Josie darauf starrte.

»Elias – haben Sie wirklich ... Sie wissen schon ...«

»Ich weiß nicht, was Sie meinen, Josie.«

In diesem Moment klingelte sein Handy. Elias warf Josie einen Blick zu. Dann wandte er sich ab und sprach mit gedämpfter Stimme hinein.

»Hallo? ... Warum rufen Sie mich an? ... Lassen Sie das! Ein für alle Mal! Wer auch immer Sie sind – rufen Sie mich nie wieder an!«

Elias drückte so ruckartig auf die Tastatur, dass ihm das Handy aus der Hand glitt und auf den Boden fiel. Josie blickte auf Elias' große Hände.

Sie zitterten heftig.

*

In Coldwater gab es fünf Kirchengemeinden: Katholiken, Protestanten, Baptisten, Methodisten und eine Freikirche. Dass sämtliche fünf Gemeinden ein Treffen abhielten, hatte Pastor Warren noch nie erlebt.

Doch nun fand es wahrhaftig statt.

Hätte Katherine Yellin sich an jenem Sonntagmorgen nicht zu Wort gemeldet, wären die Ereignisse in Coldwater – wie so viele andere Wunder – nie nach außen gedrungen.

Doch sobald die Öffentlichkeit etwas von einem Wunder erfährt, gerät vieles in Bewegung: Die Menschen beginnen miteinander zu sprechen – vor allem gläubige Menschen. Und so versammelten sich die fünf geistlichen Oberhäupter der Gemeinden von Coldwater in Pastor Warrens Büro und wurden von der Kirchensekretärin, Mrs Pulte, mit Kaffee bewirtet. Pastor Warren stellte fest, dass er mindestens fünfzehn Jahre älter war als die anderen in der Runde.

»Können Sie uns sagen, Herr Pastor«, begann Pater William Carroll, ein untersetzter Mann im Talar, »wie viele Menschen am Sonntag an Ihrem Gottesdienst teilgenommen haben?«

»Um die hundert«, antwortete Warren.

»Und wie viele von ihnen haben die Aussage dieser Frau gehört?«

»Alle.«

»Schienen die Menschen ihr Glauben zu schenken?«

»Ja.«

»Ist von dieser Frau bekannt, dass sie Wahnvorstellungen hat?«

»Bislang nicht, nein.«

»Nimmt sie Medikamente?«

»Soweit ich weiß, nicht.«

»Dann hat sich das also tatsächlich ereignet? Dass sie solche Anrufe bekam?«

Warren schüttelte den Kopf. »Ich weiß es nicht.«

Der methodistische Pastor beugte sich vor. »Ich hatte in dieser Woche sieben Gespräche mit Gläubigen, und alle haben mich gefragt, ob es möglich sei, mit dem Himmel in Kontakt zu treten.«

»In meiner Gemeinde«, fügte der protestantische Pfarrer hinzu, »wurde gefragt, warum sich das in Pastor Warrens Kirche und nicht in meiner ereignet hat.«

Die anderen Geistlichen in der Runde bestätigten diese Aussage.

»Und Sie sagen, dass nächste Woche jemand von einem Fernsehsender hierherkommt?«, fragte Pater Carroll.

»Ja, so wurde es mir von einem Redakteur mitgeteilt«, antwortete Warren.

»Tja.« Pater Carroll verschränkte die Hände. »Die Frage ist jetzt: Wie wollen wir damit umgehen?«

*

Das Einzige, was noch mehr Angst macht, als aus einer Kleinstadt wegzugehen, ist, niemals von dort wegzukommen. Das hatte Sully einmal zu Giselle gesagt, als er ihr erklärte, warum er seine Ausbildung in einem anderen Bundesstaat gemacht hatte. Damals war er sicher gewesen, dass er niemals wieder in Coldwater leben würde.

Doch nun war es wahrhaftig so gekommen. Und am Freitagabend, nachdem Sully bei seinen Eltern gewesen und Jules dort abgesetzt hatte (»Mach dir einen netten Abend«, hatte seine Mutter gesagt. »Wir passen auf Jules auf.«), ging Sully in eine Bar namens Pickles, in die seine Schulfreunde und er sich früher gerne heimlich eingeschmuggelt hatten. Er setzte sich an die Ecke vom Tresen und bestellte dreimal hintereinander Whisky und Bier. Dann zahlte er und ging.

Die letzten drei Tage hatte er damit zugebracht, einen Job zu suchen, hatte jedoch nichts gefunden. In der nächsten Woche wollte er sich die umliegenden Orte vornehmen. Sully zog seine Jacke zu und wanderte durch die Straßen, die von großen Säcken mit welkem Laub für die Müllabfuhr gesäumt waren. Etwas weiter entfernt sah er Lichter und hörte eine Menge johlen. Weil er noch keine Lust hatte, nach Hause zu gehen, spazierte Sully weiter, bis er zum Footballfeld der Highschool kam.

Seine alte Mannschaft spielte gerade – die Coldwater Hawks in ihren rot-weißen Trikots. Sie schienen keine gute Saison zu haben. Die Tribüne war zu drei Vierteln leer, und das Publikum bestand hauptsächlich aus Familien. Kinder rannten auf den Treppen herum, und Eltern hielten mit Ferngläsern nach ihren Söhnen auf dem Spielfeld Ausschau.

Als Teenager hatte Sully Football gespielt. Damals waren die Hawks auch nicht besser gewesen als heute; weil die Schule nicht sehr groß war, hatte man in manchen Jahren froh sein müssen, wenn überhaupt eine Mannschaft zustande gekommen war.

Sully ging zur Tribüne und warf einen Blick auf die Anzeigetafel. Coldwater war im letzten Viertel der Spielzeit drei Touchdowns im Rückstand und damit dabei zu verlieren. Sully steckte die Hände in die Jackentaschen und schaute eine Weile zu.

»Harding!«, schrie auf einmal jemand.

Sully erstarrte. Er war stark angetrunken und hatte nicht bedacht, dass ihn sogar nach zwanzig Jahren noch jemand von seiner einstigen Schule erkennen könnte. Er drehte leicht den Kopf zur Seite und versuchte die Leute unauffällig zu mustern. Nichts. Vielleicht hatte er sich nur etwas eingebildet. Er wandte sich wieder dem Spielfeld zu.

»Geronimo!«, rief jetzt eine andere Stimme lachend.

Sully schluckte. Diesmal reagierte er nicht. Einen Moment lang stand er stocksteif da. Dann ging er weg.

FÜNFTE WOCHE

Ein Feuerwehrwagen raste die Cuthbert Road entlang. Das Blaulicht erhellte die Oktobernacht. Dann begannen fünf Männer der Freiwilligen Feuerwehr Coldwater ihren Kampf gegen die Flammen, die aus dem Obergeschoss des Hauses der Familie Rafferty schlugen, einem gelben Haus im Kolonialstil mit roten Holzläden. Als Jack Sellers im Streifenwagen vorfuhr, hatten die Feuerwehrleute schon alles im Griff.

Alles, bis auf die schreiende Frau.

Sie hatte langes wellig-blondes Haar, trug einen hellgrünen Pullover und wurde auf dem Rasen von Ray und Dyson, zwei Männern aus Jacks Truppe, festgehalten. Doch die Frau schlug so wild um sich, dass die beiden Mühe hatten, sie zu bändigen.

»Sie können nicht da rein, Lady!«, schrie der eine. »Das ist viel zu gefährlich!«

»Ich *muss* aber ins Haus!«

»Geht nicht!«

Jack trat zu den dreien. Die Frau war schlank und attraktiv, schätzungsweise Mitte dreißig. Und sie war fuchsteufelswild.

»Lassen Sie mich los!«, schrie sie.

»Miss, ich bin der Polizeichef. Was ist …«

»Bitte!« Sie starrte ihn an. »Es muss sofort sein! Vielleicht brennt es jetzt schon!«

Ihre Stimme war so schrill, dass sogar Jack erschüttert war – und er bildete sich ein, im Laufe seines Berufslebens eigentlich schon jede mögliche Reaktion auf einen Brand erlebt zu haben: Leute, die im Gras lagen und hemmungslos schluchzten; Leute, die ein tierisches Geheul von sich gaben oder die Feuerwehrleute verfluchten, weil sie mit Wasser ihr Zuhause zerstörten – als würden die Flammen von selbst erlöschen.

»MussinsHausmussinsHaus«, kreischte die Frau hysterisch und versuchte sich loszureißen.

»Wie heißen Sie, Miss?«, fragte Jack.

»Tess Rafferty! Lassen Sie mich los!«

»Tess, wollen Sie wirklich Ihr Leben …«

»Ja!«

»Was brauchen Sie denn aus dem Haus?«

»Das glauben Sie mir ja doch nicht!«

»Versuchen Sie doch wenigstens mal, es mir zu erklären.«

Tess holte tief Luft und ließ den Kopf hängen.

»Das Telefon«, sagte sie dann. »Ich brauche es unbedingt. Ich bekomme Anrufe …«

Sie verstummte. Ray und Dyson sahen sich an und verdrehten die Augen. Einen Moment lang rührte Jack sich nicht. Dann bedeutete er den beiden Männern, Tess loszulassen. »Das geht klar«, sagte er. Erleichtert überließen Ray und Dyson die Verrückte ihrem Chef.

Als die beiden außer Hörweite waren, legte Jack der Frau die Hände auf die Schultern und sah ihr in die hellblauen Augen. Er musste sich anstrengen, nicht darauf zu achten, wie wunderschön sie sogar in dieser Notlage aussah.

»Wo befindet sich das Telefon?«, fragte er.

*

Zu diesem Zeitpunkt hatte Jack bereits vier Gespräche mit seinem toten Sohn geführt. Die Anrufe erreichten Jack immer freitags in seinem Büro im Polizeirevier. Er drückte dann den Hörer fest ans Ohr und sprach ganz leise.

Inzwischen war Jack nicht mehr verstört, wenn er Robbies

Stimme hörte, sondern freute sich bereits auf den nächsten Anruf und stellte neugierige Fragen über Robbies Umgebung.

»Es ist so wunderbar, Dad.«

»Wie sieht es denn dort aus, wo du jetzt bist?«

»Man sieht die Dinge nicht von außen, sondern ist in *ihnen.«*

»Wie meinst du das?«

»Ich bin zum Beispiel wieder in meiner Kindheit ... das ist so cool!«

Robbie lachte, und Jack verlor fast die Fassung. Das Lachen seines Sohnes. So lange hatte er es nicht mehr gehört.

»Das verstehe ich nicht, Junge. Erzähl mir mehr.«

»Liebe, Dad. Überall um mich her ... so viel Liebe ...«

Danach brach das Gespräch abrupt ab – alle anderen Anrufe waren auch so kurz gewesen –, und Jack blieb eine weitere Stunde an seinem Schreibtisch sitzen und wartete darauf, ob das Telefon vielleicht noch einmal klingeln würde. Schließlich fuhr er nach Hause, aufgewühlt und erschöpft zugleich, weil er wusste, dass er eigentlich Doreen von den Anrufen berichten müsste – und vielleicht auch anderen Leuten. Doch wie würde das aussehen? Der Polizeichef einer Kleinstadt, der behauptete, er telefoniere mit dem Jenseits? Außerdem wollte Jack dieses kleine Quäntchen Glück, sein Stück vom Himmel, hegen und hüten, um es nicht wieder einzubüßen.

Bis zu dem Brand hatte Jack geglaubt, der Einzige zu sein, der so etwas erlebte. Doch als er nun auf das brennende Haus zuging, fragte er sich unwillkürlich, ob diese Frau so verrückt nach ihrem Telefon war, weil sie eine ähnliche Erfahrung gemacht hatte wie er.

*

Wasser ist Teil der Freude und Teil des Leids. Sully musste an diese Textzeile aus einem Song denken, als er den Badeschaum in der Wanne zu seinem kleinen Sohn hinüberschwappen ließ. Das Badezimmer mit dem Boden aus kleinen runden Kacheln und den avocadogrünen Wänden war ebenso altmodisch wie der Rest der Wohnung. An der Wand lehnte ein Spiegel, den Sully noch aufhängen musste.

»Ich mag aber nicht Haare waschen, Daddy.«

»Warum denn nicht?«

»Das Zeug läuft mir immer in die Augen.«

»Aber irgendwann müssen deine Haare doch gewaschen werden!«

»Bei Mama musste ich das nicht machen.«

»Du musstest dir nie die Haare waschen?«

»Manchmal nicht.«

»Na schön, dann eben heute nicht.«

»Jaaaa!«

Sully stupste die Schaumblasen an und dachte daran, wie Giselle Jules gebadet hatte, als er noch ein Baby war. Wenn er fertig war, hatte sie ihn immer in ein Handtuch mit Kapuze gehüllt und dann trocken gerubbelt. Sully vermisste Giselle mit jeder Faser seines Körpers.

»Daddy?«

»Ja?«

»Hast du *tschüss* gesagt zu dem Flugzeug?«

»Zu welchem Flugzeug?«

»Als du rausgesprungen bist?«

»Ich bin nicht rausgesprungen. Ich wurde rausgeschleudert.«

»Was ist daran anders?«

»Na ja, es ist einfach anders.«

Einen Moment lang sah Sully sich selbst im Spiegel – zerzauste Haare, rot geränderte Augen, Bartstoppeln. Die gesamte letzte Woche hatte er in den benachbarten Kleinstädten Moss Hill und Dunmore nach Arbeit gesucht. Die Leute, bei denen er angefragt hatte, machten ihm jedoch alle wenig Hoffnung. *Schlechte Wirtschaftslage*, sagten sie. *Und jetzt, wo das Sägewerk geschlossen wurde …*

Er brauchte dringend Arbeit. Sully war elf Jahre bei der Marine gewesen, ein Jahr im Reservedienst und zehn Monate im Gefängnis. In jedem Bewerbungsformular wurde nach Vorstrafen gefragt. Wie sollte er das verschweigen? Und wie viele Leute hier in der Gegend wussten ohnehin Bescheid?

Sully dachte an den Ruf, den er auf dem Footballfeld gehört hatte. *Geronimo!* Aber das hatte er sich bestimmt eingebildet. Er war schließlich ziemlich angetrunken gewesen, nicht wahr?

»Vermisst du dein Flugzeug, Daddy?«

»Hmm?«

»Vermisst du dein Flugzeug?«

»Sachen vermisst man nicht, Jules. Nur Menschen.«

Jules betrachtete seine Knie, die aus dem Wasser ragten.

»Also hast du nicht *tschüss* gesagt zum Flugzeug.«

»Das ging nicht.«

»Warum nicht?«

»Weil alles so schnell geht, wenn man abspringen muss. Deshalb.«

Sully zog die Hand aus dem Schaum und schnippte mit den Fingern. Dann sah er zu, wie sich der Schaum bewegte.

Mann verliert Frau. Sohn verliert Mutter. *Wasser ist Teil der Freude und Teil des Leids.*

Einfach so.

*

Am Ortseingang von Kleinstädten wird man oft von einem Schild empfangen – WILLKOMMEN IN HABERVILLE. Oder: HIER BEGINNT CLAWSON. Sobald man die Stadtgrenze passiert hat, befindet man sich unweigerlich in einer Geschichte, und alles, was man selbst tut, wird Bestandteil dieser Geschichte.

Amy Penn fuhr an dem Schild mit der Aufschrift COLDWATER, GEGRÜNDET IM JAHRE 1898 vorüber, ohne zu ahnen, wie sehr sie selbst diesen Ort in den nächsten Wochen verändern würde. Momentan wusste sie lediglich, dass sie ihren Kaffee schon lange ausgetrunken hatte, dass kein Radiosender mehr rauschfrei zu empfangen war und dass sie seit ihrem Aufbruch in Alpena vor zwei Stunden das Gefühl hatte, dass sich mit jedem Kilometer alles verminderte: vier Fahrspuren wurden nach und nach zu einer einzigen, statt roter Ampeln gab es nur noch gelb blinkende, und statt riesiger Werbetafeln an der Autobahn sah sie Holzschilder auf Feldern.

Amy fragte sich, weshalb es ausgerechnet hier auf dem Land passierte, dass Verstorbene aus dem Himmel Kontakt mit Lebenden auf der Erde aufnahmen. Dann fielen ihr die Geisterhäuser ein – die befanden sich ja auch nie in Städten, sondern immer in irgendwelchen unheimlichen Einöden auf einem Hügel.

Amy griff nach ihrem iPhone und hielt immer wieder kurz an, um Fotos zu machen; sie überlegte bereits, wo sie später die Kamera aufstellen sollte. Sie fotografierte einen Friedhof, der von einer niedrigen Ziegelmauer umgeben war. Eine einstöckige Feuerwache. Eine Bücherei. Einige Läden an der Lake Street waren zugenagelt, andere schienen überlebt zu haben: ein Supermarkt, ein Bastelladen, ein Schlüsseldienst, eine Buchhandlung, eine Bank, ein Haus im Kolonialstil mit einem Schild, auf dem ANWALTSKANZLEI stand.

Überwiegend sah Amy alte Häuser im Cape-Cod- oder Ranch-Stil, mit schmalen asphaltierten Zufahrten und niedrigen Hecken, die zum Eingang führten. Sie hielt Ausschau nach dem Haus einer gewissen Katherine Yellin, die am Telefon einen ziemlich aufgeregten Eindruck gemacht hatte, als sie Amy ihre Adresse genannt hatte. Amy hatte sie ins GPS-System ihres Handys eingegeben: 24755 Guningham Road. *Wie gewöhnlich für ein Wunder,* dachte Amy. Aber das mit dem Wunder war ja auch Quatsch. Es würde sich alles als kolossale Zeitverschwendung erweisen.

Gib dir Mühe. Sei ein Profi, wurde Amy von einer gestrengen inneren Stimme ermahnt.

Sie wendete den Wagen – auf dessen Seiten NINE ACTION NEWS stand – und fuhr die Straße noch einmal entlang. Dann fiel ihr auf, dass nicht alle Häuser Nummern hatten.

»Na super«, murmelte Amy. »Und wie soll ich das jetzt finden?«

Doch sie hätte sich keine Sorgen machen müssen: Als sie zu dem Haus kam, stand Katherine auf der Veranda und winkte.

*

Vertrauen, sagt man, ist besser als Glauben, denn beim Glauben übernehmen andere das Denken. Mit dem Vertrauen hatte Pastor Warren kein Problem. Was dieses sogenannte Wunder anging, tat er sich mit dem Glauben allerdings schwer. Gewiss, die Kirche war seitdem voller als je zuvor und die Gemeinde wesentlich engagierter. Statt erschöpfter Leute, die Gott im Gebet um Jobs baten, sah er jetzt lebhafte Menschen vor sich, die um Vergebung baten und gelobten, sich zu bessern. Diese Entwicklung war durch Katherines Offenbarung ausgelöst worden.

Dennoch gefiel Pastor Warren die ganze Sache nicht. Als er mit diesem Mann vom Fernsehsender in Alpena gesprochen hatte (wie schnell sich Neuigkeiten doch verbreiteten!), hatte der Pastor dieses Phänomen nicht erklären können. Warum sollte Der Herr zwei seiner Schäfchen den Kontakt mit dem Jenseits ermöglichen? Warum ausgerechnet diesen beiden? Und weshalb jetzt?

Der Pastor nahm seine Brille ab, rieb sich die Schläfen und strich durch sein schütteres weißes Haar. Die intensive Beschäftigung mit theologischen Fragen während seiner Ausbildung lag lange zurück. Jetzt, mit zweiundachtzig Jahren, wo seine Hände so zittrig waren, dass er die Seiten im Gebetbuch nur noch mit Mühe umblättern konnte, wollte er sich nicht mehr mit solchen Themen herumplagen.

Zu Beginn der Woche hatte der Pastor Katherine zu sich ins Büro bestellt und sie über die Pläne des Fernsehsenders informiert. Warren hatte ihr geraten, im Umgang mit Fernsehleuten äußerste Vorsicht walten zu lassen.

»Und was ist jetzt mit Elias Rowe?«, hatte Katherine gefragt.

»Seit er sich im Gottesdienst zu Wort gemeldet hat, habe ich ihn weder gesehen noch gehört.«

Katherine sah beinahe erfreut aus.

»Ihre Kirche wurde aus gutem Grund erwählt, Herr Pastor«, sagte sie. »Und wenn einer Kirche so etwas zuteilwird, sollte sie den Weg des Glaubens befördern und nicht behindern, denken Sie nicht auch?«

Während Katherine ihre Handschuhe anzog, dachte Pastor Warren, dass dieser Satz eher nach einer Drohung als nach einer Frage klang.

*

An diesem Abend ging Elias in Frieda's Diner – das einzige Lokal in Coldwater, das nach neun Uhr noch geöffnet hatte. Er setzte sich in eine Nische ins Eck und bestellte den Rindfleischeintopf. Elias war froh, dass sich außer ihm fast niemand dort aufhielt, denn er legte keinen Wert darauf, dass man ihn mit Fragen behelligte.

Seit er in der Kirche aufgestanden war und diesen simplen Satz gesprochen hatte – »Ich habe auch so einen Anruf bekommen« –, hatte Elias das Gefühl, auf der Flucht zu sein. Dabei hatte er eigentlich nur erklären wollen, dass Katherine nicht verrückt war. Und da er wusste, wovon sie sprach – inzwischen hatte er fünf solcher Anrufe bekommen –, wäre es ihm wie eine Sünde erschienen zu schweigen.

Doch Elias' Anrufe machten ihn im Gegensatz zu Katherine nicht glücklich, denn sie stammten nicht von einem verstorbenen Menschen, der ihm lieb und teuer gewesen war, sondern von einem verbitterten ehemaligen Angestellten – Nick Joseph, einem Dachdecker, der zehn Jahre lang für Elias gearbeitet hatte. Nick war dem Alkohol sehr zugetan gewesen und hatte immer wieder versucht sich für sein Zuspätkommen oder schlampige Arbeit herauszureden. Wiederholt war er auch betrunken zur Arbeit erschienen, worauf Elias ihn wieder nach Hause geschickt hatte, ohne ihn zu bezahlen.

Eines Tages, als Nick wieder einmal eindeutig alkoholisiert war, geriet er bei der Arbeit in Streit mit seinem Kollegen, machte im Suff eine ungeschickte Bewegung und fiel vom Dach, wobei er sich den Arm brach und eine Rückenverletzung zuzog.

Als man Elias benachrichtigte, empfand er wenig Mitgefühl, sondern war vor allem wütend. Er gab Anweisung, dass Nick sich einem Alkoholtest unterziehen sollte, und ignorierte dessen wehleidiges Geschrei, man solle um Gottes willen niemandem etwas sagen. Ein Krankenwagen kam, der Test wurde gemacht, das Ergebnis war positiv. Daraufhin verlor Nick die Berechtigung für Krankengeld.

Er arbeitete nie mehr, hatte mehrere Klinikaufenthalte und kämpfte unablässig gegen seine Krankenversicherung, die für die Kosten nicht aufkommen wollte.

Ein Jahr nach dem Unfall wurde Nick tot in seinem Keller gefunden – er war offenbar an einem Herzinfarkt gestorben.

Das war vor achtzehn Monaten gewesen.

Und nun bekam Elias plötzlich diese Anrufe.

»*Warum haben Sie das gemacht?*«, hatte eine Stimme beim ersten Anruf gefragt.

»Wer ist da?«, hatte Elias erwidert.

»*Nick. Wissen Sie nicht mehr?*«

Mit zitternden Händen hatte Elias das Gespräch abgebrochen und aufs Display seines Handys geschaut. Die Nummer war unterdrückt gewesen.

Eine Woche später – als Elias gerade mit Josie sprach – folgte der nächste Anruf.

»*Ich brauchte Hilfe. Wieso haben Sie mir nicht geholfen? Gott … vergibt mir. Warum haben Sie das nicht getan?*«

»Wer auch immer Sie sind – rufen Sie mich nie wieder an!«, zischte Elias, brach das Gespräch ab und ließ dabei vor Aufregung sein Handy fallen.

Wieso bekam er diese Anrufe?, fragte sich Elias jetzt. Warum er und warum jetzt?

Die Bedienung brachte den Eintopf, und Elias zwang sich zum Essen; seit Wochen hatte er keinen richtigen Appetit mehr. Morgen würde er sich eine neue und vor allem verdeckte Telefonnummer geben lassen. Wenn diese Anrufe tatsächlich ein Zeichen von Gott waren, hatte Elias jetzt seinen Anteil geleistet, fand er. Es reichte ihm.

Er legte nicht den geringsten Wert auf dieses Wunder.

SECHSTE WOCHE

Zwei Jahre bevor Alexander Bell das Telefon erfand, schrie er ins Ohr eines Toten.

Dieses Ohr hatte Bells Geschäftspartner, ein Chirurg, mitsamt Knochen und Trommelfell abgetrennt, damit Bell – damals ein junger Sprecherzieher – erforschen konnte, wie das Trommelfell den Schall weiterleitete. Bell befestigte einen Strohhalm am Trommelfell, ein Stück berußtes Glas am Ende des Strohhalms und einen Trichter auf der anderen Seite.

Wenn Bell in den Trichter schrie, vibrierte das Trommelfell und bewegte damit den Strohhalm, der eine Spur auf dem Glas hinterließ. Ursprünglich hatte Bell gehofft, mithilfe dieser Aufzeichnungen seinen taubstummen Schülern das Sprechen beibringen zu können – darunter auch seiner späteren Frau, der jungen Mabel Hubbard. Doch dann wurden ihm die größeren Dimensionen dieses Forschungsergebnisses bewusst.

Wenn der Schall Strom ebenso in Schwingung versetzen konnte wie diesen Strohhalm, dann konnten Worte ebenso weite Strecken zurücklegen wie der Strom. Das Einzige, was man dafür brauchte, war eine Art mechanisches Trommelfell an beiden Enden.

Das Ohr eines Toten hatte diese Erkenntnis ermöglicht. Die Toten waren also bereits zwei Jahre, bevor das erste Gerät dieser Art entstand, Teil der Geschichte des Telefons.

*

Im Norden von Michigan fallen die Blätter im Herbst schon früh – Mitte Oktober waren die Bäume in Coldwater bereits kahl. Was eine etwas unheimliche Atmosphäre erzeugte – als sei eine gewaltige Kraft durch die kleine Stadt getobt und habe sie leergefegt.

Doch diese Stimmung sollte sich bald ändern.

Ein paar Tage bevor der Rest der Welt vom Wunder von Coldwater erfuhr, stand Jack Sellers – in faltenlosem blauem Hemd, frisch rasiert, die Haare straff nach hinten gekämmt – in der verrußten Küche von Tess Rafferty, die gerade einen weiteren Löffel Instant-Kaffee in ihre bereits gefüllte Tasse rührte.

»Ich brauch mehr Koffein«, erklärte sie dabei. »Ich versuche wach zu bleiben, falls der Anruf noch spät kommt.«

Jack nickte und sah sich um. Das Untergeschoss war weniger von dem Brand betroffen; die hellbraunen Wände allerdings erinnerten durch den Ruß an angebrannten Toast. Auf dem Küchentresen stand der alte Anrufbeantworter, der aus dem Feuer geholt worden war, und an der Wand neben den Geschirrschränken hing das schnurlose Telefon, das Tess so sehr am Herzen lag.

»Sie haben wirklich nur dieses eine Telefon?«, fragte Jack.

»Das Haus hat früher meiner Mutter gehört, und sie wollte das so.«

»Und Sie bekommen ihre Anrufe auch immer freitags?«

Tess zögerte. »Das ist jetzt kein polizeiliches Verhör, oder?«

»Nein, nein. Ich bin genauso verwirrt wie Sie«, wiegelte Jack ab und trank einen Schluck Kaffee. Er musste sich bemühen, Tess nicht allzu oft anzusehen. Er müsse die Brandschäden noch begutachten – das hatte er als Erklärung für seinen Besuch bei Tess angegeben. Aber sie wussten beide, dass das eine Ausrede war. Immerhin hatte er ihr Telefon aus den Flammen gerettet – warum hätte er das tun sollen, wenn er nicht gewusst hätte, dass es damit etwas Besonderes auf sich hatte?

Binnen einer Viertelstunde hatten die beiden einander ihr Geheimnis offenbart.

»Ja«, antwortete Tess, »immer freitags.«

»Und nur hier? Nicht an Ihrem Arbeitsplatz?«

»Ich war seither nicht mehr bei der Arbeit. Ich bin Leiterin einer Kindertagesstätte. Die Angestellten vertreten mich, und ich lasse mir immer wieder irgendwelche Entschuldigungen einfallen. Offen gestanden habe ich seither das Haus überhaupt nicht mehr verlassen. Das ist natürlich absurd. Aber ich will keinen Anruf versäumen.«

»Kann ich Sie etwas fragen?«

»Ja?«

»Was hat Ihre Mutter beim ersten Anruf gesagt?«

Tess lächelte. »Beim ersten Mal hat sie eine Nachricht auf dem AB hinterlassen. Beim zweiten Anruf wollte sie mir vom Himmel erzählen, und beim dritten habe ich sie dann gefragt, wie es dort sei. Und sie antwortete, ›wunderschön‹ und sagte, durch das Leid, das wir hier auf Erden ertragen müssten, könnten wir den Zustand im Himmel dann viel mehr schätzen.«

Tess hielt einen Moment inne. Dann fügte sie hinzu: »Sie hat auch gesagt, es sei nicht von Dauer.«

»Was?«

»Dieser Kontakt.«

»Hat sie gesagt, wie lange er möglich sein wird?«

Tess schüttelte den Kopf.

»Und Sie haben mit niemand anderem darüber gesprochen?«, fragte Jack.

»Nein. Sie?«

»Nein, ich auch nicht.«

»Nicht mal mit Ihrer Frau?«

»Wir sind geschieden.«

»Aber sie ist immer noch die Mutter Ihres Sohnes.«

»Ich weiß. Aber was sollte ich ihr denn sagen?«

Tess blickte auf ihre nackten Füße. Seit Wochen war sie nicht mehr bei der Pediküre gewesen.

»Wann haben Sie Ihren Sohn verloren?«

»Vor zwei Jahren. Afghanistan. Er trat aus einem Gebäude, das er sondiert hatte, und zwei Meter vor ihm explodierte eine Autobombe.«

»Wie furchtbar.«

»Ja.«

»Aber Sie konnten ihn bestatten?«

»Ich habe die Leiche gesehen, wenn es das ist, was Sie meinen.«

Tess zuckte zusammen. »Tut mir leid.«

Jack starrte in seine Tasse. Wenn man ein Kind ist, wird einem gesagt, dass man später vielleicht in den Himmel kommt. Aber man hört nie, dass es auch umgekehrt sein könnte.

»Glauben Sie, nur wir beide erleben das?«, fragte Tess.

Jack wandte den Blick ab, weil er sich dieser schönen Frau, die mindestens zehn Jahre jünger war als er, plötzlich so nah fühlte. Weil sie »nur wir beide« gesagt hatte.

»Schon möglich«, antwortete er, fügte dann aber schnell hinzu: »Vielleicht auch nicht.«

*

Amy bog mit dem Wagen des Senders auf die Autobahnzufahrt ein. Als die Straße endlich wieder dreispurig war, atmete Amy erleichtert aus und gab Gas.

Nach den drei Tagen in Coldwater kam es ihr vor, als kehre sie erst jetzt in die reale Welt zurück. Die Kamera und die Segeltuchtasche mit dem Filmmaterial waren im Kofferraum verstaut. Amy dachte an ihre Gespräche mit Katherine Yellin, der rothaarigen Frau, die früher eine Schönheit gewesen sein musste. Die Interviews hatten Amy sehr angestrengt, weil die Mittvierzigerin ihr emotional zu intensiv gewesen war. Amy mit ihren einunddreißig Jahren glaubte nicht, dass sie sich jemals so leidenschaftlich auf etwas stürzen könnte wie Katherine auf dieses Jenseits-Thema.

»Der Himmel erwartet uns«, hatte Katherine gesagt.

»Moment, ich muss die Kamera noch aufstellen.«

»Meine Schwester sagt, es sei großartig dort.«

»Das ist bemerkenswert.«

»Sind Sie gläubig, Amy?«

»Es geht hier nicht um mich.«

»Aber Sie sind doch gläubig, oder nicht, Amy?«

»Ja. Natürlich.«

Amy trommelte mit den Fingern aufs Lenkrad. Das war gelogen gewesen. *Na und?* Ihr Interview hatte sie bekommen, und sie würde nicht mehr an diesen Ort zurückkehren. Sie würde das Material schneiden, und während sie dann abwartete, ob Phil es überhaupt senden würde, wollte sie sich nach einer besseren Stelle umschauen.

Sie griff nach ihrem iPhone und sah nach, ob Nachrichten eingetroffen waren. Coldwater war für Amy bereits abgehakt.

Doch nichts verändert eine Kleinstadt mehr als Menschen von außerhalb.

Das Filmmaterial im Kofferraum würde Zeugnis davon geben.

VIER TAGE SPÄTER

NACHRICHTEN
Channel 9, Alpena

(*im Bild: Telefonmasten in Coldwater*)

AMY: Auf den ersten Blick scheint Coldwater eine ganz gewöhnliche Kleinstadt mit gewöhnlichen Telefonmasten und -kabeln zu sein. Doch einer Einwohnerin dieses Ortes zufolge sind diese Kabel mit einer höheren Macht verbunden als nur mit einer Telefongesellschaft!

(*Katherine hält Handy ans Ohr*)

KATHERINE: Ich habe einen Anruf von meiner älteren Schwester Diane bekommen.

(*Foto von Diane*)

AMY: Doch Diane ist vor zwei Jahren an einem Herzwandaneurysma gestorben. Im letzten Monat bekam Katherine Yellin den ersten Anruf dieser Art, weitere folgten – und zwar immer freitags.

(*Katherine zur Kamera*)

KATHERINE: Ja, es gibt keinen Zweifel, dass es Diane ist. Sie hat mir erzählt, dass sie glücklich ist im Himmel und dass sie …

(*Zoom auf die weinende Katherine*)

… dass sie auf mich wartet, dass sie dort auf uns alle warten.

AMY: Halten Sie diese Anrufe für ein Wunder?

KATHERINE: Ja, natürlich.

(*Amy vor der Harvest of Hope Baptist Church*)

AMY: In dieser Kirche hat Katherine während des Gottesdienstes erstmals von ihren Anrufen berichtet. Die Gemeindemitglieder waren erschüttert und hoffnungsvoll gleichermaßen. Natürlich, und das muss man an dieser Stelle betonen, glaubt nicht jeder an dieses sogenannte Wunder.

(*Pater Carroll*)

PATER CARROLL: Das Thema ›Jenseits‹ sollte mit äußerster Vorsicht behandelt werden. Derlei Angelegenheiten überlässt man – mit Verlaub gesagt – am besten den höheren Mächten.

(*Amy geht unter Fernmeldekabeln hindurch*)

AMY: Zumindest eine weitere Person – die uns allerdings kein Interview geben wollte – hat sich dazu bekannt, auch einen solchen Anruf bekommen zu haben. Und viele Menschen hier in Coldwater warten nun darauf, die Nächsten zu sein, die einen Anruf vom Himmel erhalten.

(*Amy bleibt stehen*)

Das war Amy Penn aus Coldwater für *Nine Action News.*

Pastor Warren schaltete, in Gedanken versunken, den Fernseher aus. Vielleicht hatten den Bericht ja nicht viele Zuschauer gesehen, redete er sich ein. Es war ja nur ein kurzer Beitrag gewesen, und die Leute vergaßen Nachrichten auch schnell wieder.

Warren war froh, dass er selbst nicht mit der Reporterin gesprochen hatte, obwohl sie mehrmals hartnäckig bei ihm angefragt hatte. Er hatte ihr jedoch jedes Mal aufs Neue geduldig erklärt, dass es ihm als Pastor nicht zustünde, sich dazu zu äußern, solange die Kirchenoberen keine offizielle Aussage gemacht hatten.

Die anderen Geistlichen aus Coldwater hatten sich schließlich darauf geeinigt, Pater Carroll als Sprecher vorzuschicken, was Warren als große Erleichterung empfunden hatte.

Warren schloss sein Büro ab und betrat den leeren Kirchenraum. Er kniete sich in eine Bank, obwohl seine Gelenke schmerzten, und sprach ein Gebet. In Augenblicken wie diesen fühlte der Pastor sich dem Herrn am nächsten. Allein mit Ihm in Seinem Haus. Warren gestattete sich den Gedanken, dass der Allmächtige alles Weitere lenken würde – da hatte es diese Offenbarung einer Gläubigen und das Erscheinen dieser neugierigen Reporterin gegeben, und damit war die Geschichte vielleicht nun beendet.

Als er hinausging, nahm Pastor Warren seinen Schal von der Garderobe und wickelte ihn fest um den Hals. Es war schon weit nach fünf Uhr nachmittags, im Büro hielt sich niemand mehr auf. Doch hätte Pastor Warren einen Blick auf Mrs Pultes Schreibtisch geworfen, so wäre ihm das aufgeregte Blinken der Telefone aufgefallen.

*

In dem Traum – den Sully mehrmals in der Woche hatte – saß er im Cockpit, mit geschlossenem Helm und Sauerstoffmaske. Er spürte einen furchtbaren Ruck, das Flugzeug schlingerte, die Instrumente blockierten. Sully zog an einem Hebel, das Dach flog weg, eine Rakete explodierte unter ihm. Sein Körper wurde durchzuckt von Schmerz. Dann war plötzlich alles still, und weit unter sich sah er ein kleines Feuer – sein Flugzeug stand in Flammen. Und ein weiteres Feuer, das noch viel kleiner war.

Als Sully nach unten schwebte, hörte er eine Stimme flüstern: *Bleib da weg. Bleib oben am Himmel. Hier oben ist man in Sicherheit.*

Es war Giselles Stimme.

Sully schreckte auf, schweißüberströmt, und blickte wild um sich. Er lag auf der Couch, wo er nach zwei Wodka mit Cranberrysaft eingeschlafen war. Der Fernseher lief. Channel 9, der Sender aus Alpena. Sully blinzelte, um seine Augen zu klären. Eine Reporterin stand vor einem Kirchengebäude, das Sully vertraut vorkam – es war die Harvest of Hope Baptist Church, keine zwei Kilometer von Sullys Wohnung entfernt.

»Und viele Menschen hier in Coldwater warten nun darauf, die nächsten zu sein, die einen Anruf vom Himmel erhalten.«

»Kann ja wohl nicht wahr sein«, murmelte Sully vor sich hin.

»Gibt's jetzt Essen, Daddy?«

Sully blickte auf und sah Jules neben der Couch stehen.

»Na klar. Daddy ist nur ein bisschen eingenickt.«

»Das passiert aber oft.«

Sully griff nach seinem Glas und trank den Rest von seinem Drink, der inzwischen warm geworden war. »Ich mach uns Spaghetti.«

Jules zupfte an seinen Sneakers, die sich am Rand auflösten. Sully fiel auf, dass er dem Jungen neue Schuhe kaufen musste.

»Daddy?«

»Ja?«

»Wann ruft Mami uns aus dem Himmel an?«

*

Das Maß war voll. Tess hatte zwar E-Mails an ihre Arbeitsstelle geschickt, in denen sie erklärte, dass sie Ruhe bräuchte und nicht angerufen werden wolle. Doch als sich die Nachricht von dem Brand in ihrem Haus herumgesprochen hatte, fuhren zwei ihrer Kolleginnen – Lulu und Samantha – zu Tess nach Hause und hämmerten an die Tür. Tess machte auf und überschattete die Augen gegen das Sonnenlicht.

»Oh Gott«, sagte Lulu erschrocken. Ihre Freundin sah extrem dünn und blass aus. Die langen blonden Haare hatte sie nach hinten gebunden, was sie noch hagerer wirken ließ.

»Ist alles in Ordnung mit dir, Tess?«

»Ja, sicher.«

»Können wir reinkommen?«

»Klar.« Tess trat beiseite. »Entschuldigung.«

Im Haus sahen die beiden Frauen sich um. Von einigen Rußflecken abgesehen wirkte das Untergeschoss unverändert. Doch oben sah man die verkohlte Schlafzimmertür, und die Treppe war mit zwei verschränkten Holzbrettern vernagelt.

»Hast du das gemacht?«, fragte Samantha.

»Nee. Das war dieser Mann.«

»Was für ein Mann?«

»Von der Polizei.«

Samantha betrachtete Tess prüfend. Die beiden Frauen waren seit vielen Jahren befreundet und hatten die Kita gemeinsam gegründet. Sie aßen zusammen, halfen sich gegenseitig aus, teilten Freud und Leid. Ein Mann? Ein Brand? Und Samantha wusste von nichts? Sie trat vor, ergriff Tess' Hände und sagte: »Hey du, ich bin's. Was ist hier los?«

Im Laufe der nächsten zwei Stunden erzählte Tess ihren Kolleginnen von den Erlebnissen, die ihr noch vor wenigen Wochen unvorstellbar gewesen wären: von den Anrufen ihrer Mutter. Tess berichtete von dem Brand – die Heizung im Keller war kaputtgegangen, und deshalb hatte Tess überall im Haus Heizgeräte aufgestellt. Während sie schlief, hatte eines der Geräte einen Kurzschluss gehabt und Funken gesprüht, woraufhin das Obergeschoss Feuer gefangen hatte.

Dann erzählte Tess von Jack Sellers, der ihr Telefon und den Anrufbeantworter aus dem Feuer geholt hatte, und gestand, dass sie gebetet und gefastet hatte, weil sie so sehr befürchtet hatte, ihre Mutter aufs Neue verloren zu haben. Und dass sie auf die Knie gefallen war vor Dankbarkeit, als drei Tage später wieder ein Anruf kam und Ruth am anderen Ende der Leitung sagte: »Ich bin's, Tess«.

Als sie endete, weinten alle drei Frauen.

»Ich weiß nicht, was ich tun soll«, flüsterte Tess.

»Und du bist hundertprozentig sicher?«, fragte Lulu.

»Sie ist es, Lulu. Es gibt nicht den geringsten Zweifel.«

Samantha schüttelte staunend den Kopf. »Die ganze Stadt redet nur über diese beiden, die sich beim Gottesdienst in der Harvest of Hope offenbart haben. Und dabei kriegst du auch schon die ganze Zeit Anrufe.«

»*Was?*«, fragte Tess fassungslos. »Es gibt noch andere?«

»Kam in den Nachrichten«, bestätigte Lulu.

Die drei sahen sich an.

»Da fragt man sich doch«, sagte Samantha dann langsam, »ob noch mehr Leute solche Anrufe kriegen.«

*

Zwei Tage nach Ausstrahlung der Reportage erwachte Katherine Yellin um sechs Uhr morgens von einem Geräusch vor ihrem Haus.

Sie hatte von dem Abend geträumt, an dem Diane gestorben war. Die beiden Schwestern wollten damals zusammen in ein Klassikkonzert gehen. Stattdessen fand Katherine Diane leblos im Wohnzimmer auf dem Fußboden, zwischen ihrem Glascouchtisch und dem Ledersitzkissen. Panisch rief Katherine den Notdienst an und schrie die Adresse ins Telefon. Dann nahm sie

Diane in die Arme und hielt ihre Hand, bis der Krankenwagen eintraf. Diane war durch eine Schwellung und das Platzen der Aorta aus dem Leben gerissen worden. Wie hätte es auch anders sein können, sagte Katherine sich später, als dass ihre hübsche humorvolle und wunderbare Schwester an ihrem zu großen Herzen gestorben war?

In Katherines Traum hatte Diane plötzlich die Augen aufgeschlagen und gesagt, sie müsse telefonieren.

Wo ist mein Handy, Kath?

Und dann fuhr Katherine an diesem Geräusch hoch – was war das für ein seltsames Brummen?

Sie zog ihren Morgenmantel über, eilte beunruhigt nach unten und spähte im Wohnzimmer durch den Vorhang.

Und legte unwillkürlich die Hand aufs Herz.

Auf dem Rasen in ihrem Vorgarten knieten im Halbdunkel fünf Menschen. Sie hielten sich an den Händen und hatten die Augen geschlossen.

Nun wusste Katherine, was sie geweckt hatte.

Diese Menschen sprachen Gebete.

*

Amy hatte sich wieder mit besonderer Sorgfalt zurechtgemacht für den Gesprächstermin mit Phil Boyd, aber diesmal hatte sie keine großen Erwartungen. Sie wusste, dass Phil nicht viel von ihren Fähigkeiten hielt. Doch das Gespräch verlief von Anfang an anders als das letzte.

»Und, was hältst du von Coldwater?«, fragte er neugierig.

»Tja … typische Kleinstadt, würde ich sagen.«

»Und die Leute?«

»Recht freundlich.«

»Wie lief es mit dieser« – Phil warf einen Blick auf seinen Notizblock – »Katherine Yellin?«

»Gut. Ich meine, sie hat den ganzen Vorfall bereitwillig geschildert. Oder jedenfalls das, was sie glaubt, erlebt zu haben.«

»Hat sie Vertrauen zu dir?«

»Ich denke schon.«

»Warst du bei ihr zuhause?«

»Ja.«

»Kam einer dieser Anrufe, während du dort warst?«

»Nee.«

»Aber du hast dieses Handy gesehen?«

»Ja. Rosa. Katherine trägt es immer bei sich.«

»Und was war mit dem Mann, der auch von diesen Anrufen berichtet hat?«

»An den war kein Rankommen. Er wollte partout nicht reden. Ich war echt hartnäckig und bin sogar zu seinem Büro gefahren und …«

Phil hielt die Hand hoch, als wolle er sagen, *nur keinen Stress, so was kommt vor.* Amy wunderte sich, dass Phil so verständnisvoll war – und überdies interessiert an einer Story, die Amy für wertlos hielt. Es gab doch ständig irgendwo Leute, die behaupteten, irgendwelche Zeichen aus anderen Sphären empfangen zu haben. Denen erschien die Jungfrau Maria an einer Gartenmauer oder das Gesicht von Jesus in einem Muffin. Solche Storys gaben nichts her.

»Was würdest du davon halten, noch mal dorthin zu fahren?«

»Nach Coldwater?«

»Ja.«

»Um noch eine andere Story zu bearbeiten?«

»Nein, um an dieser hier dranzubleiben.«

Amy zog die Augenbrauen hoch. »Du meinst, ich soll darauf warten, dass noch andere irgendwas von Toten hören? Und darüber berichten, als sei es *real?*«

Phil trommelte mit den Fingerspitzen auf dem Schreibtisch. »Ich möchte dir was zeigen.« Er rollte mit seinem Stuhl zum Computer, gab etwas ein und drehte dann den Monitor so, dass Amy ihn sehen konnte.

»Hast du dir schon die Internet-Reaktionen auf deinen Beitrag angeschaut?«

»Noch nicht«, gestand Amy, ohne dieses Versäumnis zu begründen – tatsächlich hatte sie sich am Vorabend sofort nach ihrer Rückkehr mit Rick, ihrem Verlobten, gestritten, weil der ihr wieder einmal vorgehalten hatte, dass ihre Karriere ihr offenbar so viel wichtiger sei als er.

»Dann wirf jetzt mal einen Blick drauf«, sagte Phil mit einem kleinen Lächeln.

Amy strich sich die Ponyfransen aus der Stirn und beugte sich vor. Unter der Headline BÜRGER VON COLDWATER IN KONTAKT MIT DEM HIMMEL befand sich eine Liste von E-Mail-Reaktionen, die den ganzen Bildschirm füllte – was Amy erstaunte, denn auf ihre Reportagen gab es normalerweise null Reaktion.

»Das ist ja gar nicht schlecht, oder?«, sagte Amy. »Wie viele sind das – fünf, sechs … acht oder so?«

»Schau mal genau hin«, erwiderte Phil.

Amy blinzelte. Über der Liste sah sie eine Zeile, die sie übersehen hatte und die ihr einen Schauer den Rücken hinunterjagte:

Kommentare: 8 von 14706.

*

Sully legte seinem Sohn ein paar Kartoffeln auf den Teller. Es war Donnerstagabend, und sie waren zum Essen bei seinen Eltern. Die beiden luden ihn oft ein, um ihm Kosten zu ersparen. Sully hatte noch immer keine Arbeit gefunden. Auch die meisten Umzugskartons hatte er noch nicht ausgepackt. Für vieles fehlte ihm der Antrieb – bis auf Alkoholtrinken, Rauchen, Grübeln und sich um Jules zu kümmern.

Das Grübeln war ein Fluch, und Sully wünschte, er könnte damit aufhören.

»Kann ich noch mehr haben?«, fragte Jules.

»Das reicht doch«, antwortete Sully.

»Sully, lass ihn doch …«

»Mom.«

»Was?«

»Er darf nicht so verschwenderisch mit Essen umgehen. Das versuche ich ihm gerade beizubringen.«

»Wir können es uns aber leisten.«

»Nun, das gilt nicht für jeden hier am Tisch.«

Sullys Vater hustete und beendete damit die Debatte. Er legte seine Gabel ab.

»Ich hab heute diesen Wagen von dem Fernsehsender aus Alpena gesehen«, berichtete er. »Hatte bei der Bank geparkt.«

»Alle reden darüber«, sagte Sullys Mutter. »So was Gruseliges. Tote, die telefonieren.«

»Bitte«, murmelte Sully.

»Glaubst du, die haben das erfunden?«

»Glaubst du das etwa nicht?«

»Tja, ich weiß nicht recht.« Sullys Mutter schnitt ein Stück Huhn ab. »Myra kennt diesen Mann, der sich in der Kirche zu Wort gemeldet hat. Elias Rowe. Der hat ihr Haus gebaut.«

»Und?«

»Sie hat mir erzählt, dass er spätabends noch zu ihr gefahren ist und ihr einen Scheck gebracht hat. Weil er einen Fehler in seiner Abrechnung bemerkt hatte.«

»Und was soll das beweisen?«

»Dass er ein ehrlicher Mensch ist.«

Sully stocherte in seinen Kartoffeln. »Das eine hat doch mit dem anderen nichts zu tun.«

»Was meinst du denn dazu, Fred?«

Sullys Vater atmete langsam aus. »Ich denke, dass die Leute das glauben, was sie glauben wollen.«

Sully fragte sich unwillkürlich, ob das auch für ihn selbst galt.

»Na ja, wenn diese arme Frau dann den Verlust ihrer Schwester besser verkraftet – warum soll sie's nicht glauben?«, sagte Sullys Mutter. »Meine Tante hat auch ständig mit Geistern geredet.«

»Mom«, fauchte Sully, wies mit dem Kopf auf Jules und raunte: »Könntest du das bitte lassen?«

»Oh«, sagte sie leise.

»Na, was soll's, in der Bibel steht geschrieben, dass Gott aus einem brennenden Busch gesprochen hat«, bemerkte Fred. »Das ist ja wohl auch ziemlich seltsam. Warum also nicht aus einem Telefon?«

»Können wir das Thema jetzt bitte beenden?«, sagte Sully scharf.

Eine Weile hörte man nur noch Kaugeräusche und Besteckklappern.

»Kann ich *jetzt* noch mehr Kartoffeln haben?«, fragte Jules.

»Iss erst mal das auf, was du auf dem Teller hast«, antwortete Sully.

»Er hat aber doch Hunger«, wandte seine Mutter ein.

»Bei mir kriegt er auch was zu essen, Mom, so ist das nicht …«

»Ich wollte damit nicht sagen …«

»Ich kann für meinen Sohn aufkommen!«

»Nur die Ruhe, Sully«, sagte sein Vater.

Ein unbehagliches Schweigen trat ein. Schließlich legte Jules seine Gabel weg und fragte: »Was heißt ›aufkommen‹?«

Sully starrte auf seinen Teller. »Dass man jemandem etwas gibt.«

»Oma?«

»Ja, Schätzchen?«

»Kannst du mir ein Telefon aufkommen?«

»Warum denn?«

»Ich will Mami im Himmel anrufen.«

*

»Sehen wir uns gleich im Pickles, Jack?«

Die Tagschicht war vorbei, und die Kollegen aus dem Polizeirevier trafen sich auf ein Feierabendbier. In Coldwater war nachts keine Polizei im Einsatz. Notfälle wurden vom Notruf übernommen.

»Ja, ich komm gleich nach«, antwortete Jack. Er wartete, bis die anderen gegangen waren. Nur Dyson hielt sich noch im Pausenraum auf, in dem die Mikrowelle stand. Es roch nach Popcorn. Jack schloss die Tür zu seinem Büro.

»Ich bin's, Dad ...«

»Wo bist du, Robbie?«

»Das weißt du doch. Du musst es nicht geheim halten. Du kannst jetzt allen die Wahrheit sagen.«

»Welche Wahrheit denn?«

»Dass das Ende nicht das Ende ist.«

Dieses Gespräch hatte vor knapp einer Stunde stattgefunden. Jack rief die Anrufliste im Display auf. Robbies Nummer war wieder nicht zu sehen gewesen. Jack drückte – wie schon so oft – die Wiederwahltaste. Er hörte mehrere kurze hohe Pieptöne, dann nichts mehr. Keine Verbindung, kein Anrufbeantworter, keine Bandaufnahme. Nur Stille. Jack überlegte, ob er eine Ermittlung starten sollte; dem Fernsehbericht zufolge gab es ja offenbar noch diverse Leute, die solche Anrufe bekamen. Doch wie sollte er Nachforschungen anstellen, ohne zuzugeben, dass er selbst Teil dieses Phänomens war? Und das Polizeirevier von Coldwater verfügte gerade mal über einen einzigen Streifenwagen, ein paar Computer, alte Blechaktenschränke und ein Budget, das nur für den Einsatz an sechs Wochentagen ausreichte.

Jack zog seinen Mantel an und sah dabei sein Spiegelbild in einer Landkarte in einem Glasrahmen. Jack hatte ein markantes Kinn, das Robbie von ihm geerbt hatte. Genauso wie die stattliche Größe, die laute Stimme und das herzhafte Lachen. »Meine Holzfäller«, hatte Doreen immer gesagt. Jack dachte an das Gespräch, als Robbie ihm eröffnet hatte, dass er sich zum Marine Corps melden wollte.

»Bist du dir ganz sicher, Junge?«

»*Du* hast doch auch gekämpft, Dad.«

»Aber nicht jeder ist dafür geeignet.«

»Ich will aber was bewegen.«

»Kannst du dir denn vorstellen, es *nicht* zu tun?«

»Nein. Kann ich nicht.«

»Tja, dann hast du dir die Antwort wohl schon selbst gegeben.«

Doreen hatte getobt vor Wut und Jack vorgeworfen, er habe Robbie diese Entscheidung aus idiotischem Stolz auf seinen Sohn nicht ausgeredet.

Robbie verpflichtete sich dann bei den Marines – und Jack und Doreen trennten sich. Vier Jahre später, als zwei Soldaten nach Coldwater kamen, um die schlimme Nachricht zu überbringen, mussten sie sich zwischen zwei Häusern entscheiden. Sie gingen zuerst zu Jack. Auch das hatte Doreen ihm nie verziehen – als sei er daran genauso schuld wie an Robbies Tod.

Das Ende ist nicht das Ende.

Jack beugte sich vor und drückte noch einmal die Wiederwahltaste des Telefons. Dieselben Pieptöne. Dieselbe Stille. Er wählte eine andere Nummer.

»Hallo?«, meldete sich Tess Rafferty.

»Hier spricht Jack Sellers. Haben Sie heute einen Anruf bekommen?«

»Ja.«

»Könnte ich kurz vorbeikommen?«

»Ja.«

Sie legte auf.

*

Zu Beginn der 1870er Jahre zeigte Alexander Bell Mabels Vater – seinem späteren Schwiegervater – eine Liste mit geplanten Erfindungen. Gardiner G. Hubbard zeigte sich von einigen sehr beeindruckt. Doch als Bell auf ein Kabel zu sprechen kam, das die menschliche Stimme übertragen könnte, machte Hubbard sich über ihn lustig.

»Das ist doch ein Hirngespinst«, sagte er.

*

Am Samstagvormittag fuhr Sully – der diesen Quatsch mit den Anrufen vom Himmel gründlich satthatte – mit dem Wagen seines Vaters zu Elias Rowes Firmensitz am Stadtrand und parkte neben einem Anhänger mit der Aufschrift BAUUNTERNEHMEN ROWE. Sully wollte diese Sache aus der Welt schaffen, bevor sie noch mehr Schaden anrichtete. Die Trauer war schon schwer genug auszuhalten. Da musste er nicht noch seinem Kind schwachsinnige Lügen erklären. *Ich will Mami im Himmel anrufen.* Sully war wütend und entnervt und hatte außerdem so lange nichts anderes getan, als zu trauern, dass ihm dieses Vorhaben nun regelrecht guttat. Bei der Marine war er in seiner Schwadron auch für Ermittlungen bei Unfällen oder

Materialschäden zuständig gewesen, und er hatte ein Talent dafür. Sein Vorgesetzter hatte ihm sogar einmal geraten, zur Militärpolizei zu wechseln. Doch Sully hatte lieber Pilot bleiben wollen.

Elias Rowes Firma aufzuspüren war allerdings ein Kinderspiel gewesen. Sully ging auf den Anhänger zu, der an der Zufahrt zu dem unbefestigten Gelände stand. Im hinteren Teil sah er zwei Ruderboote, einen Bagger und einen Ford-Pick-up.

Sully betrat den Anhänger.

»Hallo, ist Mr Rowe hier?«

Die rundliche Frau hinter dem Schreibtisch, die ihre Haare mit einem Tuch auf dem Kopf zusammengebunden hatte, beäugte Sully prüfend, bevor sie antwortete.

»Nein, tut mir leid. Ist er nicht.«

»Wann kommt er wieder?«

»Er ist auf einer Baustelle. Geht es um einen Auftrag?«

»Nicht direkt.«

Sully sah sich um. Der kleine Raum war mit Akten und Entwürfen übersät.

»Möchten Sie Ihren Namen und Ihre Nummer hinterlassen?«

»Danke. Ich komm später noch mal vorbei.«

Sully ging zu seinem Wagen zurück, stieg ein und fluchte. Als er gerade losfahren wollte, hörte er ein Motorengeräusch, und als er in den Rückspiegel schaute, sah er jemanden am Steuer des Pick-up. War der Mann schon die ganze Zeit da gewesen? Hastig sprang Sully aus dem Auto und rannte, beide Arme schwenkend, zu dem Pick-up hinüber. Als er anhielt, trat Sully zum Fahrerfenster.

»Entschuldigung«, sagte er keuchend. »Sind Sie Elias Rowe?«

»Kennen wir uns?«, fragte Elias.

»Meine Mutter kennt jemanden, den Sie kennen. Hören Sie.«

Sully holte tief Luft. Wie sollte er sich verständlich machen? »Ich bin Vater. Alleinerziehend. Meine Frau ... ist gestorben.«

»Das tut mir leid«, erwiderte Elias. »Aber ich muss jetzt ...«

»Für meinen kleinen Sohn ist das immer noch sehr schlimm. Und dieses Gerede über die Anrufe vom Himmel ... Sie sind einer von denen ... Sie sagen, Sie haben so einen Anruf bekommen?«

Elias biss sich auf die Unterlippe. »Das weiß ich nicht.«

»Na, sehen Sie. Das ist es ja! Sie wissen es nicht! Aber mal im Ernst: Sie glauben doch wohl selbst nicht, dass jemand, der bereits *tot* ist, Sie anruft, oder?«

Elias starrte aufs Armaturenbrett.

»Mein Sohn. Der denkt jetzt ...« Sullys Herz hämmerte wie wild. »Der denkt jetzt, dass seine tote Mutter ihn auch anrufen wird. Und das nur wegen dieser Mär.«

Elias biss die Zähne zusammen. »Tut mir leid. Aber ich weiß nicht, wie ich Ihnen helfen kann.«

»Es würde mir helfen – es würde *meinem Sohn* helfen –, wenn Sie allgemein kundtun würden, dass diese Geschichte *nicht wahr* ist.«

Elias umklammerte das Lenkrad und wiederholte »es tut mir leid«. Dann fuhr er los und ließ Sully stehen.

An diesem Abend hielt Elias am Lake Michigan bei einem öffentlich zugänglichen Pier und wartete ab, bis es dunkel wurde. Dabei dachte Elias über den Mann nach, der ihn angesprochen hatte. Und über den Sohn dieses Mannes. Er dachte auch über Nick und Katherine und Pastor Warren und die Kirche nach.

Als es vollkommen dunkel war, stieg Elias aus, ging zum Ende des Stegs und zog sein Handy aus der Manteltasche. Er dachte an seine Kindheit und erinnerte sich, dass seine Mutter die Essensreste immer einer Armenküche gespendet hatte.

Damals hatte Elias sie einmal gefragt, wieso sie die Essensreste nicht wegwarf wie andere Leute auch.

»Die Gaben des Herrn darf man nicht vergeuden«, hatte seine Mutter ihm darauf geantwortet.

Elias schaute auf sein Handy und murmelte »Verzeih mir, Herr, wenn ich deine Gabe verschwende«. Dann warf er das Gerät in hohem Bogen in den See. Weit hinten hörte er ein leises Platschen, als es im Wasser versank.

Einen Moment lang blieb Elias stehen, dann ging er zu seinem Wagen zurück. Er hatte beschlossen, Coldwater für eine Weile den Rücken zu kehren und seinem Stellvertreter die Arbeit zu überlassen. Elias wollte nichts mehr zu tun haben mit irgendwelchen wildfremden Menschen, die angelaufen kamen und Hilfe verlangten. Vertrag und Nummer des Handys waren bereits nicht mehr gültig; jetzt hatte er sich auch noch des Geräts selbst entledigt.

Als Elias die Stadt hinter sich ließ, war er erleichtert und erschöpft zugleich – als sei es ihm gelungen, bei einem Unwetter die Tür zu verbarrikadieren.

SIEBENTE WOCHE

Katherine bemerkte jetzt immer öfter, dass sie von fremden Menschen angestarrt wurde. In der Bank. Beim Sonntagsgottesdienst. Sogar hier im Supermarkt, wo sie schon seit Jahren einkaufte. Daniel, der Regalhelfer, wandte den Blick ab, als sie herüberschaute, weil sie sich beobachtet fühlte. Und Teddy, der bärtige Mann am Fleischtresen, sagte ein wenig zu hastig »hallo, Katherine, wie geht's?«, als er sie sah. Am Ende des Gangs standen zwei ältere Frauen mit langen Mänteln, die unverhohlen mit dem Finger auf Katherine zeigten.

»Sie sind die, oder?«, fragten sie, als Katherine an ihnen vorbeikam.

Katherine nickte, wusste aber nichts zu erwidern und ging rasch weiter.

»Gott segne Sie«, sagte eine der Frauen.

Katherine drehte sich um. »Gott segne Sie auch«, erwiderte sie.

Sie war ständig hin- und hergerissen zwischen dem Wunsch, demütig zu sein, wie die Bibel es forderte, und dem Wunsch, ihre Freude laut hinauszuschreien. Deshalb wurde jede einzelne dieser Begegnungen zu einer Herausforderung für sie. All diese Blicke! Sie verstand nicht, wie man durch ein einziges Interview im Fernsehen so *sichtbar* werden konnte.

An der Kasse stand ein übergewichtiger Mann mit schütteren Haaren vor ihr, der ein Fan-Sweatshirt von den Detroit Lions trug. Als er seine Sachen aufs Band legte und Katherine bemerkte, veränderte sich seine Miene.

»Ich kenn Sie«, sagte er.

Katherine zwang sich zu einem höflichen Lächeln.

»Sie haben uns mal ein Haus gezeigt. Mir und meiner Frau.«

»Ach ja?«

»Es war zu teuer.«

»Oh.«

»Ich hab ja schließlich keine Arbeit.«

»Das tut mir leid.«

»Na ja, was soll's. Ist halt nicht zu ändern.«

Die Kassiererin warf einen Blick auf die beiden, während sie die wenigen Sachen des Mannes einscannte: eine große Tüte Kartoffelchips, Butter, zwei Dosen Thunfisch und ein Sechserpack Bier.

»Erlauben die Ihnen auch, mit jemand anderem zu reden?«, fragte der Mann.

»Wie bitte?«

»Wenn Sie angerufen werden. Von den Geistern im Himmel. Könnten Sie da auch mit jemand anderem reden, wenn Sie wollten?«

»Ich verstehe nicht, was Sie meinen.«

»Mein Vater ist letztes Jahr gestorben. Ich frag mich, ob …«

Katherine biss sich auf die Lippe. Der Mann blickte zu Boden. »Schon gut«, sagte er. Dann reichte er der Kassiererin ein Bündel Ein-Dollar-Scheine, nahm seine Tüte und ging hinaus.

DREI TAGE SPÄTER

NACHRICHTEN
Channel 9, Alpena

(*Amy vor der Harvest of Hope Baptist Church*)

AMY: Wie wir bereits hier in *Nine Action News* berichtet haben, begann das Wunder in der Kleinstadt Coldwater mit einem unglaublichen Telefonanruf. Eine Frau namens Katherine Yellin wurde von ihrer Schwester Diane angerufen – doch Diane ist vor zwei Jahren verstorben.

(*Zoom auf Katherine und Amy*)

KATHERINE: Inzwischen habe ich sechs Anrufe von Diane bekommen. Immer freitags.

AMY: Sechs Anrufe – und warum immer an einem Freitag?

KATHERINE: Das weiß ich nicht.

AMY: Erklärt Diane, wie sie diese Anrufe macht?

KATHERINE: Nein. Sie sagt mir nur, dass sie mich liebt, und erzählt vom Himmel.

AMY: Was genau erzählt sie Ihnen?

KATHERINE: Sie sagt, dass man alle Menschen, die man hier auf der Erde verliert, dort wiederfindet. Unsere Familie ist dort wieder vereint. Unsere Eltern und Diane.

(*Menschengruppe vor Katherines Haus*)

AMY: Seit *Nine Action News* über diese außergewöhnlichen Anrufe berichtet hat, sind viele Menschen nach Coldwater gekommen, um Katherine zu treffen. Sie warten oft stundenlang, um mit ihr sprechen zu können.

(*Katherine, umringt von Menschen*)

ALTE FRAU: Ich glaube, dass sie von Gott auserwählt wurde. Ich habe auch meine Schwester verloren.

AMY: Hoffen Sie, dass Ihnen nun auch ein solches Wunder zuteilwird?

ALTE FRAU: Ja. (*Beginnt zu weinen*) Ich würde alles tun, um noch einmal mit meiner Schwester sprechen zu können.

(*Amy vor Katherines Haus*)

AMY: Es muss jedoch gesagt werden, dass diese Anrufe bislang nicht verifiziert werden konnten. Aber eines steht fest.

(*Sie deutet auf die Menschenmenge*)

Viele Menschen glauben an Wunder.

(*Schaut in die Kamera*)

Das war Amy Penn aus Coldwater für *Nine Action News.*

*

Pastor Warren setzte seinen Hut auf und winkte seiner Sekretärin zu, als er hinausging. Mrs Pulte, die gerade telefonierte, legte rasch die Hand auf die Sprechmuschel des Hörers und raunte: »Wann sind Sie wieder da?«, doch da klingelte bereits das andere Telefon. »Harvest of Hope … Ja. Bleiben Sie bitte einen Moment dran.«

Warren verließ kopfschüttelnd das Büro. Jahrelang hatten sie nur selten Anrufe bekommen. Jetzt hatte die arme Mrs Pulte nicht einmal genug Zeit, um zur Toilette zu gehen. Aus dem ganzen Land riefen Leute an. Sie wollten wissen, ob man die

Sonntagsgottesdienste übers Internet verfolgen könne. Und ob die Gemeinde – vor allem jene Leute, die Anrufe aus dem Himmel erhalten hatten – besondere Gebetbücher benutzten.

Ein kalter, schneidender Wind schlug dem Pastor entgegen, als er die Straße entlanghinkte. Er bemerkte drei fremde Autos, in denen fremde Menschen saßen, auf dem Parkplatz der Kirche. In Coldwater fielen Menschen von außerhalb immer auf. Hier lebten Familien schon seit Generationen und vererbten ihre Häuser und Unternehmen an ihre Nachkommen. Wer starb, wurde auf dem Friedhof beerdigt, der zu Beginn des zwanzigsten Jahrhunderts angelegt worden war. Einige Grabsteine waren schon so verwittert, dass man die Inschriften nicht mehr entziffern konnte.

Pastor Warren dachte zurück an die Zeit, als er noch jedes Mitglied seiner Gemeinde persönlich gekannt hatte und gesund genug gewesen war, allen zu Fuß Besuche abzustatten. Diese Vertrautheit hatte er immer als wohltuend empfunden, und sie hatte ihn begleitet wie ein beruhigendes Summen. Doch dieser Ton hatte sich in letzter Zeit in ein schrilles Kreischen verwandelt. Der Pastor fühlte sich zutiefst beunruhigt – nicht nur durch fremde Autos auf dem Parkplatz oder eine Reporterin in seiner Kirche.

Sondern vor allem, weil sein eigener Glaube zum ersten Mal in seinem Leben weniger stark war als der anderer Menschen.

»Bitte nehmen Sie Platz, Herr Pastor.«

Der Bürgermeister, Jeff Jacoby, wies auf einen Sessel, und Warren ließ sich nieder. Das Büro des Bürgermeisters befand sich nur zwei Straßen von der Kirche entfernt hinter der First National Bank, deren Präsident Jacoby war.

»Aufregende Zeiten, nicht wahr, Herr Pastor?«

»Wie?«

»Ihre Kirche – in zwei Fernsehberichten! Wann ist so was in Coldwater zum letzten Mal vorgekommen?«

»Hmm.«

»Ich kenne Katherine durch Bankgeschäfte mit ihrem Maklerbüro. Sie hat den Tod ihrer Schwester nur schwer verkraftet. Dass sie nun auf diesem Wege zu Katherine zurückkehrt … wow.«

»Glauben Sie das wirklich?«

Jacoby gluckste. »Hey – in derlei Fragen sind *Sie* doch der Experte.«

Pastor Warren betrachtete das Gesicht des Bürgermeisters – er hatte buschige Augenbrauen, eine fleischige Nase und überkronte Schneidezähne, die man bei seinem versierten Profilächeln immer wieder zu sehen bekam.

»Hören Sie, Herr Pastor, wir haben sehr viele Anrufe bekommen«, fuhr Jacoby fort und blickte auf sein Handy. »Angeblich sollen ja auch noch andere Leute Kontakt zum Himmel haben, nicht nur Katherine und dieser Mann – wie hieß er gleich wieder?«

»Elias Rowe.«

»Richtig. Wohin ist der eigentlich verschwunden?«

»Das weiß ich nicht.«

»Nun, jedenfalls habe ich mir gedacht, es wäre doch sinnvoll, eine große öffentliche Versammlung abzuhalten. Nur für die Bürger von Coldwater. Ein paar Fragen beantworten. Überlegen, wie man sich weiter verhalten soll. Ich meine, diese Sache weitet sich gerade ziemlich aus. Das Hotel in Moss Hill soll angeblich ausgebucht sein.«

Pastor Warren schüttelte den Kopf. Das Hotel war ausgebucht? Im Oktober? Was wollten all diese Menschen hier? Jeff gab etwas in sein Smartphone ein. Warren warf einen Blick auf die Schuhe des Bürgermeisters – feinstes braunes Leder, blitzblank geputzt.

»Und ich meine, auch Sie sollten an der Versammlung teilnehmen, Herr Pastor.«

»Ich?«

»Immerhin hat sich das alles in Ihrer Kirche ereignet.«

»Damit habe ich nichts zu tun.«

Jacoby legte sein Handy beiseite, griff nach einem Kugelschreiber und ließ ihn zweimal klicken.

»Mir ist aufgefallen, dass Sie in den Fernsehberichten kein einziges Mal vorkamen«, sagte er dann. »Sprechen Sie nicht mit den Medien?«

»Katherine Yellin spricht schon genug.«

Jeff lachte. »Richtig, sprechen kann sie. Dennoch sollten wir einen Plan haben, Herr Pastor. Ich muss Ihnen ja nicht erklären, dass es unserer Stadt wirtschaftlich nicht gut geht. Dieses kleine Wunder eröffnet ungeahnte neue Perspektiven.«

»Perspektiven?«

»Ja. Man könnte das touristische Angebot erweitern. Und Besucher von außerhalb müssen auch essen.«

Pastor Warren faltete die Hände im Schoß. »Halten Sie diese Vorkommnisse für ein Wunder?«

»Ha!«, antwortete der Bürgermeister. »Und das fragen *Sie* mich?«

Der Pastor blieb stumm. Jeff legte den Kugelschreiber beiseite und ließ wieder seine makellosen Zähne aufblitzen.

»Gut, ich bin mal ganz offen zu Ihnen, Herr Pastor. Ich habe nicht den geringsten Schimmer, was da bei Katherine Yellin tatsächlich abläuft. Ich weiß nicht, ob die Geschichte echt oder erfunden ist. Aber ist Ihnen aufgefallen, wie viele Autos jetzt da draußen unterwegs sind? Ich bin Geschäftsmann. Und so viel kann ich Ihnen sagen …«

Jacoby wies aufs Fenster.
»Das da ist gut fürs Geschäft.«

*

Das letzte Gespräch hatte nur eine Minute gedauert, aber es hatte sich in Tess' Gehirn eingebrannt.

»Fühlt man noch etwas im Himmel, Mom?«

»Ja. Liebe.«

»Und noch etwas?«

»Zeitverschwendung.«

»Was ist Zeitverschwendung?«

»Alles andere.«

»Wie meinst du das?«

»Wut, Reue, Sorgen … all das verschwindet, sobald man hier ist … Verlier dich nicht … in dir selbst …«

»Es tut mir so leid, Mom.«

»Was denn?«

»Alles. Dass ich mit dir gestritten habe. Dass ich an dir gezweifelt habe.«

»Das ist alles längst vergessen, Tess … und jetzt, bitte …«

»Was?«

»Verzeih dir selbst.«

»Ach, Mom.«

»Tess.«

»Du fehlst mir so.«

»Weißt du noch, wie wir zusammen Kekse gebacken haben?«

Die Verbindung brach ab.

Tess begann zu weinen.

Kekse – und andere Süßigkeiten – hatten Tess und ihre Mutter vereint. Ruth hatte ein kleines Catering-Unternehmen gehabt, und da sie sich keine Angestellten leisten konnte, hatte

Tess als ihre Assistentin fungiert. Seit der Scheidung von ihrem Mann Edwin – als Tess fünf Jahre alt war – hatte Ruth den Lebensunterhalt alleine verdienen müssen. Edwin war nach Iowa abgehauen, zahlte keinerlei Unterhalt und hatte sich nie wieder in Coldwater blicken lassen. Die Leute in der Stadt klatschten darüber hinter vorgehaltener Hand. Und wenn Tess in ihrer Kindheit nach ihrem Vater fragte, antwortete Ruth immer energisch: »Dieses unerfreuliche Thema lassen wir lieber.« Nach einer Weile hatte Tess dann aufgehört, sich nach Edwin zu erkundigen.

Doch wie die meisten Kinder aus zerbrochenen Familien sehnte sich Tess nach dem verschwundenen Elternteil und stritt mit dem verbliebenen. In Coldwater war eine alleinerziehende Mutter etwas Abnormales, und Tess fand es scheußlich, dass sie ständig gefragt wurde »wie geht's deiner Mutter?«, ganz so als sei eine Scheidung eine schwere Krankheit, die ständige Fürsorge erforderte. Oft kam sich Tess mehr wie eine Betreuerin ihrer Mutter vor und nicht wie deren Kind. Wenn die beiden Frauen bei Hochzeiten in der Küche Desserts vorbereiteten und draußen Musik erklang, fühlten sie sich manchmal wie verschmähte Mauerblümchen. Und so wurden Ruth und Tess auch betrachtet, denn bei derlei Anlässen traten die Leute fast nur als Paare auf; dass Mrs Rafferty aber wenigstens nicht *ganz* alleine war, weil sie ja noch ihre Tochter hatte, schien die Leute ein wenig zu beruhigen.

Zu der Mauerblümchen-Problematik kam für Ruth und Tess außerdem das Problem mit der katholischen Kirche hinzu, die Scheidungen noch immer verurteilte. Ruth musste die missbilligenden Blicke anderer Frauen ertragen, die noch abschätziger wurden, als Tess zu einem hübschen jungen Mädchen heranwuchs, dem die Männer bei der Begrüßung immer die Schulter tätschelten. Tess konnte die Heuchelei nicht mehr ertragen, und sobald sie ihren Schulabschluss in der Tasche hatte, ging sie nicht mehr in die Kirche. So inständig Ruth sie auch bat, wieder am Gottesdienst teilzunehmen – Tess erwiderte nur: »Das ist doch alles ein blöder Witz, Mom. Die *mögen* uns da ja nicht mal.«

Auch als Ruth schon im Rollstuhl saß, weigerte sich Tess noch, ihre Mutter zur Messe zu bringen. Doch als Tess jetzt mit Samantha im Wohnzimmer saß, sprach sie mit der Freundin darüber, ob sie ihren einstigen Priester anrufen sollte.

Ein Teil von ihr wollte diese Gespräche mit ihrer Mutter zwar für sich behalten, so wie man einen Traum für sich behält, den man niemandem erzählen möchte; andererseits geschah in Coldwater etwas Übernatürliches. Jack Sellers. Die Frau im Fernsehen. Der andere Mann aus der Harvest of Hope Baptist Church. Tess war nicht alleine mit ihren Erlebnissen. Vielleicht hielt die Kirche ja eine Antwort für sie bereit.

All das ist vergessen, hatte Ruth gesagt.

Tess wartete ab, was ihre Freundin sagen würde.

»Ruf Pater Carroll an«, sagte Samantha.

Jack parkte den Wagen auf der Zufahrt. Sein Herz hämmerte.

Er hatte sich entschieden, Doreen heute von den Anrufen zu erzählen. Sie müssten etwas besprechen, hatte er angekündigt, als er sie anrief. Und Jack war fest entschlossen, sofort zur Sache zu kommen und sich von nichts ablenken zu lassen. Er würde auch nicht darauf achten, ob Mel, Doreens neuer Mann, zuhause war oder nicht. Es ging um Doreens Sohn. Sie hatte ein Recht darauf, Bescheid zu wissen. Jack vermutete, dass sie sich aufregen würde, weil er es ihr erst jetzt erzählte. Aber dass Doreen wütend auf ihn war, kannte er schon; das war nichts Neues. Und mit jedem Tag, der verging, spitzte sich die Situation zu.

Coldwater veränderte sich rapide. Jede Menge Fremde kamen

hierher, und vor Katherine Yellins Haus beteten Leute! Tagtäglich mussten sich Jack und Ray um irgendwelche Beschwerden von Einwohnern kümmern, weil jemand falsch geparkt oder anderweitig für Ärger gesorgt hatte. All diese Menschen hatten ein Handy bei sich und verloren bei jedem Klingeln beinahe die Fassung. Nun wurde sogar eine öffentliche Versammlung für die Bürger anberaumt, um diese Entwicklung zu erörtern. Doreen musste zumindest im Bilde sein, dass ihre Familie Teil dieses Phänomens war, fand Jack.

Er betrat die Veranda, holte tief Luft und packte den Türknauf. Das Haus war nicht abgeschlossen, und er ging hinein.

»Hallo, ich bin's«, rief er.

Keine Reaktion. Er spähte in die Küche. Ging den Flur entlang.

»Doreen?«

Er hörte ein Schniefen und trat ins Wohnzimmer.

»Doreen?«

Sie saß auf der Couch, ein Foto von Robbie in den Händen. Tränen rannen ihr über die Wangen. Jack schluckte. Das war wieder einer dieser Momente. Er würde abwarten müssen.

»Alles okay?«, fragte er leise.

Sie blinzelte heftig. Presste die Lippen zusammen.

»Jack«, sagte sie dann mit erstickter Stimme. »Ich habe gerade mit unserem Sohn gesprochen.«

*

»Harding. Ich habe einen Termin bei Ron Jennings.«

Die Rezeptionistin griff nach dem Telefon. Sully setzte sich rasch und hoffte, dass ihn niemand bemerken würde.

Die *Northern Michigan Gazette* war ein kleines Unternehmen. Den transparenten Büros sah man sofort an, wo Redaktion und wo Geschäftsleitung untergebracht war: Auf der einen

Seite gab es unordentliche Schreibtische mit Papierstapeln und einen weißhaarigen Reporter, der telefonierte – auf der anderen Seite waren die Schreibtische säuberlich aufgeräumt, die Krawatten saßen untadelig, und ein Büro war deutlich größer als die anderen. Aus diesem Glaskasten trat nun der Herausgeber, Ron Jennings, ein untersetzter Mann mit schütterem Haar und getönter Brille. Er winkte Sully zu sich.

Sully stand auf und zwang sich, einen Fuß vor den anderen zu setzen wie bei seiner Entlassung aus dem Gefängnis.

»Mark hat mir gesagt, dass Sie kommen würden«, erklärte Jennings und hielt Sully die Hand hin. »Wir haben zusammen studiert, er und ich.«

»Vielen Dank, dass Sie …«, Sullys Mund war trocken, und er schluckte, »mich empfangen.«

Jennings' Blick war durchdringend, und Sully fragte sich, ob man ihm seinen Widerwillen gegen den Job, um den er sich nun bewarb, wohl anmerkte. Doch was blieb ihm anderes übrig? Er brauchte Arbeit und hatte nichts anderes gefunden. Sully zwang sich zu einem Lächeln und betrat das Büro. Weiter konnte sich ein Kampfpilot von seiner Berufung wohl nicht entfernen.

Anzeigenvertreter, dachte er trübsinnig. *Für eine Zeitung.*

Er fragte sich, ob die *Gazette* wohl auch über ihn geschrieben hatte.

»Sie können sich ja bestimmt denken, dass wir zurzeit alle Hände voll zu tun haben«, begann Jennings, ließ sich hinter seinem Schreibtisch nieder und grinste. »Die Himmelsanruf-Story sorgt mächtig für Wirbel.«

Er hielt die neueste Ausgabe hoch und las vor. »›Geister aus dem Jenseits?‹ Aber wer weiß es schon, nicht wahr? Für unser Blatt ist die Sache jedenfalls gut. Wir mussten die letzten beiden Ausgaben nachdrucken.«

»Ach«, sagte Sully höflich.

»Sehen Sie den Burschen da drüben?« Jennings wies mit dem Kopf auf den weißhaarigen Mann auf der Redaktionsseite. »Das ist Elwood Jupes. Der war vierunddreißig Jahre lang der einzige Reporter bei uns. Hat über Schneestürme, den Halloween-Umzug und Footballspiele der Highschool-Mannschaft geschrieben. Und plötzlich hat er die größte Story aller Zeiten an der Hand.

Gerade hat er ein Interview mit einem Parapsychologen gemacht. Der Typ hat erzählt, dass Leute schon seit Jahren die Stimmen von Toten übers Radio hören können – übers Radio! So was ist mir noch nie zu Ohren gekommen! Können Sie das glauben?«

Sully schüttelte den Kopf. Er fand das Thema unerträglich.

»Jedenfalls …«

Jennings zog eine Schublade auf und nahm einen Ordner heraus.

»Mark sagte mir, Sie hätten Interesse an unserer Stelle im Kundenservice.«

»Ja.«

»Das wundert mich ein wenig.«

Sully blieb stumm.

»Wissen Sie, das ist nichts Großartiges.«

»Ich weiß.«

»Nur Anzeigen. Und Abo-Service.«

»Das hatte Mark mir gesagt.«

»Wir sind ein Kleinunternehmen. Die Zeitung erscheint nur einmal wöchentlich.«

»Das weiß ich.«

»Flugzeugfliegen kommt dabei nicht vor.«

»Das will ich auch nicht …«

»Ich weiß, dass Sie über die ganze Sache nicht reden wollen. Das kann ich verstehen. Und ich glaube daran, dass man Menschen eine zweite Chance geben sollte. Das habe ich Mark auch gesagt.«

»Danke.«

»Tut mir leid wegen Ihrer Frau.«

»Danke.«

»Es war ein furchtbarer Unfall.«

»Ja.«

»Hat man jemals was über die Vorgänge im Tower rausgefunden?«

Ich dachte, wir reden nicht darüber. »Nein, die Aufzeichnungen sind nie aufgetaucht.«

Jennings nickte und schaute auf die Schublade.

»Jedenfalls ist das kein besonders toller Job, um den Sie sich da gerade bewerben …«

»Das macht mir nichts.«

»Man verdient auch nicht viel …«

»Das ist kein Problem.«

Die beiden Männer sahen sich an.

»Ich brauche Arbeit«, sagte Sully. »Ich habe einen Sohn, wissen Sie?«

Er überlegte, was er noch sagen könne, und sah plötzlich Giselles Gesicht vor sich.

»Ich habe einen Sohn«, wiederholte er.

Ein paar Jahre nach der Hochzeit war Jules auf die Welt gekommen, und seine Eltern hatten ihn nach dem Sänger Jules Shear benannt, von dem Giselles Lieblingssong »If She Knew What She Wants« stammte.

Nach Jules' Geburt bekam der Text des Songs neue Bedeutung für Giselle, denn nun war ganz klar, dass es das war, was sie wollte: eine Familie. Giselle und ihr Sohn waren ein Herz und eine Seele, und Sully sah Giselles wache Intelligenz in Jules, wenn er sein Spielzeug erkundete, und ihr liebevolles Wesen, wenn der Kleine andere Kinder umarmte oder einen Hund streichelte.

»Glücklich?«, fragte Sully Giselle eines Abends, als sie zu dritt auf der Couch saßen und Jules in Giselles Armen eingeschlafen war.

»Ach Gott, und wie«, antwortete sie.

Sie hatten damals darüber gesprochen, noch mehr Kinder zu bekommen. Und nun war Sully alleinstehender Vater eines einzigen Kindes und hatte soeben einen Job angenommen, den er nicht machen wollte. Als er aus dem Verlagsgebäude trat, zündete er sich eine Zigarette an, stieg ins Auto und fuhr zum Spirituosenladen. Als Giselle noch am Leben gewesen war, hatte Sully an die Zukunft gedacht. Nun dachte er nur noch an die Vergangenheit.

*

Seit es Religiosität gibt, hat es auch immer Amulette, Medaillons, Ringe, Münzen und Kruzifixe gegeben. All diesen Dingen schrieb man magische Macht zu. Und so wie Menschen in alter Zeit ihre Schutzbringer niemals ablegten, so trug Katherine Yellin nun das lachsrosa Handy mit sich herum, das ihrer Schwester gehört hatte.

Tagsüber hielt sie es häufig in der Hand. Nachts nahm sie es mit ins Bett. Wenn Katherine zur Arbeit ging, stellte sie den Klingelton auf höchste Lautstärke und steckte das Handy in ihre Handtasche, die sie dann fest umklammerte. Sie lud das Gerät ständig auf und hatte sogar einen zweiten Ladestecker gekauft – nur für den Fall, dass der erste kaputtging. Für sich selbst hatte sie ein neues Handy angeschafft, damit niemand sie mehr auf dem anderen anrief – das war nun nur noch Diane vorbehalten.

Katherine war nicht mehr ohne Dianes Handy anzutreffen – und Amy Penn von *Nine Action News* wiederum folgte Katherine auf Schritt und Tritt. Die Reporterin hatte Katherine in ein elegantes Restaurant zum Abendessen ausgeführt (Phil hatte das vorgeschlagen und sich auch bereit erklärt, die Spesen zu übernehmen) und im Laufe des Abends zahllosen Geschichten über Katherines heißgeliebte Schwester gelauscht. Nachdem Amy versichert hatte, dass der Sender ausschließlich über das Wunder berichten wolle, pflichtete Katherine ihr bei, dass nicht nur der kleine Ort Coldwater, sondern die ganze Welt von einem solchen Segen erfahren sollte. Und die Kamera, die Amy überall mit sich herumtrug, betrachtete Katherine nun als Werkzeug Gottes in der modernen Welt.

An einem Dienstagmorgen betraten die beiden Frauen das Maklerbüro von Coldwater, Katherines Arbeitsstelle neben dem Postamt, gegenüber vom Supermarkt. Im Warteraum saßen bereits vier Leute, die der jungen Empfangsdame allesamt mitgeteilt hatten, sie wollten ausschließlich mit Katherine Yellin sprechen, nicht mit ihren Kollegen.

Das kam bei den drei anderen Maklern der Firma – Lew, Jerry und Geraldine – verständlicherweise nicht sonderlich gut an, vor allem, da alle drei gegenwärtig keine neuen Kunden und Projekte in Aussicht hatten. An diesem Dienstagmorgen hatten die drei – vor Katherines Ankunft – beisammengesessen und sich über das Theater wegen des »Himmelkontakts« ihrer Kollegin beklagt.

»Woher will man denn wissen, ob es überhaupt stimmt?«, hatte Lew gesagt.

»Sie hat den Tod von Diane nie wirklich verkraftet«, bemerkte Geraldine.

»Viele Leute haben Halluzinationen«, sagte Jerry.

»Und nun sitzen die in ihrem Vorgarten und beten!«

»So viele Kunden hatten wir noch nie.«

»Ja, aber was nützt *uns* das, wenn die alle nur mit ihr arbeiten wollen?«

Alle drei berichteten von Belastungen, Ängsten und Ärger: Lew musste seine Enkel, die nun bei ihm lebten, finanziell unterstützen; Geraldine hatte Katherines frömmelndes Verhalten immer schon nervig gefunden, und Jerry fragte sich besorgt, ob er mit achtunddreißig nicht schon zu alt sei für einen potentiellen Berufswechsel.

Dann kam Katherine herein, gefolgt von Amy. Die drei Maklerkollegen verstummten und setzten ein falsches Lächeln auf.

Man könnte annehmen, dass ein Mensch, der Botschaften vom Himmel erhält, von allen anderen mit offenen Armen empfangen würde. Doch selbst angesichts eines Wunders fragt das Menschenherz sich unweigerlich: *Und warum nicht ich?*

»Morgen, Katherine«, sagte Geraldine.

»Morgen.«

»Hast du wieder was von deiner Schwester gehört?«

Katherine lächelte. »Nein. Heute nicht.«

»Wann hat sie denn zum letzten Mal angerufen?«

»Am Freitag.«

»Vor vier Tagen.«

»Ja.«

»Interessant.«

Geraldines Blick auf Amy schien zu besagen: *Sie sind vielleicht ganz umsonst hier.* Katherine warf einen Blick in die Runde, atmete tief durch und holte dann ihre Bibel aus der Handtasche.

Und natürlich Dianes Handy.

»Ich muss jetzt mit den Kunden sprechen«, sagte sie.

Der erste Interessent war ein Mann mittleren Alters, der nach einem Haus in der Nähe von Katherine suchte, damit er auch »Anrufe« bekommen konnte. Darauf folgte ein Rentnerehepaar aus Flint; die beiden berichteten, dass ihre Tochter vor sechs Jahren bei einem Autounfall ums Leben gekommen war. Nun hofften sie, in Coldwater Kontakt mit ihr im Himmel aufnehmen zu können.

Danach sprach Katherine mit einer Griechin, die ein dunkelblaues Schultertuch trug und kein Wort über Immobilien verlor, sondern Katherine nur fragte, ob sie bitte mit ihr beten könne.

»Natürlich«, antwortete Katherine etwas verlegen. Amy zog sich mitsamt ihrer Tasche in den hinteren Teil des Raums zurück, um den beiden Frauen etwas Ruhe zu ermöglichen. Die Kamera war entnervend schwer; Amy kam es dauernd vor, als schleppe sie eine Tasche voller Blei mit sich herum. Eines Tages, gelobte sie, würde sie für einen Sender arbeiten, der ihr einen Kameramann zur Seite stellen würde. Eines Tages – das hieß, bei ihrer nächsten Stelle.

»Ganz schön schwer, wie?«, sagte Lew, als Amy die Tasche auf den Tisch hievte.

»Ja, allerdings.«

»Man könnte doch meinen, dass so 'ne Kamera heutzutage leichter wäre.«

»Es gibt leichtere. Unser Sender hat die bloß nicht.«

»Die gibt's nur für New York und L.A., was?«

»So ähnlich …«

Amy verstummte, weil Lews Miene sich plötzlich veränderte und er sich ebenso abrupt umdrehte wie Geraldine und Jerry. Als Amy klar wurde, weshalb, lief es ihr kalt den Rücken hinunter.

Dianes Handy klingelte.

Jede Geschichte hat einen entscheidenden Wendepunkt. Was sich als Nächstes im Maklerbüro von Coldwater abspielte, war überstürzt und chaotisch und wurde von Amys schwankender Kamera vollständig aufgezeichnet. Das ganze Geschehen dauerte kaum eine Minute und wurde später von Millionen Menschen in aller Welt gesehen.

Katherine griff hastig nach dem Handy. Alle starrten darauf. Die Griechin hatte die Hände auf Mund und Nase gelegt, wiegte sich vor und zurück und begann in ihrer Muttersprache zu beten.

»*Pater hêmôn ho en toes ouranoes …*«

Katherine holte tief Luft und schob ihren Stuhl zurück. Lew schluckte, und Geraldine flüsterte: »Und jetzt?« Amy hatte sich in Windeseile die Kamera auf die Schulter geladen und sie eingeschaltet und bewegte sich jetzt vorwärts, wobei sie durch den Sucher spähte und deshalb einen Tisch nicht bemerkte. Sie stürzte mitsamt der Kamera und knallte mit dem Kinn auf eine Stuhllehne.

Das Handy klingelte.

»*Hagiasthêtô to onoma sou*«, murmelte die Griechin.

»Noch nicht!«, schrie Amy, aber Katherine drückte auf eine Taste am Handy und flüsterte: »Hallo? … Oh mein Gott … Diane …«

»*Hagissthêtô to onoma sou …*«

Katherines Gesicht leuchtete auf.

»Ist sie es?«, fragte Lew.

»Nicht zu glauben«, flüsterte Geraldine.

Amy rappelte sich auf. Ihr Oberschenkel pochte vor Schmerz, und ihr Kinn blutete. Sie richtete die Kamera in dem Moment auf Katherine, als die sagte: »Ja, natürlich, ja, Diane, das werde ich tun …«

»*Genêthêtô to thelêma sou, hôs en ouranô …*«

»Ist sie das wirklich?«

»Kae epi tês gês. Ton arton hêmôn ton epiousion …«

»Diane – wann rufst du mich wieder an … Diane? … Hallo, Diane?«

Katherine ließ das Handy sinken und lehnte sich mit verschleiertem Blick zurück.

»Dos hêmin sêmeron; kae aphes hêmin ta opheilêmata …«

»Was ist gerade geschehen?«, fragte Amy im Reportertonfall hinter der Kamera hervor. »Was haben Sie gehört, Katherine?«

Katherine blickte starr geradeaus und legte die Hände auf den Schreibtisch. »Diane hat gesagt: ›Es ist so weit. Halte es nicht mehr geheim. Sag es allen Menschen. Die Guten werden willkommen geheißen im Himmel.‹«

Die Griechin schlug die Hände vors Gesicht und begann zu weinen. Amy zoomte auf sie, dann auf das Handy, das Katherine auf den Schreibtisch gelegt hatte.

»Sag es allen Menschen«, wiederholte Katherine wie in Trance, ohne zu registrieren, dass sie das bereits tat, denn das blinkende rote Licht an der Kamera wies darauf hin, dass sie alles aufzeichnete.

ACHTE WOCHE

In der Geschichtsschreibung ist die Erfindung des Telefons durch Alexander Graham Bell als Sensation verzeichnet.

Doch um ein Haar wäre es gar nicht dazu gekommen.

Im Jahre 1876 feierten die Vereinigten Staaten von Amerika ihren hundertsten Geburtstag. Zu diesem Anlass gab es in Philadelphia eine Weltausstellung, bei der neue Erfindungen vorgestellt wurden, die im folgenden Jahrhundert unentbehrlich werden sollten, wie zum Beispiel eine zwölf Meter hohe Dampfmaschine und eine Schreibmaschine. In letzter Minute wies man Bells primitivem Sprechgerät im Gebäude für Bildung und Wissenschaft einen winzigen Ausstellungstisch in einer engen Nische zwischen einer Wand und einer Treppe zu. Wochenlang wurde seine Erfindung mehr oder minder nicht beachtet.

Bell lebte in Boston und konnte sich die Reise zur Ausstellung nicht leisten. Doch an einem Freitagnachmittag begleitete er Mabel, seine Verlobte, zum Zug; sie wollte ihren Vater in Philadelphia besuchen. Mabel weinte, weil sie sich nicht von ihrem Verlobten trennen wollte, und bat ihn inständig, doch mitzukommen. Um sie zu trösten, sprang Bell im letzten Moment auf den anfahrenden Zug auf – ohne Fahrkarte.

Und so fand er sich zwei Tage später, an einem heißen Sonntagnachmittag, auf der Weltausstellung wieder. Eine verschwitzte und erschöpfte Delegation von Juroren kam vorbei, und einer von ihnen – Seine Majestät Dom Pedro II, Kaiser von Brasilien – erkannte den dunkelhaarigen Erfinder aufgrund seiner Lehrtätigkeit mit gehörlosen Schülern.

»Professor Bell!«, sagte der Kaiser und begrüßte den Erfinder mit ausgebreiteten Armen. »Wieso sind Sie denn hier?«

Nachdem Bell den Grund seiner Anwesenheit erklärt hatte, willigte Dom Pedro II ein, sich das Gerät anzusehen, und die müden Juroren fügten sich wohl oder übel.

Ein Draht war quer durch den Raum gespannt worden. Bell ging zum Sprechgerät, der Kaiser zum Empfänger. Und wie einige Monate zuvor bei dem Experiment mit Thomas Watson (»Komm her, ich will dich sehen«) sprach Bell nun in das Gerät, während der Kaiser den Empfänger ans Ohr hielt und plötzlich zu lächeln begann.

Vor den Augen einer großen Menschenmenge rief Pedro II verblüfft aus: »Mein Gott! Es spricht!«

Am nächsten Tag bekam Bells Erfindung einen besseren Ausstellungsplatz, und Tausende von Menschen drängten in das Gebäude für Bildung und Wissenschaft, um einen Blick darauf zu erhaschen. Bell gewann den ersten Preis und eine Goldmedaille, und die Welt machte sich mit dem bislang unvorstellbaren Gedanken vertraut, dass es möglich war, mit einem Menschen in der Ferne zu sprechen.

Ohne die Macht der Liebe, die den Erfinder dazu veranlasst hatte, auf einen Zug aufzuspringen, wäre Bells Erfindung vielleicht nie bekannt geworden. Doch als es dann geschah, war die Welt für immer verändert.

*

Eier. Die Eier waren ausgegangen. Frieda Padapalous drückte ihrem Neffen einen Fünfzig-Dollar-Schein in die Hand und sagte: »Kauf alle, die sie im Supermarkt noch haben. Und beeil dich.«

An Wunder glaubte Frieda nicht, aber sie freute sich, dass

die Geschäfte so gut liefen. Am Montag war schon viel los gewesen, am Dienstag noch mehr, und heute herrschte in ihrem Diner ein derartiger Betrieb, dass die Leute beinahe schreien mussten, um verstanden zu werden. Der Parkplatz war voll, in allen Nischen saßen Fremde, und zum allerersten Mal standen Leute an einem ganz gewöhnlichen Mittwochmorgen Schlange vor der Tür. Um acht Uhr in der Frühe!

»Noch Kaffee, Jack?«, fragte Frieda und füllte die Tasse bereits, bevor Jack antworten konnte. Dann hastete sie zum nächsten Gast.

Jack trank einen Schluck. Er saß vornübergebeugt wie ein Mann, der etwas zu verbergen hat. An diesem Tag war der Polizist absichtlich in Zivil unterwegs, weil er das Geschehen in der Stadt beobachten wollte, die – seit das Video im Internet aufgetaucht war – von Menschenmassen überflutet wurde. Jack entdeckte drei Leute mit Fernsehkameras und mindestens vier andere, die er für Reporter hielt. Zahllose Menschen fragten überall herum, wo sie Katherine Yellin, die Harvest of Hope Baptist Church oder das Maklerbüro finden könnten. Zwei indische Paare kamen herein, und an einem Tisch saßen junge Leute in religiösen Gewandungen, die Jack nicht zuordnen konnte.

»Hallo, Entschuldigung, sind Sie von hier?« Ein Mann in blauem Parka ließ sich auf dem Hocker neben Jack nieder.

»Warum?«, erwiderte Jack.

»Ich bin von Channel Four aus Detroit. Wir möchten hier mit den Leuten über das Wunder sprechen. Sie wissen doch bestimmt – die Anrufe vom Himmel? Könnten wir Sie kurz filmen? Es dauert auch nicht lange.«

Jack schaute zur Tür, durch die noch mehr Menschen hereindrängten. Seit Ewigkeiten trank er morgens seinen Kaffee bei Frieda; er hätte den Weg zu ihrem Diner mit geschlossenen

Augen gefunden. Doch jetzt fühlte er sich hier plötzlich ausgesprochen unwohl. Er hatte Doreen noch immer nichts von seinen eigenen Anrufen erzählt, weil er nach ihrer Offenbarung aus irgendeinem Grund das Gefühl gehabt hatte, ihr zuerst zuhören zu müssen. Vielleicht auch, um Informationen zu sammeln. Robbie habe gesagt, er sei im Himmel und es ginge ihm gut, hatte Doreen berichtet. Und er habe gesagt: »Das Ende ist nicht das Ende.«

Als Doreen wissen wollte, was Jack davon hielt, fragte er nur: »Macht es dich glücklich, Doreen?« Sie begann zu weinen und sagte: »Ich weiß nicht, ja. Ja! Oh mein Gott, ich versteh das alles nicht.«

Jack wollte nicht, dass diese Reporter etwas über seine Exfrau erfuhren. Auch nicht über ihn selbst. Ebenso wenig wie über Tess.

»Dann wären Sie im Fernsehen«, drängte der Parka-Typ, als gelte es, einen Vertrag abzuschließen.

»Ich bin nur auf der Durchreise«, sagte Jack, legte zwei Dollar auf den Tresen und drängte sich ohne weitere Erklärung zur Tür durch.

*

Jason Turk, ein schlaksiger Siebenundzwanzigjähriger mit einem Tattoo von Felix, dem Kater, auf dem Oberarm, schloss den Personaleingang vom Dial-Tek-Handyladen auf und gähnte laut. Er war müde, weil er wieder den größten Teil der Nacht mit Computerspielen verbracht hatte. Jason nahm sich eine Dose Cola aus dem Mini-Kühlschrank, trank ein paar Schlucke und rülpste, wobei er daran denken musste, dass seine Freundin sich dauernd über seine schlechten Manieren beklagte.

Er ging ins Büro, zog sein Sweatshirt aus und schlüpfte in das kurzärmlige blausilberne Firmenhemd mit der Aufschrift

DIAL-TEK. Dann sah er die Post vom Vortag durch. Zwei Schreiben von der Firmenzentrale und Werbung von einem Reinigungsdienst.

Es klingelte an der Hintertür. Jason schaute auf die Uhr. 8.10 Uhr. Vermutlich einer der Lieferanten. Doch als er die Tür öffnete, sah er einen großen Mann mit einer abgewetzten Wildlederjacke vor sich, den er nicht kannte.

»Hallo. Ich bin Sully. Ich komme von der *Gazette.*«

»Ach so, ja. Jason.«

»Hallo, Jason.«

»Sie sind ein Neuer.«

»Ja. Hab letzte Woche angefangen.«

Scheint ihm aber nicht viel Spaß zu machen, so wie der aus der Wäsche schaut, dachte Jason.

»Kommen Sie doch rein.«

»Es wäre natürlich schön, wenn Sie Ihr Abo um weitere drei Monate …«

»Sie brauchen mich nicht zu überzeugen«, sagte Jason und winkte ab. »Mein Chef hat mir schon den Scheck gegeben.« Er kramte in einer Schublade herum. »Was ist denn aus dem Mädel geworden, das die letzten Male hier war? Victoria?«

»Keine Ahnung«, antwortete Sully.

Schade, dachte Jason. *Die war schnucklig.*

»Hier, bitte.« Er reichte Sully einen Umschlag, auf dem GAZETTE, OKTOBER – DEZEMBER stand.

»Danke.«

»Gerne.« Jason trank den Rest der Cola aus. »Mmm. Wollen Sie auch eine?«

»Nein danke. Ich muss weiter …«

Bnnnpp!

Die beiden Männer drehten sich um.

»Was war das?«, fragte Jason.

»Keine Ahnung«, sagte Sully.

Bnnnpp!

Es hörte sich an, als sei ein Vogel gegen eine Scheibe geflogen. Und da war es schon wieder. *Bnnnp!* Und wieder. *Bnnnp!* Dann hörte es gar nicht mehr auf und wurde überdies lauter.

Bnnnpbnnnpbnnnpbnnnpbnnnp!

»Was zum Teufel ist das?«, murmelte Jason und ging nach vorne in den Laden. Sully folgte ihm. Was sie dort sahen, ließ sie beide erstarren: Mindestens dreißig Menschen standen draußen. Die vordersten wurden schon an die Schaufensterscheibe gepresst, und als die anderen Jason und Sully sahen, drängten sie vorwärts wie ein Fischschwarm, wenn Futter ausgestreut wird.

Bnnnpbnnnpbnnnpbnnnpbnnnp!

Die beiden Männer verschwanden wieder im Büro.

»Was wollen die bloß?«, fragte Sully.

»Woher soll ich das wissen?«, erwiderte Jason und hielt nach dem Schlüssel Ausschau. Der Laden öffnete erst in einer Stunde, und sie hatten derzeit nicht einmal Sonderangebote.

»Wollen Sie die Leute reinlassen?«

»Tja, ich denke schon … oder?«

»Soll ich erst mal noch hierbleiben?«

»Nee. Obwohl … vielleicht doch. Ja. Bleiben Sie einfach erst mal hier im Büro. Das ist alles derartig seltsam …«

Jason ging mit dem Schlüssel zur Ladentür. Die Leute schubsten und drängelten. Er zögerte noch einen Moment.

Dann schloss Jason die Tür auf.

»Tut mir leid, wir öffnen erst in …«

Die Leute drängten sich an ihm vorbei und stürzten zu den Regalen.

»Hey, Augenblick mal!«, rief Jason.

»Haben Sie dieses Modell?«, schrie ein Mann mit Ledermantel und grauem Sweatshirt und hielt Jason eine ausgedruckte

Bild vor die Nase, auf dem eine Frau mit einem rosa Handy abgebildet war.

»Das ist ein Samsung, glaube ich«, sagte Jason.

»Haben Sie das vorrätig? Genau das Gleiche?«

»Ich denke schon …«

»Dann kaufe ich alle, die Sie haben!«

»Nein!«, schrie jemand.

»Sie müssen anderen auch welche abgeben!«

»Ich will auch eines!«

»Ich nehm drei!«

Binnen Sekunden war Jason umringt. Er spürte eine Hand im Rücken, eine auf der Schulter, jemand packte ihn am Arm, und jemand anderer wedelte mit einem Papier vor seinem Gesicht herum. Im Nu wurde er hin und her geschubst, ging fast zu Boden in dem Gedrängel. »Augenblick«, schrie einer und »macht ihm doch Platz!« und dann …

»ALLE ZURÜCK HIER!«

Sully hatte sich breitbeinig vor Jason aufgebaut, die Arme seitlich ausgestreckt, um ihn zu schützen. Die Leute verstummten und wichen ein wenig zurück. Jason rang um Atem.

»Was soll das? Sind Sie alle verrückt?«, brüllte Sully.

»Ja, was soll das?«, rief Jason, durch Sullys Nähe ermutigt. »Wir haben noch nicht mal *geöffnet!* Was wollen Sie alle hier?«

Eine magere alte Frau drängte sich nach vorne. Dunkle Schatten lagen unter ihren Augen, und ihr Kopf war von einem Tuch umhüllt. Sie sah aus, als sei sie schwer krank.

»Das Handy«, sagte sie mit heiserer Stimme. »Das Handy, mit dem man im Himmel anrufen kann.«

*

Mit Amys Filmaufnahme geschah das, was heutzutage mit vielerlei Schnipseln von Nachrichten geschieht: Sie landete im Internet und damit im Cyberspace. Sie wurde unbearbeitet und ungeschnitten gesendet, jemand lud sie hoch und empfahl sie weiter, und so wurde sie binnen kürzester Zeit weltweit verbreitet – in diesem Fall besonders rasant durch die Überschrift »Anruf vom Himmel«. Das Wackeln der Kamera und Amys Sturz, durch den die Aufnahme zwischendurch unscharf wurde, verlieh dem Ganzen eine bizarre Authentizität.

Nachdem die Aufnahme in *Nine Action News* gesendet worden war, wurde sie zum meist aufgerufenen Video der Sender-Website. Das brachte Amy einen lobenden Anruf von Phil und die Bemerkung »weiter so« ein. Das Video wurde von religiösen Gruppierungen getagged, und die Bilder von Katherines Gesicht, der betenden Griechin und dem rosa Handy auf dem Tisch eroberten die Welt ebenso im Sturm wie Bells bahnbrechende Erfindung im neunzehnten Jahrhundert – nun allerdings mit Hochgeschwindigkeit.

Nach keinem Ort wurde im Internet so oft gesucht wie nach Coldwater in Michigan.

*

Pastor Warren spähte in den Kirchenraum. Fast alle Bänke waren voll besetzt – an einem gewöhnlichen Mittwochnachmittag. Einige Menschen hatten sich zum Beten hingekniet, andere hatten den Kopf in die Hände gestützt. Zwei Männer mit Fischermützen wiegten sich hin und her; in ihren ausgestreckten Händen hielten sie weder Bibel noch Gebetbuch, sondern … ein Handy.

Warren schloss leise die Tür und kehrte in sein Büro zurück, wo ihn die vier anderen Kirchenoberhäupter aus Coldwater erwarteten.

»Entschuldigung«, sagte Warren, während er sich setzte. »Ich habe nur einen Blick in den Kirchenraum geworfen.«

»Auf Ihre Gemeinde«, sagte Pater Carroll.

»Das ist nicht meine Gemeinde. Diese Leute sind nur wegen der Handy-Geschichte hier.«

»Sie sind wegen *Gott* hier«, erwiderte Pater Carroll.

Die anderen murmelten zustimmend.

»Die Gläubigen kommen nun endlich zu uns, werter Herr Pastor. Wir müssen nicht mehr um sie werben.«

»Ja, schon, aber …«

»Bei der öffentlichen Versammlung nächste Woche sollten wir auch genau auf diesen Punkt hinweisen. Ihn einsetzen, um andere zu überzeugen. Sind wir es nicht alle ein wenig leid, den Menschen unentwegt gut zureden zu müssen, um den Glauben in ihnen zu erwecken?«

Die anderen Geistlichen nickten. »So ist es.« »Oh ja.« »Amen.«

»Diese Bewegung, Herr Pastor, ist ein Geschenk, das uns zusätzlich zu jenen Stimmen vom Himmel zuteilwird …«

»Wenn es denn Stimmen vom Himmel sind«, fiel Warren ihm ins Wort.

»Jenen Stimmen, die uns vielleicht der Himmel sendet«, erwiderte Pater Carroll.

Warren betrachtete den Pater. Er wirkte anders als zuvor. Gelassener und beinahe heiter.

»Glauben Sie denn an dieses Wunder, Pater?«, fragte Warren.

Die anderen Geistlichen beugten sich gespannt vor. St. Vincent war die größte Kirche der Stadt. Pater Carrolls Meinung war entscheidend.

»Ich habe … meine Zweifel«, antwortete der bedächtig. »Aber ich habe den Bischof gebeten, meiner Gemeinde einen Besuch abzustatten.«

Die anderen sahen sich an. Das war eine aufregende Neuigkeit.

»Mit allem Respekt, Pater Carroll«, sagte Warren, »aber diese beiden Gläubigen, die jene Anrufe bekamen … gehören meiner Gemeinde schon lange an. Sie sind Baptisten. Das wissen Sie.«

»Gewiss.«

»Wenn der Bischof hierherkommt – er würde ja gar nicht mit ihnen sprechen. Da sie nicht katholisch sind.«

»Das ist richtig.«

Pater Carroll senkte den Kopf und faltete die Hände im Schoß.

Die anderen verstanden.

Es gab noch jemanden.

Pater Carroll hatte sich bei diesem Treffen nicht dazu geäußert, dass er zwei Tage zuvor einen Anruf von einem ehemaligen Mitglied seiner Gemeinde, Tess Rafferty, erhalten hatte. Ob er ihr bitte einen Besuch abstatten könne, hatte sie gebeten, es sei ungemein wichtig.

Bis zu diesem Zeitpunkt hatte Carroll das Himmelsstimmen-Phänomen für Unsinn gehalten. Oder für irgendeinen Betrug. Etwas anderes wäre ihm gar zu ungerecht erschienen, denn es hätte bedeutet, dass Der Allmächtige den unwürdigen Pastor Warren als Instrument gewählt hätte, um der Welt das himmlische Paradies zu offenbaren – und dabei Pater Carroll und die katholische Kirche überging.

Durch Tess Rafferty hatte sich die Lage jedoch grundlegend gewandelt. Diese junge Frau – die vor vielen Jahren vom Glauben abgefallen war – hatte dem Pater in der Küche ihres Hauses, in dem es unlängst gebrannt hatte, offenbart, dass auch sie mit dem Jenseits in Verbindung stand: Sie wurde von ihrer verstorbenen Mutter Ruth angerufen, an die Pater Carroll sich noch gut erinnerte. Noch entscheidender aber war die Tatsache, dass Tess den ersten Anruf an einem Freitagmorgen um 8.20 Uhr bekommen hatte, mehrere Stunden also, bevor Katherine Yellin zum ersten Mal mit ihrer toten Schwester Diane gesprochen hatte.

Diese Neuigkeiten fand Pater Carroll ausgesprochen erfreulich, und er hatte die feste Absicht, sie der Welt unverzüglich mitzuteilen.

Wenn tatsächlich Seelen aus dem Himmel zu Sterblichen auf der Erde Kontakt aufnahmen, so hatten sie dies zuallererst bei einer Katholikin getan.

*

Am Donnerstagnachmittag wartete Sully an der Schule, um Jules abzuholen.

»Hallo, mein Kleiner«, sagte Sully, als sein Sohn herauskam.

»Hallo.«

»Und, wie war's heute?«

»Okay. Peter hat mit mir gespielt.«

»Der Junge, der vorne keine Zähne hat?«

»Ja.«

Als sie zum Auto gingen, bemerkte Sully etwas Hellblaues, das aus Jules' Jackentasche herausragte.

»Was hast du denn da?«

Sein Sohn blieb stumm.

»Jules, was ist da in deiner Jackentasche?«

»Nichts.«

Sully öffnete die Wagentür. »Das ist nicht nichts.«

»Hab ich von der Lehrerin bekommen. Können wir jetzt heimfahren?«

Jules kraxelte auf den Rücksitz und klemmte seinen Arm über die Jackentasche. Sully seufzte, schob Jules' Arm beiseite und zog den Gegenstand aus der Tasche. Es war ein Spielzeughandy.

»Ach, Jules.«

Der Junge griff danach, aber Sully hielt das Ding außer Reichweite.

»Das gehört mir!«, schrie Jules so laut, dass sich andere Eltern zu ihnen umdrehten.

»Schon gut, schon gut«, sagte Sully und gab ihm das Handy zurück. Jules steckte es wieder in seine Tasche.

»Hast du dieses Ding da wegen Mom?«

»Nee.«

»Wolltest du es deshalb haben?«

»Nö.«

»Was hat die Lehrerin dir gesagt?«

»Dass ich mit Mami sprechen kann, wenn ich will.«

»Und wie?«

»Wenn ich die Augen zumache und das Handy ans Ohr halte.«

»Und dann?«

»Dann ruft Mami mich vielleicht an. So wie bei diesen anderen Leuten.«

Sully war sprachlos. Wie konnte eine Lehrerin solchen Unsinn verbreiten? Der Verlust seiner Mutter war doch schon schlimm genug für den Jungen. Und nun machte man ihm noch falsche Hoffnungen? War denn diese Stadt komplett verrückt geworden? Dieser Mob im Handyladen, das Internet-Video, diese irren Spinner, die vor Katherine Yellins Haus herumhockten und beteten, als sei die Frau eine Prophetin oder irgendwas. Und nun das?

»Jules, ich möchte nicht, dass du dieses Ding behältst, okay?«

»Und warum nicht?«

»Es ist nur ein Spielzeug.«

»Na und?«

»Es wird nicht so funktionieren, wie du dir das wünschst.«

»Das kannst du gar nicht wissen.«

»Doch. Das weiß ich.«

»Gar nicht!«

Sully fuhr los und stieß so heftig die Luft aus, dass ihm die Brust wehtat. Als sie bei seinen Eltern ankamen, machte Jules alleine die Autotür auf und rannte zum Haus, ohne sich umzudrehen.

Eine Viertelstunde später fuhr Sully die zweispurige Straße entlang, die Coldwater mit dem Rest des Landes verband. Er schäumte noch immer vor Wut und wäre am liebsten sofort in die Schule gefahren, um die Lehrerin zu schütteln und zu brüllen: »Haben Sie überhaupt eine Ahnung, was Sie da anrichten?« *Morgen.* Morgen würde er das machen. Jetzt musste er erst mal arbeiten – bei einem Möbelhaus in Moss Hill den Abo-Scheck für die *Gazette* abholen. Es hatte einen kurzen Regenguss gegeben, und Sully schaltete die Scheibenwischer ein, um die Schlieren zu entfernen, die seine Sicht behinderten.

Als er um die Kurve bog und zu dem offenen Feld kam, das als »Lankers Field« bekannt war, blinzelte er irritiert. Auf dem alten Straßenschild mit der Aufschrift AUF WIEDERSEHEN IN COLDWATER klebte nun zusätzlich eine Banderole mit den Worten BIST AUCH DU ERLÖST?

Auf dem Feld dahinter sah Sully diverse Wohnmobile und Wohnwagen, große weiße Zelte und an die vierzig Leute in Winterkleidung, die umherwanderten und sich gegenseitig etwas vorlasen, ein Lagerfeuer errichteten oder Gitarre spielten. Das Bild erinnerte Sully an ein Lager von religiösen Pilgern. Aber solche Pilgerreisen fanden doch zum Ganges in Indien oder nach Mexico City zur Jungfrau von Guadelupe statt – und nicht zum Lankers Field, wo Sully als Junge hingeradelt war, um dort mit seinen Freunden Kracher zu zünden.

Dieser Wahnsinn muss ein Ende haben, beschloss Sully. Anhänger eines Kultes? Geisterexperten? Was sollte da noch alles kommen?

Er hielt am Straßenrand an und öffnete das Fenster. Ein Mann mittleren Alters mit Hakennase und weißem Pferdeschwanz trat auf den Wagen zu.

»Was ist hier los?«, rief Sully.

»Ich grüße dich, mein Bruder«, sagte der Mann.

»Was soll das alles hier?«

»Dies ist ein heiliger Ort, an dem Gott zu seinen Kindern spricht.«

Sully knirschte förmlich mit den Zähnen bei dem Wort »Kinder«.

»Wer hat Ihnen das denn erzählt?«

Der Mann betrachtete Sully forschend. Dann grinste er. »Das fühlen wir. Möchtest du mit uns beten, Bruder? Dann fühlst du es vielleicht auch.«

»Ich lebe in diesem Ort. Und Sie irren sich. Hier gibt es keine Gottesgespräche.«

Der Mann legte die Hände aneinander, als wolle er beten, und lächelte wieder.

»Großer Gott«, murmelte Sully.

»Siehst du, schon hast du verstanden, Bruder«, sagte der Mann.

Sully gab Gas und raste mit quietschenden Reifen los. Er hatte gute Lust, diese ganzen frömmlerischen Idioten, Pilger, Handykäufer und auch Jules' Lehrerin anzubrüllen: *Wacht auf, Leute! Lebende können nicht mit Toten sprechen! Glaubt ihr nicht, ich würde das auch tun, wenn es möglich wäre? Ich gäbe wer weiß was darum, auch nur ein einziges Wort von meiner Frau zu hören! Aber das geht nun einmal nicht. Es gibt keinen Gott, der so etwas möglich macht. Es gibt auch kein Wun-*

der von Coldwater. Das ist irgendein Trick, ein Betrug, eine üble Täuschung!

Sully hatte die Nase voll. Er beschloss, Jules' Lehrerin zur Rede zu stellen. Und auch noch die Schulleitung, falls nötig. Aber das reichte nicht. Er würde diesen ganzen faulen Himmelsschwindel auffliegen lassen. Entlarven. Sicher, er hatte im Gefängnis gesessen, er war in Verruf geraten, er plagte sich mit seinem neuen kläglichen Leben ab – aber sein Gehirn funktionierte einwandfrei und erkannte klar und deutlich den Unterschied zwischen Wahrheit und Lüge. Für seinen Sohn – und andere Menschen, die um verlorene Menschen trauerten – wollte Sully das tun, was niemand für ihn getan hatte.

Der Sache auf den Grund gehen.

NEUNTE WOCHE

»Können Sie das bitte wiederholen?«

»Dreitausendvierzehn.«

»Für eine einzige Filiale?«

»Jawohl.«

»Wie viele haben die dort normalerweise auf Lager?«

»Vier.«

»Ich melde mich wieder bei Ihnen.«

Terry Ulrich, Regionalvizepräsident von Samsung, legte auf und notierte sich ein paar Zahlen. Die Dial-Tek-Filiale in Coldwater im Bundesstaat Michigan hatte eine irrwitzige Bestellung für ein einzelnes Handy-Modell aufgegeben, das Samsung 5GH. Kein spektakuläres Modell. Es war zum Aufklappen, man konnte damit telefonieren und hatte Verbindung zum Internet. Aber das war dann auch schon alles. Mit moderneren Handys konnte man fotografieren und filmen und elektronische Spiele machen. Wieso verkaufte ein einziger Laden Tausende Exemplare eines alten Modells?

Nun hatte man Terry soeben berichtet, dass das Samsung 5GH von einer Frau benutzt wurde, die behauptete, damit Gespräche mit Verstorbenen im Himmel führen zu können.

Und die Frau hatte dieses Gerät in der Filiale in Coldwater gekauft.

Terry strich sich übers Kinn und blickte aus dem Fenster auf die Skyline von Chicago. Allein der Profit von dieser Bestellung würde sich im sechsstelligen Bereich bewegen. Terry wandte sich wieder seinem Computer zu und recherchierte die

Geschichte über dieses Wunder von Coldwater. Er schaute sich ein Video von einem Fernsehsender in Alpena an, das er ziemlich albern fand.

Doch als Terry sah, wie oft man dieses Video aufgerufen hatte, griff er sofort zum Telefon.

»Schicken Sie mir bitte die Marketing-Leute her. Und zwar schnell.«

*

Alexander Graham Bells Mutter war nahezu taub. Wenn jemand ihr etwas sagen wollte, musste er dazu ein Hörrohr aus Gummi benutzen. Ihr Sohn Alexander jedoch hatte immer das Gefühl, dass sie ihn besser verstand, wenn er mit dem Mund dicht an ihrer Stirn und mit möglichst tiefer Stimme sprach. So konnte sie die Schwingungen seiner Stimme besser erfassen. Dass Bell dieses Prinzip verstanden hatte, würde später maßgeblich zur Entwicklung des Telefons beitragen.

Als Giselle im Koma lag, versuchte Sully auch auf diese Weise mit seiner Frau zu sprechen. Mit dem Mund ganz nah an ihrer Stirn sprach er mit tiefer Stimme über ihr gemeinsames Leben.

Erinnerst du dich noch an unsere erste Wohnung? Erinnerst du dich noch an das gelbe Waschbecken? Erinnerst du dich noch an unsere Italienreise? Weißt du noch – das leckere Pistazieneis? Erinnerst du dich noch an Jules' Geburt?

Manchmal sprach er so eine ganze Stunde zu ihr und hoffte, dass seine Stimme zu ihr durchdringen würde. Früher hatte Sully Giselle immer zum Lachen bringen können. Er träumte davon, etwas so Witziges zu sagen, dass Giselle aus dem Koma erwachen und sagen würde: »Oh mein Gott, ja, das weiß ich noch genau.«

Das geschah nicht, aber Sully gab seine Versuche nicht auf.

Sogar alleine in seiner Gefängniszelle saß er mit geschlossenen Augen da und beschäftigte sich mit den Erinnerungen, als könnten seine Gedanken zu Giselles Krankenbett fliegen. Vom Tag des Unfalls an bis zu ihrem Tod hatte er sich vor allem danach gesehnt, ihre Stimme zu hören.

Ihre Stimme zu hören.

Doch es war nie mehr dazu gekommen.

Deshalb empörten ihn diese Vorgänge auch so sehr. Und deshalb nahm er am Montagmorgen Notizblöcke und Hefter aus dem Schreibwarenschrank bei der *Gazette* und kaufte sich für seine Recherchen einen kleinen Kassettenrecorder.

Was diese Leute jetzt behaupteten, das hatte Sully selbst bereits versucht.

Er hatte nach Giselle gerufen und keine Antwort bekommen.

Es gab keinen Himmel.

Wer tot war, der blieb tot.

Und das sollten die anderen nun auch endlich akzeptieren.

*

Der größte für eine Versammlung geeignete Raum in Coldwater war die Sporthalle der Highschool. Wenn man die Tribüne einsetzte und zusätzlich Klappstühle aufstellte, konnte man hier bis zu zweitausend Personen unterbringen.

Am Dienstag um 18.00 Uhr war jeder einzelne Platz besetzt.

An der Rückwand hingen das Sternenbanner und eine rotweiße Flagge mit der Aufschrift COLDWATER BASKETBALL – REGIONALSIEGER 1973, 1998, 2004. Darunter war eine Bühne aufgestellt worden, auf der Pater Carroll und Pastor Warren neben einem Bezirksabgeordneten mit dicker Wampe saßen, der sich immer wieder mit einem Taschentuch den Schweiß von der Stirn wischte. Jack Sellers, diesmal in Uniform, gehörte auch zu der Runde.

Der Bürgermeister, Jeff Jacoby, der ein Hemd mit offenem Kragen und ein dunkelblaues Sportsakko trug, trat ans Mikrofon. Seine ersten Worte – »Guten Abend« – erzeugten ein schrilles Feedback, und die Leute hielten sich die Ohren zu.

»Hallo? … Test, Test … ist es jetzt besser?«

Da nur Einwohner von Coldwater zu dieser Versammlung zugelassen waren, musste jeder am Eingang seinen Führerschein vorzeigen. Presse und Medien blieben ausgeschlossen, aber die Reporter warteten draußen in ihren Autos und ließen den Motor laufen, um nicht zu frieren. Die Pilger vom Lankers Field hatten sich auf dem Parkplatz unter einer Straßenlaterne eingefunden und wärmten sich die Hände an einem Feuer in einer Blechtonne. Die Polizisten Ray und Dyson gingen auf dem Gelände auf und ab; beide fragten sich allerdings, was sie zu zweit wohl gegen eine solche Menschenmenge ausrichten sollten, falls etwas schiefging.

Das Mikrofonproblem war gelöst.

»Gut«, begann der Bürgermeister, »ich denke, wir wissen alle, weshalb wir uns heute hier versammelt haben. Was sich in Coldwater ereignet hat – und wovon Sie uns berichtet haben, Katherine –, ist außergewöhnlich.«

Katherine, die in der ersten Reihe saß, nickte bescheiden, und die Menge murmelte zustimmend.

»Doch die Folgen dieser Ereignisse sind unübersehbar, und sie stellen uns vor größere Herausforderungen.«

Weiteres Murmeln.

»Wir haben es nun mit vielen auswärtigen Gästen, Verkehrsstaus, Sicherheitsfragen und den Medien zu tun.«

Ein Raunen lief durch die Reihen. Jack beugte sich leicht vor.

»Das sind einige der Themen, über die wir heute Abend sprechen werden. Pater Carroll, möchten Sie die Versammlung eröffnen?«

Pater Carroll trat ans Mikrofon und justierte es sorgfältig in der richtigen Höhe. Der Bürgermeister hatte zunächst Pastor Warren gefragt, ob er zu Anfang sprechen wolle, doch der Pastor hatte gesagt, im außerkirchlichen Rahmen mache er das nicht gerne. Pater Carroll konnte das besser. *Er hat eine geradezu majestätische Haltung,* dachte Warren jetzt.

»Zuerst lasset uns beten«, begann Pater Carroll. »Möge Der Herr uns Kraft geben für diesen Abend …«

Während die Anwesenden den Kopf senkten, tastete Sully, der auf der Tribüne saß, nach dem Notizbuch in seiner Jackentasche. Dann drückte er auf den Knopf des Kassettenrecorders, der in seiner anderen Tasche steckte.

»Wir können Gottes Pläne nicht immer ermessen, liebe Freunde«, sprach Pater Carroll. »In der Bibel gibt es viele Helden, die den Ruf Des Herrn zunächst nicht hören wollten: Moses floh vor dem Pharao. Jonas versteckte sich vor dem Herrn. Der junge Johannes Markus verließ Barnabas und Paulus. Angst ist Teil unseres Wesens. Gott weiß das …«

Viele Leute nickten, und ein paar riefen: »Amen!«

»Was ich euch heute Abend sagen möchte, ist: Fürchtet euch nicht. Ihr seid umgeben von euren Freunden, von euren Nächsten. Und wenn uns Wunder zuteilwerden, sollten wir dankbar sein und Kunde davon geben.«

Pastor Warren sah die anderen Geistlichen verwirrt an. *Hatte Pater Carroll nicht nur einen Segen sprechen wollen?*

»Und deshalb möchte ich nun fragen – wer unter euch hat eine Botschaft vom Himmel empfangen? Oder glaubt, eine solche Botschaft empfangen zu haben? Offenbart euch und lasst uns an eurem Segen teilhaben.«

Das Murmeln in der Sporthalle klang jetzt sehr aufgeregt.

Damit hatte niemand gerechnet. Ein öffentliches Wunderbekenntnis? Die Leute schauten sich um.

Katherine Yellin erhob sich mit gefalteten Händen.

»Ich habe mit meiner Schwester im Himmel gesprochen«, verkündete sie. »Mit Diane Yellin. Gelobt sei Der Herr!«

Die Leute nickten. Über Katherine wusste man Bescheid. Alle sahen sich suchend um. *Wo war denn Elias Rowe?*

Tess, die sechs Reihen hinter Katherine saß, blickte zu Pater Carroll auf. Er nickte ihr ermutigend zu. Tess schloss die Augen, stellte sich das Gesicht ihrer Mutter vor, holte tief Luft und stand auf.

»Ich bekam einen Anruf von meiner verstorbenen Mutter, Ruth Rafferty!«, sagte sie mit lauter Stimme.

Ein verblüfftes Raunen ging durch die Reihen. Katherine blieb der Mund offen stehen.

Dann war von links eine andere Stimme zu hören:

»Ich von meinem Sohn!«

Die Leute verrenkten sich den Hals, und Jack riss die Augen auf.

»Robbie Sellers. Umgekommen in Afghanistan«, ergänzte Doreen. Sie war aufgestanden, rang die Hände. Als sie zu Jack hochsah, hatte er das Gefühl, dass alle ihn anstarrten. Er schaute auf Tess, doch die wandte den Blick ab.

Vier?, hörte man die Leute raunen. *Jetzt sind es schon vier?*

Ein Inder in einer der vorderen Reihen erhob sich.

»Meine Tochter hat mich angerufen! Gelobt sei Der Herr!«

Weiter hinten rief ein alter Mann: »Meine Exfrau!«

Dann ein junges Mädchen:

»Meine beste Freundin!«

Ein Mann im Anzug:

»Mein ehemaliger Geschäftspartner!«

Bei jedem Ruf wurde das Rumoren lauter. Sully schrieb wie

ein Wilder in sein Notizbuch und versuchte sich die Gesichter der Bekenner einzuprägen.

Als sich die Aufregung ein wenig legte, ragten sieben Bürger von Coldwater wie hohe Gräser auf einem Feld aus der Menge auf – sieben Bürger, die behaupteten, etwas erlebt zu haben, was zuvor unvorstellbar gewesen war: ein Gespräch mit dem Himmel.

Es wurde still in der Sporthalle. Hastig nahm der Bürgermeister Pater Carroll beiseite.

»Um Himmels willen, Pater«, flüsterte er. »Was sollen wir jetzt tun?«

VIER TAGE SPÄTER

NACHRICHTEN
ABC News

MODERATOR: Heute Abend melden wir uns aus einer kleinen Stadt in Michigan, in der einige Menschen angeblich auf höchst ungewöhnliche Weise mit Verstorbenen in Kontakt treten. Alan Jeremy berichtet.

(*Szenen aus Coldwater*)

ALAN: In Coldwater im Bundesstaat Michigan leben knapp viertausend Menschen. Die größte Sehenswürdigkeit hier ist eine historische Apfelmühle. Diese Kleinstadt unterschied sich kaum von Tausenden anderer amerikanischer Gemeinden – bis einige Personen hier Anrufe bekamen, die ihnen offenbar vom Himmel gesandt wurden.

(*O-Töne, dazu Bilder der entsprechenden Verstorbenen*)

TESS: Meine Mutter hat mich schon mehrmals angerufen.
DOREEN: Mein Sohn meldet sich in regelmäßigen Abständen.
TEENAGER: Meine Freundin ist letztes Jahr bei einem Autounfall umgekommen. Vor drei Wochen hat sie mich angerufen und gesagt, ich solle nicht mehr weinen.
ALAN: All diese Anrufe haben eines gemeinsam: Sie kommen von Menschen, die verstorben sind, teilweise schon seit mehreren Jahren. Dieses unerklärliche Phänomen löst heftige Debatten bei den Kirchenoberhäuptern des Ortes aus.

PATER CARROLL: Wir dürfen uns vor den Wundern Gottes nicht verschließen. Viele Menschen wenden sich durch diese Anrufe wieder der Kirche zu. Vielleicht ist genau das Gottes Wille.

(*betende Menschenmengen*)

ALAN: Coldwater entwickelt sich derzeit zum Mekka für Gläubige. Auf Parkplätzen und Feldern werden spontane Gottesdienste abgehalten. Die örtliche Polizei ist stark beansprucht.

(*Großaufnahme Polizeichef Jack Sellers*)

JACK: Wir sind nur eine kleine Polizeitruppe und können nicht überall zugleich sein. Deshalb bitten wir unsere Gäste von auswärts, die Privatsphäre unserer Bürger zu respektieren und ihre Gebete zu normalen Zeiten zu verrichten, nicht um Mitternacht und dergleichen.

(*Archivmaterial*)

ALAN: Vom Hellsehen bis zu Ouija-Brettern – schon seit sehr langer Zeit glauben Menschen, mit den Toten in Kontakt treten zu können. Experten für Stimmphänomene sind überzeugt, dass Coldwater nicht der erste Ort ist, an dem Stimmen aus dem Jenseits vernommen wurden.

(*Großaufnahme Leonard Koplet, Parapsychologe*)

LEONARD: Es gibt Bandaufnahmen, auf denen die Stimme einer toten Person zu hören ist, und Geräte, von denen unerklärliche Töne aller Art aufgezeichnet wurden. Dass man allerdings das Telefon auf diese Weise benutzt, ist bislang noch nie vorgekommen. Das ist ein unglaublicher Fortschritt für unseren Kontakt zum Jenseits.

(*Samsung-Werbetafel: Wolken, im Vordergrund das Handy von ei-*

ner jener Personen, die angeblich aus dem Jenseits angerufen wurden, und der Slogan GÖTTLICH)

ALAN: Sogar Samsung ist auf diesen Zug aufgesprungen. Diese Werbetafel steht nun an der Autobahnroute 8.

(*Großaufnahme Samsung-Manager Terry Ulrich*)

TERRY: Wir haben das Modell natürlich nicht zu diesem Zweck entwickelt, schätzen uns aber glücklich, dass es ›auserwählt‹ wurde. Das Unternehmen fühlt sich geehrt und hat nun dafür Sorge getragen, dass dieses Handy-Modell überall erhältlich ist.

(*Wissenschaftler an Schreibtisch*)

ALAN: Wie zu erwarten wurden schnell Stimmen laut, die das Phänomen von Coldwater kritisieren. Daniel Fromman gehört der Internationalen Vereinigung für Wissenschaft und Ethik in Washington, D.C. an.

FROMMAN: Das Telefon wurde von Menschen erfunden. Satelliten werden von Menschen hergestellt, ebenso wie sämtliches andere Zubehör der Telekommunikation. Was diese Menschen behaupten – nämlich Stimmen von Toten über ein Handynetz empfangen zu können –, ist nicht nur schlicht unmöglich, sondern auch geradezu lachhaft. Das sollte man unter keinen Umständen ernst nehmen.

ALAN: Wie erklären Sie sich denn diese Anrufe?

FROMMAN: Sie meinen, die Anrufe, die diese Leute angeblich bekommen?

ALAN: Wollen Sie damit zum Ausdruck bringen, dass die betreffenden Personen lügen?

FROMMAN: Ich möchte lediglich sagen, dass trauernde Menschen sich vieles vorstellen, weil es ihnen damit besser geht. Das macht jene Vorstellungen aber nicht real.

(*Alan vor großem Zelt*)

ALAN: Dennoch treffen in Coldwater Scharen von Pilgern ein.

(*Großaufnahme von weißhaarigem Mann*)

WEIẞHAARIGER MANN: Das ist ein Zeichen. Es *gibt* die Ewigkeit, es *gibt* den Himmel, es *gibt* die Erlösung – doch die Menschen sollten sich lieber gut stellen mit Gott! Der Tag des Jüngsten Gerichts wird kommen!

ALAN: Ob real oder eingebildet – in dieser kleinen Stadt im Mittelwesten hat sich jedenfalls in diesem Herbst vieles verändert. Doch was genau geschieht hier? Von vielen Einwohnern habe ich gehört, dass sie das Geschehen mit Gebeten begleiten.

Das war Alan Jeremy aus Coldwater in Michigan.

(*im Studio*)

MODERATOR: Das waren die Nachrichten für heute. ABC News wünscht Ihnen allen eine gute Nacht.

ZEHNTE WOCHE

Anfang November war Coldwater komplett überlaufen. Die Straßen waren verstopft, und es gab keine Parkplätze mehr. Vor dem Supermarkt, der Bank, der Tankstelle und allen Orten, an denen man etwas essen oder trinken konnte, hatten sich lange Schlangen gebildet.

Am Dienstagabend drängte sich Sully durch Menschenscharen an der Lake Street. Junge Leute saßen auf der Motorhaube eines Autos und sangen Spirituals. Sullys Ziel war die Stadtbibliothek, ein einstöckiges weißes Ziegelgebäude mit dem Sternenbanner am Eingang und einem Schild mit wöchentlich wechselnder Aufschrift. In dieser Woche stand darauf: DANKET! SPENDET GEBRAUCHTE BÜCHER ZUM ERNTEDANKFEST!

Es war schon fast acht Uhr, und Sully war froh, dass er in der Bücherei noch Licht sah. Er hatte keinen eigenen Internet-Anschluss, und die Computer in der Redaktion kamen für seine Recherchen nicht in Frage, da niemand von seinen Aktivitäten erfahren sollte – vor allem nicht die Reporter der *Gazette.* Deshalb blieb ihm nur die Bücherei – ein Ort, an dem er bereits als Kind gesessen und für die Schule Buchbesprechungen geschrieben hatte.

Er betrat das Gebäude. Keine Menschenseele war zu sehen.

»Hallo?«, rief Sully.

Von einem Schreibtisch in der Ecke hörte er etwas rascheln, und eine junge Frau, die um die zwanzig sein mochte, beugte sich vor.

»Kalt draußen?«, fragte sie.

»Eisig. Sind Sie die Bibliothekarin? Falls man das heute noch so sagt.«

»Kommt drauf an. Sagt man auch noch ›Bibliothek‹?«

»Ich glaube schon.«

»Dann bin ich die Bibliothekarin.«

Sie lächelte. Ihre kurzen, strubbeligen Haare waren dunkelviolett gefärbt, und vorne leuchtete eine grellrote Strähne. Die junge Frau hatte einen glatten schimmernden Teint und trug eine rosafarbene Brille.

»Sie sind aber ziemlich jung, oder?«, sagte Sully.

»Ich habe die Stelle von meiner Großmutter übernommen. Die entsprach eher dem Bild einer Bibliothekarin.«

»Aha.«

»Eleanor Udell.«

»So heißen Sie?«

»Nein, so hieß meine Großmutter.«

»Als ich hier noch zur Schule ging, hatte ich eine Lehrerin namens Mrs Udell.«

»Auf der Grundschule?«

»Ja.«

»In der dritten Klasse?«

»Ja …«

»Das *war* meine Oma.«

»Oh Gott.« Sully schloss die Augen. »Sie sind Mrs Udells *Enkelin?*«

»Jetzt komme ich Ihnen bestimmt erst recht jung vor, wie?«

Sully schüttelte den Kopf und fragte rasch: »Hier gibt es doch einen Computer, oder?«

»Ja. Da drüben.«

Sully beäugte den beigen PC, der reichlich betagt zu sein schien.

»Kann ich …«

»Klar. Nur zu.«

Er zog seine Jacke aus.

»Liz, übrigens.«

»Hmm?«

»Ich heiße Liz.«

»Ach so. Ja. Hallo.«

Sully bewegte die Maus – die noch über Kabel funktionierte –, aber auf dem Bildschirm tat sich nichts.

»Muss man hier irgendwas Bestimmtes machen?«, fragte er.

»Ach so, ja, Moment. Man muss sich einloggen.«

Liz erhob sich. Sully zuckte innerlich zusammen, als er sah, dass ihr linkes Bein verkrüppelt war und sie sich nur humpelnd bewegen konnte. Auch Liz' Arme wirkten seltsam kurz.

»Ich mach das mal eben«, sagte sie und trat zu ihm. Er stand schnell auf; zu hastig, wie er selbst spürte.

»Ich habe MS«, sagte sie mit einem Lächeln. »Nur für den Fall, dass Sie dachten, das hier sei ein neuer Tanzschritt.«

»Nein … ich weiß … ich …«

Sully fühlte sich wie ein kompletter Idiot. Liz gab ein Passwort ein, und sofort erschienen die vertrauten Icons auf dem Bildschirm.

»Wollen Sie Recherchen übers Jenseits machen?«, erkundigte sich Liz.

»Wieso fragen Sie das?«

»Ach, kommen Sie. Coldwater ist doch inzwischen so was wie die Himmelshauptstadt.«

»Deshalb bin ich nicht hierhergekommen«, stellte Sully klar.

Er griff nach seinen Zigaretten.

»In Bibliotheken ist Rauchen verboten.«

»Stimmt.« Sully schob das Päckchen in seine Tasche zurück.

»Waren Sie bei dieser Versammlung?«

»Welcher Versammlung?«

»Der in der Highschool. Es war absolut der Irrsinn. All diese Leute, die Anrufe von Toten gekriegt haben.«

»Glauben Sie daran?«, fragte Sully.

»Nee. Das klingt für meinen Geschmack *zu* verrückt. Da steckt was anderes dahinter.«

»Aber was?«

»Keine Ahnung.«

Liz bewegte die Maus und beobachtete den Cursor. »Wär aber eigentlich schon cool, oder? Wenn man einfach mit jemandem quatschen könnte, den man verloren hat?«

»Ja, bestimmt.«

Sully dachte an Giselle. Sie war etwa in Liz' Alter gewesen, als beide sich kennengelernt hatten – an einem Donnerstagabend in Giuseppes Pizzeria in der Nähe der Uni. Damals hatte Giselle dort als Kellnerin gearbeitet. An diesem Abend trug sie ihre Arbeitskleidung: eine eng anliegende rote Bluse und einen schwarzen Wickelrock. Und ihre Augen waren so wunderbar lebendig, dass Sully vor all seinen Freunden nach ihrer Telefonnummer fragte. Giselle lachte und sagte entschieden: »Ich geh nicht mit Studis aus.« Doch als sie ihm die Rechnung brachte, sah er eine Nummer auf der Rückseite und die Worte »... nur wenn sie besonders süß sind«.

»Jedenfalls ...« Liz klopfte sich zweimal an die Oberschenkel.

»Ja, danke.«

»Gerne.«

»Wann schließen Sie?«, fragte Sully.

»Heute und Donnerstag um neun. An den anderen Abenden um sechs.«

»Okay.«

»Wenn Sie was brauchen, schreien Sie. Offiziell soll man hier allerdings«, raunte sie, »flüstern.«

Sully lächelte. Liz ging zu ihrem Schreibtisch zurück, und Sully beobachtete ihr mühsames Humpeln, die verdrehten Bewegungen.

»Ich heiße übrigens Sully«, sagte er. »Sully Harding.«

»Weiß ich doch«, erwiderte Liz, ohne sich umzudrehen.

*

Später an diesem Abend legte Katherine sich ins Bett und starrte an die Decke.

Dann begann sie zu weinen.

Seit Tagen war sie nicht zur Arbeit gegangen und hatte auch nicht mit den betenden Menschen in ihrem Vorgarten gesprochen. Katherine fühlte sich hintergangen und betrogen. Was ihr persönlicher Segen gewesen war, geriet nun zu einem unwürdigen Spektakel. Sie sah noch immer vor sich, wie sich Scharen von Menschen in der Sporthalle um die Leute gedrängt hatten, die angeblich auch Anrufe vom Himmel bekommen hatten. Ein regelrechter Tumult war ausgebrochen, und der Bürgermeister hatte ins Mikrofon geschrien: *»Es wird eine weitere Versammlung geben! Achten Sie wegen des Termins bitte auf die Anschläge im Rathaus!«*

Die Szenerie draußen war noch schlimmer gewesen: das grelle Licht der Fernsehkameras, der ohrenbetäubende Lärm, als Leute durcheinanderriefen, laut beteten, aufgeregt redeten, wild gestikulierten.

Sechs andere Leute sollten Anrufe vom Himmel bekommen haben? Das war ausgeschlossen. Die waren bestimmt nur neidisch auf Katherines Kontakt mit Diane und hatten sich deshalb diese Geschichten ausgedacht. Wie dieser Elias Rowe. Der war inzwischen von der Bildfläche verschwunden, vermutlich, weil er sich wegen seiner Lüge zu sehr schämte. Die Freundin eines jungen Mädchens? Ein Geschäftspartner? Das waren ja wohl nicht die Blutsbande, die der Himmel würdigen wollte. Katherine fragte sich, ob all diese Leute überhaupt zur *Kirche* gingen.

Ihr keuchender Atem dröhnte in ihren Ohren. *Beruhig dich. Trockne deine Tränen. Denk an Diane. Denk an Den Herrn.*

Katherine schloss die Augen, und ihr Atem wurde ruhiger.

Dianes Handy klingelte.

*

Am nächsten Morgen steckte Tess ihre Haare hoch und schloss den obersten Knopf ihrer Bluse. Auf Lippenstift verzichtete sie an diesem Tag. Wenn ein katholischer Priester zu Besuch kam, musste man keusch und schlicht wirken.

»Sehe ich okay aus?«, fragte Tess, als sie in die Küche kam.

»Einwandfrei«, antwortete Samantha.

Die Freundin war jetzt sehr häufig bei Tess und hütete das Telefon, falls Tess unterwegs sein musste. Da die Anrufe nun nicht mehr nur freitags kamen, fürchtete Tess, sie zu versäumen. Einerseits kam sie sich idiotisch vor, weil sie ihr Leben nach einem Telefon richtete. Andererseits ging es ihr so gut, wenn sie Ruths Stimme hörte, dass in diesem Moment alles Schlimme aus ihrem Leben zu verschwinden schien.

»Belaste dich nicht damit, Tess«, hatte ihre Mutter beim letzten Anruf gesagt.

»Ich muss es jemandem erzählen, Mom.«

»Lass dich nicht aufhalten, Schatz. Erzähle es ruhig allen.«

»Ich habe Pater Carroll angerufen.«

»Das ist ein Anfang.«

»Aber ich war schon so lange nicht mehr in der Kirche.«

»Du hast aber … zu Gott gesprochen. Jeden Abend.«

Tess verschlug es die Sprache. Sie hatte tatsächlich jeden Abend gebetet – doch damit hatte sie erst nach dem Tod ihrer Mutter begonnen.

»Woher weißt du das, Mom?«

Dann war die Verbindung abgebrochen.

Tess sah Samantha an, als sie hörten, wie draußen eine Autotür zugeschlagen wurde.

Kurz darauf klingelte es.

Vor der Haustür standen Pater Carroll und Bischof Bernard Hibbing von der Erzdiözese Gaylord, ein Mann mit rundem Gesicht und rötlicher Haut. Er trug eine Nickelbrille und ein Brustkreuz. Als Tess die beiden Männer einließ, bemerkte sie eine Gruppe Menschen auf der Straße und schloss rasch die Tür.

»Möchten Sie eine Tasse Kaffee oder Tee?«, fragte sie im Wohnzimmer.

»Nein danke.«

»Bitte nehmen Sie doch Platz.«

»Danke sehr.«

»Was habe ich jetzt zu tun?«, fragte Tess.

»Nun, am besten wäre es«, begann Bischof Hibbing, »wenn Sie uns alles von Anfang an erzählen.«

Er lehnte sich zurück. Es war Aufgabe eines Bischofs, etwaige Wunder einer sorgfältigen und kritischen Prüfung zu unterziehen, denn die meisten Berichte dieser Art erwiesen sich letztlich als Zufälle oder Übertreibungen. Wenn er jedoch zu dem Schluss kam, dass tatsächlich ein göttliches Wunder stattgefunden hatte, musste der Bischof unverzüglich dem Vatikan Bericht erstatten, der die Prüfung der Ereignisse dann an die Kongregation für die Selig- und Heiligsprechungsprozesse weiterleitete.

Tess begann mit dem Bericht über den Alzheimer-Tod ihrer Mutter, dann schilderte sie detailgenau Ruths Anrufe. Der Bischof hörte sehr aufmerksam zu und analysierte die Aussagen. Betrachtete die Frau sich selbst als »auserwählt«? Glaubte sie, dass sie selbst dieses Phänomen bewirkt hatte? In beiden Fällen wäre dann Vorsicht angebracht, denn die wenigen wahren Wunder suchten sich ihre Empfänger selbst, nicht umgekehrt.

»Erzählen Sie mir von Ihrer Kindheit. Haben Sie jemals unerklärliche Stimmen gehört?«, hakte der Bischof nach.

»Nein.«

»Hatten Sie Visionen oder Erscheinungen?«

»Nein, zu so etwas hatte ich nie einen Bezug.«

»Was machen Sie beruflich?«

»Ich bin Leiterin einer Kindestagesstätte.«

»Für die Armen?«

»Nun, einige der Kinder stammen aus armen Familien. Wir nehmen Kinder auf, deren Eltern sich keine andere Unterbringung leisten können. Das ist kein Beruf mit großem Renommee, aber wissen Sie …«

Tess zuckte die Achseln, und Bischof Hibbing machte sich Notizen. Er stand dieser ganzen Sache in Coldwater skeptisch gegenüber. Schließlich gab es gewaltige Unterschiede zwischen einem Wunder und paranormalen Erscheinungen. Blut auf einer Statue der Jungfrau Maria? Die Heilige Teresa von Avila, der ein Engel erschienen war? Dabei war zumindest eine Verbindung zum Göttlichen vorhanden gewesen – wovon bei einem Kontakt zu Geistern allerdings nicht die Rede sein konnte.

Doch einen Grund gab es, diese Anrufe sehr ernst zu nehmen. Aus diesem Grund stattete Bischof Hibbing Tess diesen Besuch ab, und aus diesem Grund erwarteten auch die hohen Würdenträger der katholischen Kirche gespannt Hibbings Bericht: Wenn diese Menschen wirklich glaubten, sie könnten sich mit dem Himmel unterhalten – wie lange würde es dann noch dauern, bis sie glaubten, mit Gottvater persönlich sprechen zu können?

»Spricht Ihre Mutter bei diesen Anrufen«, fuhr der Bischof fort, »von Jesus?«

»Ja.«

»Und von Gottvater?«

»Sehr häufig.«

»Von Seiner Gnade?«

»Sie sagte, uns allen werde vergeben. Die Anrufe sind nicht sehr lang, wissen Sie.«

»Hat Ihre Mutter Ihnen gesagt, wie Sie mit diesen Anrufen umgehen sollen?«

Tess sah Samantha an. »Ja. Sie sagte, ich soll allen davon erzählen.«

»Allen davon erzählen?«

»Ja.«

Der Bischof warf Pater Carroll einen Blick zu.

»Dürfte ich das betreffende Telefon einmal sehen?«

Tess zeigte dem Bischof das Telefon und spielte ihm auch die erste Nachricht ihrer Mutter auf dem Anrufbeantworter vor. Die beiden Geistlichen hörten sich die Aufnahme mehrmals an. Auf Bitte des Bischofs holte Tess mehrere Familienfotos und den Nachruf auf ihre Mutter, der damals in der *Gazette* erschienen war.

Danach verabschiedeten sich die beiden Geistlichen.

»Vielen Dank für Ihre Zeit und Ihre Mühe«, sagte der Bischof.

»Was passiert als Nächstes?«, fragte Tess.

»Vielleicht sprechen wir dazu ein Gebet?«, schlug Pater Carroll vor.

»Das würde ich begrüßen«, äußerte Bischof Hibbing.

Die beiden lächelten und wandten sich zum Gehen.

Als sie die Tür öffneten, wurden sie von einer Horde Fernsehreporter erwartet.

*

Der Alltag im Polizeirevier von Coldwater hatte sich drastisch verändert. Seit der Versammlung klingelten die Telefone ununterbrochen. Wenn sich nicht Einwohner über Lärm, unbefugtes Betreten oder Falschparker beschwerten oder Auswärtige Hilfe benötigten, dann wurde Jack Sellers von Reportern aller Art aufgefordert, sich zu der Offenbarung seiner Exfrau zu äußern, oder von religiösen Gruppierungen gebeten, Doreen zu einem Vortrag in einer Kirche oder bei einer Veranstaltung über das Leben nach dem Tode zu überreden. Doreen hatte eine Geheimnummer, aber die Nummer vom Polizeirevier fand jeder im Handumdrehen.

Als man Jack zum ersten Mal die Frage gestellt hatte »Haben Sie auch einen Anruf aus dem Jenseits bekommen?«, hatte er die Frage verneint. Um glaubwürdig zu bleiben, war er nun dazu gezwungen, diese Lüge aufrechtzuerhalten. Und während er tagein, tagaus den hoffnungsvollen Menschen erklärte, dass sie irgendwo verschwinden mussten oder leiser sein sollten, musste er die Fassade aufrechterhalten, obwohl er genau wusste, dass der Grund ihrer Aufregung tatsächlich real war. Am Ende seines Arbeitstags war er regelmäßig völlig erledigt.

Das alles ließ sich nur ertragen durch die Stimme seines Sohnes. Robbie hatte weiterhin regelmäßig angerufen, und Jack merkte, wie sehr ihm die Gespräche mit seinem Sohn gefehlt hatten. Seit dem Begräbnis trug Jack einen nagenden Schmerz in sich. Wenn er mit Robbie sprach, kam es Jack nun vor, als schließe sich eine Wunde in seinem Herzen.

»Hör mal, Junge, deine Mutter hat es allen erzählt«, hatte Jack beim letzten Anruf berichtet.

»Ich weiß, Dad.«

»Die ganze Stadt hat es gehört.«

»Das ist echt cool.«

»Findest du, sie hat das richtig gemacht?«

»Gott möchte, dass die Menschen es wissen …«

»Dass sie was wissen?«

»Sie sollen wissen, dass sie sich nicht fürchten müssen … Ich hatte im Kampf immer solche Angst, Dad … Jeden Tag hatte ich Angst, dass ich sterben würde … aber jetzt weiß ich es.«

»Was weißt du?«

»Durch Angst stirbt man … Schritt für Schritt … was wir der Angst geben, nehmen wir dem Glauben weg.«

Jack lief es kalt den Rücken hinunter. Wo war denn *sein* Glaube? Warum fürchtete er sich davor zu tun, was Doreen getan hatte – sich zu offenbaren? War sein Ruf ihm so wichtig?

»Robbie?«

»Ja?«

»Du rufst mich immer wieder an, ja?«

»Hab keine Angst, Dad … das Ende ist nicht das Ende.«

Die Verbindung brach ab.

Das Ende ist nicht das Ende.

Jack spürte, wie ihm Tränen übers Gesicht rannen, aber er wischte sie nicht weg. Diese Tränen gehörten auch zu dem Wunder, und er wollte das Glück des Augenblicks so lange wie möglich festhalten.

*

Sully rieb sich die Augen. Es war später Vormittag. Sully hatte Jules morgens zur Schule gebracht und saß seither in der Bücherei am Computer. Es war erstaunlich, wie viel Material es zum Stichwort »Leben nach dem Tod« gab. Unmengen von Einträgen! Er las über Stimmen, die Menschen in ihren Träumen hörten, über Hellseher, die behaupteten, die Toten sehen zu können, und von Channelern, die Botschaften aus der Geisterwelt niederschrieben. Viele Leute berichteten, sie seien von nahestehenden Verstorbenen angerufen worden, noch bevor man deren Leiche gefunden hatte. Es gab auch viele Einträge zum ESP, dem sogenannten Elektronische-Stimmen-Phänomen, das auch in den ABC News erwähnt worden war; dabei waren die Stimmen Verstorbener auf Tonbandaufnahmen oder in sogenannten »Ghost Boxes« aufgetaucht. Sully entdeckte bei seinen Forschungen eine Geschichte über einen schwedischen Maler, der vor fünfzig Jahren Vogelstimmen aufgenommen hatte. Als er die Aufnahme abspielte, hörte er die Stimme seiner verstorbenen Frau.

Sully rief eine andere Seite auf.

Eine Stunde später lehnte sich Sully erschöpft zurück und starrte auf seinen Notizblock. Sieben Leute hatten sich in der Sporthalle zu Anrufen aus dem Jenseits bekannt – und über niemanden von ihnen hatte er irgendetwas Außergewöhnliches in Erfahrung bringen können. Nach wie vor hatte er nichts in der Hand außer seinem Verdacht, dass diese Anrufe nicht echt sein konnten. Doch wie kamen sie zustande? Und wenn sie nicht vom Himmel geschickt wurden – woher dann?

Wie in seiner Zeit beim Militär sammelte Sully Informationen und untersuchte sie auf Muster. *Sorgfältig und systematisch arbeiten,* das hatte man ihm beigebracht. Damals hatte er Landkarten, Wetterberichte, Defekte an Flugzeugen und Geheimdienstdaten analysiert. Jetzt suchte er sich von den betreffenden sieben Personen Adressen und Telefonnummern heraus und erfragte beiläufig persönliche Details bei einem Lunch mit Ron Jennings von der *Gazette.* Diese Informationen schrieb er in eine Tabelle auf die linke Seite des Blocks; auf der rechten Seite stand VERBINDUNGEN?

Hatten diese Personen Kontakt miteinander?

Nein.

Wohnten sie in der gleichen Straße?

Nein.

Gingen sie in die gleiche Kirche?

Nein.

Arbeiteten sie alle im gleichen Berufsfeld?

Wohl kaum.

Gleiches Geschlecht?

Nein.

Gleiches Alter?

Nein.

Begannen ihre Nachnamen mit demselben Buchstaben?

Hatten sie alle Kinder?

Nein. Nein. Nein. Nein.

Sully klopfte mit seinem Stift auf den Block und schaute zu Liz hinüber, die Kopfhörer in den Ohren hatte. Als Liz seinen Blick bemerkte, lächelte sie und wackelte im Rhythmus der Musik übertrieben mit dem Kopf.

Wuddeldidu! … Wuddeldidu!

Sullys Handy. Die *Gazette* hatte ihn mit einem Diensthandy ausgestattet – vermutlich, damit er seine Arbeitszeit nicht mit anderen Tätigkeiten verbrachte –, was er nun natürlich gerade tat.

»Ähm – hallo?«, meldete er sich mit gedämpfter Stimme.

»Ron Jennings. Wo sind Sie gerade?«

»Beim Benzinbezahlen. Was gibt's?«

»Ich habe vergessen, Ihnen einen Kunden aufzuschreiben. Können Sie da heute Nachmittag noch hinfahren, bitte?«

Sully war noch nicht einmal bei den drei Kunden gewesen, die er vormittags hätte aufsuchen sollen.

»Wer ist es denn?«

»Davidson und Söhne.«

Sully zögerte. »Das Bestattungsinstitut?«

»Sie kennen es?«

»Ich war da mal.«

»Ach Gott, ja … tut mir leid, Sully.«

Einen Moment lang herrschte Schweigen.

»Schon gut«, sagte Sully. »Ich wusste gar nicht, dass die zu den Anzeigekunden gehören.«

»Schon lange sogar. Fragen Sie dort nach Horace.«

»Ist das dieser große dünne Mann? Ziemlich blass?«

»Genau der.«

Sully schauderte. Er hatte eigentlich gehofft, diesen Menschen nie mehr wiedersehen zu müssen.

»Informieren Sie ihn über die Sonderausgabe ›Botschaften vom Himmel‹, und fragen Sie ihn, ob er eine ganzseitige Anzeige darin haben möchte.«

»Geht klar, Ron.«

»Sie kennen die Preisliste?«

»Hab ich dabei.«

»Ganzseitig wäre schon gut.«

»Ich versuch's, Ron.«

»Gut, ich muss los«, sagte Jennings. »Vor meinem Büro steht ein Fernsehreporter. Alles ziemlich irre, was?«

Er legte auf. Sully rieb sich die Stirn. Fernsehreporter? Sonderausgabe? Bestattungsinstitut?

»Hey, Handys sind hier verboten.«

Sully schaute auf. Liz stand neben ihm.

»Das ist eine Bibliothek, schon vergessen?«

»'tschuldigung.«

»Muss ich es Ihnen wegnehmen?«

»Nein, Ma'am. Ich mach es aus.«

»Versprochen?«

»Ja. Versprochen.«

»Dieses eine Mal sehen wir noch darüber hinweg.«

»Danke sehr.«

»Unter einer Bedingung.«

»Und die wäre?«

Liz setzte sich, legte ihre kleinen Hände auf den Tisch und betrachtete eingehend ihre Finger.

»Was ist die Bedingung?«, fragte Sully erneut.

»Dass Sie mir erzählen, was Ihnen widerfahren ist.«

Sully wandte den Blick ab.

»Was meinen Sie damit?«

»Nun hören Sie mal: Ich arbeite in einer *Bücherei.* Ich lese den ganzen lieben langen Tag. Sie *stammen* aus Coldwater. Ihre Eltern leben *noch immer* hier. Die Leute haben darüber geredet damals. Als Sie bei der Landung mit diesem anderen Flugzeug kollidiert sind. Und in den Knast mussten.«

»Ach ja? Und was haben die Leute gesagt?«

Liz verschränkte die Hände und zuckte die Achseln. »Die meisten waren sehr betroffen. Wegen Ihrer Frau und so.« Liz sah Sully an. »Was ist denn damals genau passiert?«

Sully holte tief Luft.

»Na, kommen Sie schon. Ich erzähl's auch niemandem.«

Sully trommelte mit den Knöcheln auf den Tisch.

»Ich mach erst mal mein Handy aus, okay?«

Was ist denn genau passiert? Diese Frage hatte man Sully vom Tag des Unfalls an bis zum Zeitpunkt seiner Inhaftierung gestellt.

Der Flugplatz von Lynton in Ohio war klein und wurde sowohl von Zivil- als auch von Militärflugzeugen benutzt. An einem Samstagmorgen setzte Sully dort zum Landeanflug an. Er hatte Blake Pearsons Bitte, die Hornet F/A-18 zur Westküste zu fliegen, während seines zweiwöchigen Reserveeinsatzes angenommen, weil er dann einen Zwischenstopp einlegen und Giselle für ein paar Stunden sehen konnte. Dann, so war der

Plan, würde er weiter nach Kalifornien fliegen, wo das Flugzeug abends eintreffen sollte.

Es war wolkig. Sully hatte den Blick auf die Kontrollanzeigen und Instrumente in dem kleinen Ein-Mann-Cockpit gerichtet. Ein Unwetter zog auf, was aber seinen Flugplan nicht betreffen würde. Sully sprach in seine Sauerstoffmaske, um über Funk die Landefreigabe zu erhalten.

»Firebird 304 erbittet Landeerlaubnis«, sagte er.

An diesem Samstagmorgen waren nur wenige Leute im Einsatz auf dem Flugplatz; die meisten beendeten gerade die Nachtschicht. Elliot Gray, der Towerlotse, hatte soeben die Frühschicht angetreten. Er hatte eine näselnde Fistelstimme, die man um keinen Preis singen hören wollte.

Diese Stimme würde Sully niemals vergessen.

Sie zerstörte sein Leben.

»Firebird 304, verstanden«, antwortete sie. *»Sie sind genehmigt für siebenundzwanzig rechts.«*

»Firebird 304, verstanden«, antwortete Sully.

Das war ein Routinefunkgespräch; Sully hatte Landeerlaubnis auf der rechten Piste erhalten. Er fuhr das Fahrwerk aus, hörte das Rumpeln der Räder und dachte daran, dass er in wenigen Minuten seine Frau treffen würde.

Ich will dich sehen.

Ich will dich auch sehen.

Vielleicht könnten sie in dieses Pancake-Restaurant bei Zanesville gehen, überlegte er. Jules war verrückt nach Waffeln mit Eis.

»Lynton Tower, Firebird 304 fünf Meilen Endanflug, siebenundzwanzig rechts«, sagte Sully.

»Firebird 304, verstanden. Landegenehmigung auf siebenundzwanzig rechts … Verkehr auf siebenundzwanzig links.«

Sully drosselte die Geschwindigkeit, setzte die Landeklappen und ging in den Sinkflug. Draußen sah er nur Wolken weit und breit.

Er hörte ein Knistern und einen unverständlichen Funkspruch. Vielleicht von der Maschine, die auf der anderen Piste landete. Er wartete, hörte jedoch nichts mehr.

Drei Meilen vor dem Rollfeld tauchte die Hornet aus dem Nebel auf. Sully sah die Weizenfelder, Bäume und Farmhäuser unter sich. Die Piste erschien. Der Kurs war perfekt. In zehn Minuten würde Sully mit Giselle über Pancakes sprechen.

Doch dann …

Ein heftiges Rumsen und Knallen unter ihm. Das Flugzeug geriet wild ins Schwanken und Schlingern.

»Was zum Teufel …«, sagte Sully.

Es hörte sich an, als habe er etwas überfahren – in 250 Meter Höhe über dem Erdboden.

Auf der Veranda des Bestattungsinstituts Davidson & Söhne lag Schnee. Sully zog seine Skimütze vom Kopf, stampfte mit den Füßen und betrat das Gebäude. Insgeheim hoffte Sully, dass Horace, der Mann mit den schütteren strohfarbenen Haaren, dem langen Kinn, dem bleichen verkniffenen Gesicht, nicht da sein würde – doch da kam er aus seinem Büro.

»Hallo, so sieht man sich wieder«, sagte Sully und streckte Horace die Hand hin.

»Guten Tag.«

»Erinnern Sie sich noch an mich?«

»Sie sind Mr Harding.«

»Nennen Sie mich ruhig Sully.«

»Wie Sie wünschen.«

»Schöne Grüße von Ron Jennings.«

»Grüßen Sie ihn bitte zurück.«

»Diesmal habe ich einen anderen Anlass fürs Herkommen.«

»Ja?«

»Ich arbeite für die *Gazette.*«

»Ah. Mögen Sie Zeitungen?«

Sully zögerte. *Nein, ich hasse sie,* hätte er am liebsten gesagt.

»Ihr Anzeigenabo läuft zum Monatsende aus …«

Sully wartete ab, weil er hoffte, dass Horace sagen würde: »Ach ja, hier ist der Scheck.« Doch der Mann blieb einfach stocksteif stehen und reagierte nicht.

»Ron sagte mir, dass Sie einer der treuesten Anzeigenkunden der *Gazette* sind, deshalb …«

Immer noch keine Reaktion.

»Möchten Sie denn Ihr Abo erneuern?«

»Ja, selbstverständlich«, antwortete Horace. »Kommen Sie bitte mit.«

Endlich. Sully folgte Horace in sein Büro, wo der Bestatter einen vorbereiteten beschrifteten Umschlag zum Vorschein brachte.

»Bitte sehr«, sagte Horace.

Sully steckte den Umschlag in seine Aktentasche. »Ach, und Ron hat mich auch gebeten, Sie darauf aufmerksam zu machen, dass es eine Sonderausgabe geben wird anlässlich der …« Er hielt inne. »Anlässlich der jüngsten Ereignisse in der Stadt.«

»Ereignisse?«

»Diese Anrufe? Leute, die mit …«, er schluckte, »Toten sprechen?«

»Aha«, sagte Horace. »Ja.«

»›Botschaft vom Himmel‹ wird der Titel der Sonderausgabe lauten.«

»Botschaft vom Himmel.«

»Vielleicht möchten Sie dort eine Anzeige schalten?«

Horace strich sich übers Kinn.

»Meint Ron, dass das eine gute Idee wäre?«

»Ja. Weil er davon ausgeht, dass die Ausgabe guten Absatz finden wird.«

»Und was meinen *Sie* dazu?«

Sully fand das Gespräch entnervend. Am liebsten hätte er frank und frei gesagt, dass er die Anrufe für Schwindel hielt. Er konnte Horace nicht einmal in die Augen schauen, als er antwortete.

»Ich denke, dass Ron recht hat. Wir werden sicher eine hohe Auflage verkaufen können.«

Horace fixierte ihn.

»Bestimmt eine sehr hohe Auflage«, murmelte Sully.

»Wie groß soll die Anzeige sein?«

»Ron dachte an eine ganze Seite.«

»Gut«, sagte Horace. »Er soll mir eine Rechnung schicken.«

Als sie das Büro verließen, sagte Horace unvermittelt: »Ach, könnten Sie bitte noch einen Moment warten?«

Kurz darauf kehrte er mit einem weiteren Umschlag zurück. »Würden Sie Ron bitte auch diesen Scheck für Nachrufe geben? Ich wollte ihn per Post schicken, aber da Sie ja nun gerade hier sind …«

»Natürlich. Mach ich.« Sully nahm den Umschlag entgegen. Dann sagte er: »Wenn ich mir die Frage erlauben darf – wieso denn ein Scheck für Nachrufe?«

»Das ist eine Leistung, die zu unserem Angebot gehört.«

»Tatsächlich?«

»Ja. Die meisten Menschen, die zu uns kommen, sind aus naheliegenden Gründen sehr verstört. Sie wollen nicht mit jedem x-Beliebigen sprechen. Aber wir haben die wunderbare Maria. Sie sammelt alle Informationen und schreibt die Nachrufe, die dann wöchentlich von der *Gazette* abgedruckt werden.«

»Ach.«

»Es sind auch oft schöne Fotos dabei.«

»Stimmt.«

»Die stellen wir auch zur Verfügung.«

»Aha.«

»Wir sammeln das Geld für die *Gazette* und bezahlen dann zum Monatsende. So haben die Angehörigen einen Arbeitsgang weniger.«

Sully nickte und blickte an Horace vorbei.

»Finden Sie das nicht gut?«, fragte Horace.

»Doch, doch – ich dachte nur immer, dass die Nachrufe von Reportern geschrieben würden.«

Horace lächelte matt. »Das ist eine kleine Stadt hier. Und die *Gazette* ist eine kleine Zeitung. Außerdem könnte niemand so gut Informationen sammeln wie unsere Maria. Sie ist sehr freundlich, sanft und gründlich. Ein sehr umgänglicher Mensch, ja das ist sie.«

Im Gegensatz zu dir, dachte Sully und sagte: »Gut, also, ich gebe Ron die Umschläge. Wir beide haben dann so weit alles geklärt.«

»Bestens«, sagte Horace. An der Tür legte er Sully unvermittelt die Hand auf die Schulter.

»Wie geht es Ihnen, Mr Harding?«

Für Sully kam diese Geste so überraschend, dass es ihm die Sprache verschlug. Als er Horace ansah, wirkten dessen Augen plötzlich sehr mitfühlend. Sully musste daran denken, wie er mit Giselles Urne in den Armen dieses Gebäude zum letzten Mal verlassen hatte.

»Nicht besonders gut«, flüsterte er.

Horace drückte ihm die Schulter.

»Das verstehe ich.«

Wird man aus einem Flugzeug geschleudert, wird die Wirbelsäule zusammengepresst. Als Sully an dem Griff gezogen hatte, war er eins neunundachtzig gewesen – danach circa einen Zentimeter kleiner.

Als er am Fallschirm zur Erde sank, schmerzte sein gesamter Körper. Benommen sah Sully zu, wie sein Flugzeug auf dem Boden aufschlug. Wie es in Flammen aufging. Seine Hände umklammerten die Tragegurte. Er hatte noch immer die Sauerstoffmaske vor dem Gesicht. In der Ferne trieben dicke graue Wolken, und alles war so seltsam still.

Dann kehrten die Gedanken mit einem Schlag zurück, und Sully riss sich die Maske vom Gesicht, um freier atmen zu können.

Seine ersten klaren Gedanken waren die eines Piloten: Er lebte – gut. Der Fallschirm funktionierte – gut. Sein Flugzeug war auf einer unbesiedelten Lichtung abgestürzt – gut.

Die nächsten Gedanken waren eher aus der Perspektive seiner Vorgesetzten: Er hatte soeben ein Militärflugzeug zerstört, das zig Millionen Dollar gekostet hatte – schlecht. Man würde Ermittlungen gegen ihn anstellen – schlecht. Er würde sich auf einen monatelangen Papierkrieg einstellen müssen – schlecht. Und er wusste noch immer nicht, womit er kollidiert war und was sein Flugzeug angerichtet hatte – auch schlecht.

Zugleich überlegte er als Ehemann, wie er seiner armen Giselle mitteilen konnte, dass ihm nichts zugestoßen war, dass er nicht in den lodernden Flammen verbrannte, sondern hier in der Luft schwebte. Hatte sie ihn gesehen? Hatte ihn irgendwer gesehen?

Sully konnte jedoch nicht wissen, was sich inzwischen am Erdboden abspielte: Er konnte nicht wissen, dass Elliot Gray, der Towerlotse mit der näselnden Fistelstimme, nach dem Absturz vom Flugplatz flüchtete. Dass Giselle, die sich auf der einspurigen Straße näherte, die Rauchsäule in der Ferne sah und Gas gab, weil sie das Schlimmste befürchtete.

Dass sie ein Gebet sprach, bevor sie in die Kurve einbog.

Lieber Gott, bitte lass ihn unversehrt sein.

Sully umklammerte die Leinen und schwebte langsam zur Erde.

*

Das Autoradio war auf einen Gospelsender eingestellt. Amy schaute aus dem Fenster, als sie an Frieda's Diner vorbeifuhren. Vor dem Lokal standen lange Schlangen, und die Straße war komplett zugeparkt.

»Gut für Frieda«, bemerkte Katherine, die am Steuer saß. »Bevor das alles anfing, hätte sie beinahe ihr Haus verkaufen müssen, weil nichts lief.«

»Ach ja?«, erwiderte Amy. Das war zurzeit ihre Standardantwort auf Katherines Äußerungen.

»Und dabei haben sie drei Kinder. Es wäre nicht einfach gewesen, da etwas Günstigeres zu finden.«

Katherine lächelte. Es ging ihr wieder besser seit Dianes letztem Anruf – der genau zum ersehnten Zeitpunkt gekommen war.

»Sei nicht traurig, Kath«, hatte Diane gesagt.

»Aber was ist mit diesen anderen Leuten, Diane?«

»Denen ist auch ein Segen zuteilgeworden … ebenso wie uns beiden. Wir sprechen miteinander, damit du genesen kannst von deiner Trauer … Das Wissen um den Himmel ist unsere Heilung auf Erden.«

Katherine hatte sich diese Worte eingeprägt. *Das Wissen um den Himmel ist unsere Heilung auf Erden.*

»Bin ich diejenige, die auserwählt wurde, um die Kunde zu verbreiten?«

»Ja, das bist du, liebe Schwester.«

Seit diesem Gespräch war Katherine wieder heiteren Gemüts.

Amy dagegen wurde von Tag zu Tag nervöser.

Sie hatte gehofft, die Story exklusiv für sich behalten zu können, vielleicht sogar einen Preis damit zu gewinnen und das Interesse größerer Sender zu wecken. Doch seit der Versammlung in der Sporthalle war dieser Traum zerplatzt. Inzwischen berichteten mindestens fünf andere Sender aus Coldwater. Sogar *Network News!* Der berühmte Alan Jeremy von ABC News hatte nur wenige Meter von ihr entfernt gestanden, in Jeans, blauem Hemd, Krawatte und einem edlen Anorak mit der Aufschrift des Senders. Unter anderen Umständen hätte Amy ihn angesprochen und vielleicht ein bisschen mit ihm geflirtet. Manchmal half so etwas ja der Karriere auf die Sprünge.

Doch in dieser Lage war Alan Jeremy ein harter Konkurrent. Er hatte Katherine interviewen wollen, doch die hatte glücklicherweise zuerst Amy gefragt, was sie denn davon hielt. Und Amy hatte gesagt, Jeremy sei eventuell nicht vertrauenswürdig, er käme schließlich aus New York. Außerdem kenne man auch weder seine Haltung zu dem Wunder noch seine Beweggründe für die Berichterstattung.

»Na gut, dann sprechen wir nicht mit ihm«, hatte Katherine daraufhin erwidert.

»Das ist besser.« Amy fühlte sich zwar nicht allzu wohl mit dieser Reaktion, aber Phil hatte ihr eingeschärft: »Du musst denen immer um eine Nasenlänge voraus sein. Du warst als Erste an diesem Stoff dran. Vergiss nicht: Das ist *unsere* heißeste Story des Jahres!«

Unsere heißeste Story des Jahres. Wie sehr hatte Amy sich nach einer solchen Chance gesehnt. Doch bei dieser illustren Konkurrenz die Nase vorn zu haben war ein aberwitziger Stress. *Network News* – und Amy schleifte ihre Kamera im Alleingang durch die Gegend und kam sich entsetzlich amateurhaft dabei vor. Wie demütigend, von den Sendern übertrumpft zu werden, bei denen sie selbst gerne gearbeitet hätte.

Deshalb beschritt Amy den Weg, der den Konkurrenten verschlossen blieb: Sie heftete sich an Katherines Fersen und machte sich unentbehrlich. Amy kaufte ein, machte Besorgungen, beantwortete die zahllosen E-Mails und befasste sich mit den Pilgern im Vorgarten. Sie verhielt sich wie eine Freundin von Katherine und bezeichnete sich irgendwann auch selbst so. Seit einigen Tagen übernachtete Amy sogar in Katherines Gästezimmer und hatte ihr Gepäck dort untergebracht.

Heute wollten sie gemeinsam einen Mann besuchen, der mit fortgeschrittener Leukämie in einem nahegelegenen Krankenhaus lag. Er hatte an Katherine geschrieben und angefragt, ob sie mit ihm über ihren Kontakt zum Himmel sprechen würde. Zunächst hatte Katherine erwogen, Pastor Warren mitzunehmen, doch dann hatte sie beschlossen, dass sie diesen Besuch auch alleine bewältigen könne.

»Findest du nicht auch?«, hatte sie Amy gefragt.

»Auf jeden Fall«, hatte Amy geantwortet.

Im Krankenhaus hielt Katherine die Hand eines vierundsiebzigjährigen ehemaligen Autoarbeiters namens Ben Wilkes. Der Mann hatte mehrere Chemotherapien durchgemacht; er war ausgezehrt, hatte kaum noch Haare, und das Sprechen fiel ihm schwer. Er freute sich sehr, dass Katherine ihn besuchte, und zeigte großes Interesse an ihrer Geschichte.

»Ihre Schwester«, sagte Ben. »Beschreibt sie, was sie um sich her sieht?«

»Sie sagt, es sei sehr schön«, antwortete Katherine.

»Hat sie was über die Bedingungen gesagt?«

»Welche Bedingungen?«

»Wer aufgenommen wird, meine ich.«

Katherine lächelte sanft. »Alle, die Gott lieben, werden aufgenommen.« Das hatte Diane so niemals gesagt, aber Katherine fand, dass die Antwort passend war.

»Sind Sie auch sicher, dass Ihre Schwester wirklich im Himmel ist?«, fragte Ben und umklammerte Katherines Hand. »Das ist kein Zweifel von mir. Ich möchte nur so gerne glauben, dass es wahr ist.«

»Es ist wahr«, erwiderte Katherine mit fester Stimme. Sie lächelte, schloss die Augen und legte ihre andere Hand auf ihrer beider verbundene Hände. »Es gibt ein Leben nach diesem Leben.«

Bens Mund öffnete sich ein wenig, und er atmete zittrig ein. Dann lächelte er.

Auch Amy hinter ihrer Kamera lächelte. Sie hatte die Szene komplett gefilmt. Kein anderer Sender verfügte über solches Material. *Es gibt ein Leben nach diesem Leben.*

Und es gibt eine bessere Stelle bei einem besseren Sender nach dieser Stelle.

Am nächsten Tag verstarb Ben.

Die Ärzte standen vor einem Rätsel. Bens Vitalzeichen waren einwandfrei gewesen, und an seiner Medikation war nichts verändert worden. Es hatte keinerlei Anzeichen für ein bevorstehendes Ableben gegeben.

Man konnte lediglich vermuten, dass sich Bens Körper nach Katherines Besuch verabschiedet hatte.

Oder anders ausgedrückt: dass Ben aufgegeben hatte.

ELFTE WOCHE

Am Morgen des 14. Februar 1876 stellte Alexander Graham Bell den Patentantrag für seine Erfindung, das Telefon. Am selben Tag reichte Elisha Gray, der Erfinder aus Illinois, sein Patentgesuch für seine eigene Version des Fernsprechgeräts ein. Viele glauben, dass Gray seinen Antrag als Erster gestellt hatte, dass jedoch unlautere Machenschaften zwischen Bells Anwalt und dem Patentprüfer, einem Alkoholiker, der dem Anwalt Geld schuldete, letzten Endes zu Bells Triumph führten. Bells Antrag landete in der Liste der an diesem Tag eingereichten Gesuche auf Platz fünf, Grays Antrag an neununddreißigster Stelle. Wäre Gray auch nur einen Tag früher beim Patentamt vorstellig geworden, wäre sein Platz in der Geschichte ein ganz anderer gewesen.

Doch noch heute, Jahrhunderte später, gilt derjenige der beiden Männer als der geniale Erfinder, der sozusagen als Erster ins Ziel gelaufen war.

In Coldwater hatte nun ein vergleichbarer Wettstreit begonnen: Die Erzdiözese ließ verlauten, dass Tess Rafferty den ersten Anruf von ihrer verstorbenen Mutter an einem Freitagmorgen um 8.17 Uhr erhalten hatte, was sich anhand des Anrufbeantworters eindeutig beweisen ließ. Das war zwei Stunden bevor Katherine Yellin von der Harvest of Hope Baptist Church zum ersten Mal ihre tote Schwester am Telefon gehört hatte.

Nach Ansicht der Erzdiözese hatten Zeitpunkte eine Bedeutung. Die katholische Kirche hatte zwar noch immer keine klare Meinung, was dieses »Wunder von Coldwater« betraf, konnte aber auf alle Fälle für sich in Anspruch nehmen, dass Tess Rafferty als Erste mit dem Phänomen in Berührung gekommen war.

»Und was hat das jetzt zu bedeuten?«, fragte Samantha ihre Freundin, als sie von der Verlautbarung der Erzdiözese hörten.

»Gar nichts«, antwortete Tess. »Das ändert doch überhaupt nichts.«

Doch sie irrte sich. Als sie an diesem Tag in ihrem Wohnzimmer die Vorhänge aufzog, waren die Folgen unübersehbar.

Scharen von Menschen hatten sich in ihrem Vorgarten versammelt.

*

Sully hielt seinen Sohn an der Hand, als sie zusammen zum Auto gingen. Das hellblaue Spielzeughandy steckte noch immer in Jules' Jackentasche.

Als Sully mit der Lehrerin und der Direktorin der Schule gesprochen hatte, war er ziemlich laut geworden.

Seit wann sei es die Aufgabe einer Lehrerin, einem Kind Vorträge über das Jenseits zu halten? Seinem Sohn ein Spielzeughandy zu geben und zu behaupten, damit könne er mit seiner verstorbenen Mutter sprechen?

»Er sah immer so traurig aus«, erwiderte die Lehrerin, eine kleine rundliche Frau Mitte zwanzig namens Ramona. »Schon vom ersten Schultag an war Jules so still und in sich gekehrt. Er hat sich nie am Unterricht beteiligt, nicht einmal, wenn ich ihm eine ganz einfache Frage in Rechnen gestellt habe.

Aber dann eines Tages meldete er sich ganz plötzlich und sagte, er hätte im Fernsehen Leute gesehen, die mit dem Himmel sprechen könnten. Und dann müsse ja auch seine Mami noch leben, denn die sei doch auch da oben.

Die anderen Kinder haben ihn alle angestarrt, und dann fing einer an zu lachen. Sie wissen ja, wie Kinder sind – die anderen lachten dann auch. Und Jules hat sich ganz klein gemacht und geweint.«

Sully ballte die Fäuste. Er hätte gerne irgendetwas zerschlagen.

»In der Pause habe ich in den Räumen vom Kinderhort dieses Spielzeughandy gefunden. Wirklich, Mr Harding, ich hatte Jules erklären wollen, dass man damit nichts Magisches machen kann. Aber als ich ihn zu mir rief und er das Handy sah, lächelte er so glücklich … es tut mir leid, ich habe keine bestimmte Absicht verfolgt, ich habe ihm einfach nur gesagt, dass er das glauben darf, was er glauben möchte.«

Ramona begann zu weinen.

»Ich gehe regelmäßig zur Kirche«, sagte sie unter Tränen.

»Nun, ich nicht«, versetzte Sully. »Und das wird in dieser Stadt ja wohl auch noch erlaubt sein, oder etwa nicht?«

Die Direktorin, eine ernst blickende Frau mit dunkelblauem Wollblazer, fragte Sully, ob er eine Beschwerde einreichen wolle. »Religiöse Einflussnahme entspricht nicht den Richtlinien unserer Schule, was Miss Ramona wohl weiß. Wir sind eine staatliche Schule.«

Sully blickte zu Boden. Er versuchte, seinen Zorn aufrechtzuerhalten, merkte jedoch, wie er unwillkürlich verflog. Wäre Giselle jetzt an seiner Seite, dann hätte sie ihn an der Schulter berührt, um ihm zu bedeuten: *Beruhige dich, vergib den Menschen, sei freundlich.* Und was hätte eine offizielle Beschwerde auch für einen Sinn gehabt?

Sully nahm der Lehrerin das Versprechen ab, dass so etwas nie wieder vorkommen würde, und ging.

Jetzt, im Auto, wandte er sich seinem Sohn zu, seinem wunderhübschen bald siebenjährigen Sohn, der die zarten Glieder, die Locken und die ausdrucksvollen Augen seiner Mutter geerbt hatte, mit der er seit dem Unfall vor fast zwei Jahren nicht mehr sprechen konnte. Sully wünschte sich, dass er noch an Gott glauben könne – nur um Ihn zu fragen, wie er so grausam sein konnte.

»Kann ich mal mit dir über Mami reden, Jules?«

»Ja.«

»Ich weiß, dass du sie sehr geliebt hast.«

»Ja.«

»Und ich weiß, dass sie dich mehr als alles auf der Welt geliebt hat.«

Jules nickte.

»Aber, Jule-i-o«, Sully benutzte absichtlich den Kosenamen, den Giselle ihrem Sohn gegeben hatte, »wir können nicht mit ihr sprechen. Ich wünschte, es wäre möglich, aber es geht nicht. Wenn Menschen sterben, sind sie verschwunden, weißt du?«

»Du warst auch verschwunden.«

»Ich weiß.«

»Aber du bist zurückgekommen.«

»Das war etwas anderes.«

»Warum?«

»Weil ich nicht gestorben bin.«

»Aber Mami ist ja vielleicht auch gar nicht gestorben.«

Sully spürte, wie ihm Tränen in die Augen stiegen.

»Doch, Jules. Auch wenn es schlimm für uns ist. Wir können es nicht ändern.«

»Und woher weißt du das so sicher?«

»Was meinst du damit?«

»Du warst nicht dabei.«

Sully schluckte und strich sich übers Gesicht. Er schaute nach vorne, weil er Jules jetzt nicht mehr ansehen konnte. Denn der kleine Junge hatte mit vier Worten die qualvollen Erinnerungen wachgerufen, von denen Sully tagtäglich heimgesucht wurde.

Du warst nicht dabei.

Die schwarzen Rauchwolken von dem explodierten Flugzeug verdüsterten den Himmel, als Sully mit dem Fallschirm auf der Erde landete. Er setzte die Beine gebeugt auf, rollte sich ab.

Dann löste er die Halterungen des Fallschirms, der jetzt schlaff im feuchten Gras lag, und zog sein Funkgerät aus der Weste. Er hatte Schmerzen, war verstört und wollte unbedingt sofort mit Giselle sprechen. Aber er kannte die militärischen Anweisungen. An die Regeln halten. Per Funk melden. Keine Namen. Die Diensthabenden würden Giselle informieren.

»Lynton Tower, kommen, hier Firebird 304. Sicher gelandet, halbe Meile südwestlich des Flugfelds. Maschine havariert, circa weitere halbe Meile südwestlich. Erwarte Transport. Ende.«

Keine Antwort erfolgte.

»Lynton Tower. Bestätigen Sie.«

Nichts.

»Lynton Tower? Kein Empfang.«

Das Funkgerät blieb stumm.

»Firebird 304 … Ende.«

Was war da los? Wieso kam keine Antwort vom Tower? Sully begann, den Fallschirm zusammenzulegen – zuerst ordentlich, doch dann sah er plötzlich Giselle vor seinem inneren Auge, und so raffte er den Stoff nur irgendwie zusammen und drückte ihn an die Brust wie ein großes Kissen. In der Ferne sah er ein weißes Auto auf die Absturzstelle zufahren.

Sully rief sich die Regeln ins Gedächtnis, die man ihm während der Pilotenausbildung eingeschärft hatte.

Handeln. Er schwenkte die Arme.

Steuern. Er rannte zur Straße.

Kommunizieren. »Ich lebe, ich lebe!«, schrie er, als könne seine Frau ihn hören.

EINEN TAG SPÄTER

NACHRICHTEN
Channel 9, Alpena

(*Amy vor der Harvest of Hope Baptist Church)*

AMY: Mittlerweile nennt man die Vorgänge in dieser kleinen Stadt ›Das Wunder von Coldwater‹. Nachdem Katherine Yellin bekannt gegeben hat, dass sie Anrufe von ihrer verstorbenen Schwester bekommt, wollen auch andere Menschen mehr über dieses Wunder erfahren. Einer von ihnen ist Ben Wilkes, dessen Leukämie-Erkrankung sich im fortgeschrittenen Stadium befindet.

(*Material aus Krankenhaus*)

BEN: Ihre Schwester. Beschreibt sie, was sie um sich her sieht?
KATHERINE: Sie sagt, es sei sehr schön.

(*Ben*)

AMY: Die Ärzte haben Ben gesagt, dass es nicht viel Hoffnung gibt. Aber Katherines Anrufe haben ihm neue Kraft gegeben.

(*Material aus Krankenhaus*)

BEN: Sind Sie auch sicher, dass Ihre Schwester wirklich im Himmel ist? Das ist kein Zweifel von mir. Ich möchte nur so gerne glauben, dass es wahr ist.
KATHERINE: Es ist wahr … Es gibt ein Leben nach diesem Leben.

(*Amy vor Kirche*)

AMY: Obwohl angeblich weitere Personen diese Anrufe vom Himmel bekommen, bleibt Katherine im Mittelpunkt des öffentlichen Interesses.

KATHERINE: Wenn Der Herr mich auserwählt hat, die Botschaft zu verbreiten, dann will ich das auch tun. Ich bin froh, dass wir Ben heute ein wenig Hoffnung geben konnten. Das hat mir ein gutes Gefühl gegeben.

AMY: Das war Amy Penn aus Coldwater für *Nine Action News.*

Phil stoppte die Aufzeichnung und blickte abwartend auf Anton, den Rechtsanwalt des Senders.

»Ich denke nicht, dass man uns belangen kann«, sagte Phil.

»Das sehe ich auch so«, erwiderte Anton. »Aber gegen diese Katherine Yellin könnte man wohl Anzeige erstatten. Sie sagt dem Patienten, dass er nichts zu befürchten habe. Dieses Material kann man in einem Prozess hervorragend gegen sie einsetzen.«

Amy blickte vom bärtigen Phil zu dem Anwalt mit rasiertem Schädel und schwarzem Anzug. Sie war heute Morgen nach Alpena bestellt worden, mit der Bemerkung, dass es Probleme geben könne. Ihre Reportage – recht hastig produziert, da der Sender ständig nach neuen Berichten verlangte – war am Abend des Krankenhausbesuchs gesendet und wie üblich im Internet rasch verbreitet worden.

Am Tag darauf war Ben gestorben.

Jetzt erging sich die Cyberwelt in Schuldzuweisungen.

»Es sind wohl Protestkundgebungen geplant«, erklärte Phil.

»Welcher Art?«

»Von Leuten, die nicht an einen Himmel glauben – oder die nicht daran glauben *wollen.* Sie behaupten, dieser Ben habe sich wegen einer Lüge das Leben genommen.«

»Es war aber doch kein Suizid«, warf Anton ein.

»Und diese Leute geben Katherine die Schuld an Bens Tod?«

»Sie hat ihm gesagt, es gäbe ein Leben nach dem Leben …«

»Das tun auch sämtliche Weltreligionen«, warf Anton ein.

Phil dachte einen Moment nach. »Die haben also nichts gegen uns in der Hand?«

»Mit hundertprozentiger Sicherheit kann ich das nicht sagen. Heutzutage ist es möglich, wegen fast allem einen Prozess anzustrengen.«

»Augenblick«, sagte Amy. »Diese Proteste …«

»Wie reagieren die Angehörigen?«, fragte Anton.

»Bis jetzt noch gar nicht«, antwortete Phil.

»Da müssen wir sehr vorsichtig sein.«

»Die *Proteste* …?«, wiederholte Amy.

»Weiß nicht«, sagte Phil. »Sollen wohl morgen stattfinden. Kommt drauf an, welchem Blog man glaubt.«

»Ihr macht nur Berichterstattung«, bemerkte Anton. »Das dürft ihr nicht vergessen.«

»Stimmt.« Phil nickte. »Du hast recht.« Er wandte sich Amy zu. »Geh wieder zurück nach Coldwater.«

»Und was ist mit den Protesten?«, fragte sie.

Phil sah sie an, als sei die Antwort längst klar.

»Na, du berichtest natürlich darüber«, sagte er.

»Sei um 10 Uhr bereit«, hatte Samantha gemailt. »Ich hab eine Überraschung für dich.«

Zum ersten Mal seit Wochen legte Tess wieder Make-up auf. Eigentlich hatte sie ziemlich genug von Überraschungen, aber im Haus fiel ihr allmählich die Decke auf den Kopf, weshalb ihr jede Abwechslung willkommen war.

Sie ging in die Küche und sah routinemäßig nach, ob das Telefon auch richtig an der Wand hing. In zwei Wochen war

Thanksgiving, aber Tess hatte sich nichts Besonderes vorgenommen für diesen Feiertag, den sie ohnehin nicht leiden konnte. Nach ihrer Scheidung hatte Ruth an Thanksgiving immer die halbe Nachbarschaft eingeladen – jedenfalls alle Leute, die einsam, krank oder alt waren. Es war Tess immer vorgekommen wie in diesem Film von Woody Allen, in dem er als Impresario nur erfolglose Künstler vertritt – wie einen stotternden Bauchredner und eine Frau, die auf Gläsern musiziert – und seinen Gästen an Thanksgiving den Truthahn als Fertigmenü und dazu Leitungswasser serviert. Ruth machte immer ein Riesentheater darum, wer das Gabelbein des Truthahns entzweibrechen durfte. »Du darfst dir was wünschen, du darfst dir was wünschen!«, rief sie dann aufgeregt demjenigen zu, der das längere Teil erwischt hatte. Tess hatte früher insgeheim gedacht, dass sich wahrscheinlich alle nur wünschten, im nächsten Jahr nicht wiederkommen zu müssen.

Doch inzwischen hatte Tess verstanden, dass ihre Mutter mit den Einladungen gleich zwei Ziele verfolgte: Sie hatte Menschen in schwierigen Lebensphasen unterstützen wollen und dabei gleichzeitig auch etwas gegen ihre eigene Einsamkeit unternommen. Damals hatte Tess sich allerdings immer danach gesehnt, dass ihr Vater mit dem Auto vorfahren, hupen und sie mitnehmen würde.

»Gott, Tess«, flüsterte sie jetzt vor sich hin, weil sie sich im Nachhinein über ihre eigenen Gedanken ärgerte.

Die Sonne schien durchs Oberlicht in der Küche, und Tess dachte an die Leute in ihrem Garten. Froren die nicht entsetzlich?

Sie holte Pappbecher aus dem Schrank und griff nach der vollen Kanne von der Kaffeemaschine.

Als Tess die Haustür öffnete, lief ein Raunen durch die Menge. Viele Leute standen auf, einige sagten »Guten Morgen!« und

»Gott segne Sie, Tess!«. Dann riefen und redeten plötzlich alle durcheinander; es mussten an die zweihundert Menschen sein.

Tess hielt die Becher hoch und blinzelte in die Morgensonne.

»Möchte jemand Kaffee?«, rief sie. Dann wurde ihr bewusst, dass der Kaffee nur für einen kleinen Teil der Menge reichen würde, und kam sich idiotisch vor. *Kaffee? Die wollen Wunder, und du bietest ihnen Kaffee an?*

»Ich kann noch mehr machen«, murmelte sie.

»Haben Sie heute einen Anruf von Ihrer Mutter bekommen, Tess?«

Tess schluckte und schüttelte den Kopf.

»Hat sie Ihnen gesagt, warum Sie auserwählt wurden?«

»Sie waren ja die Erste!«

»Beten Sie mit uns, Tess?«

»Der Herr segne Sie!«

Die Leute verstummten, als ein Auto dreimal hupte und der gelbe Kleinbus von Tess' Kita auf die Zufahrt einbog. Die Menschen wichen zurück. Samantha stieg aus und schob die Tür auf – und heraus sprang eine ganze Horde winterlich eingemummelter Kinder.

Tess legte eine Hand auf den Mund. Weil Tess nicht zur Arbeit gehen konnte, hatte ihre Freundin die Arbeit zu ihr gebracht.

Noch nie zuvor hatte Tess sich so sehr gefreut, diese Kinder zu sehen.

*

Doreen stellte zwei Cola-Flaschen auf den Tisch und setzte sich an das eine Kopfende. Am anderen Ende saß Jack. Die beiden jungen Männer hatten sich zwischen ihnen niedergelassen.

Noch immer fühlte Doreen sich unbehaglich in der Nähe ihres Exmanns. Die Scheidung. Der Papierkrieg. Die Hausschlüssel, die er damals auf den Tisch in der Diele gelegt hatte. Wenn sie mit Jack zu tun hatte, kamen Doreen sofort wieder all die unschönen Details ihrer Trennung in den Sinn.

Waren seither wirklich schon sechs Jahre vergangen? Mittlerweile war Doreen mit einem anderen Mann verheiratet, hatte ein neues Leben begonnen. Doch jetzt saß Jack an dem Tisch, der ihnen früher ebenso gemeinsam gehört hatte wie das Haus, das bei der Scheidung Doreen zugefallen war. Mel hatte nicht gewollt, dass Jack überhaupt einen Fuß über die Schwelle setzte, aber Doreen hatte gesagt: »Robbies Freunde wollen mit uns beiden reden.« Widerstrebend hatte Mel eingewilligt und war ein Bier trinken gegangen.

»Danke, Mrs Sellers«, sagte der junge Mann namens Henry.

»Danke, Mrs Sellers«, sagte auch Zeke, der andere Gast.

»Ich heiße jetzt Mrs Franklin«, erwiderte Doreen.

Henry und Zeke warfen sich einen verlegenen Blick zu.

»Kein Problem«, fügte Doreen rasch hinzu.

Die beiden Kindergartenfreunde von Robbie waren zu sportlichen schmucken jungen Männern herangewachsen. Früher hatten sie fast jeden Nachmittag genau an dieser Haustür Sturm geklingelt, um Robbie abzuholen. Der war daraufhin die Treppe heruntergepoltert gekommen, seinen Fußball unter dem Arm, und mit einem »Tschüss, Mom« so schnell hinausgerannt, dass Doreen nicht einmal mehr »mach deine Jacke zu« hatte rufen können.

Die drei Jungs hatten sich nach der Highschool gemeinsam zur Armee gemeldet. Sie hatten die Grundausbildung zusammen absolviert und waren dann dank einem persönlichen Kontakt auch zusammen in Afghanistan stationiert gewesen. Weder Henry noch Zeke waren bei Robbie gewesen, als er umkam; Doreen war froh darüber.

»Seit wann seid ihr wieder hier?«, fragte Jack.

»Seit September«, antwortete Zeke.

»Ja, September«, echote Henry.

»Seid ihr froh, dass ihr das alles hinter euch habt?«

»Und ob.«

»Ja, Sir.«

Beide nickten, und Zeke trank einen Schluck Cola.

»Also, es ist so, wir haben uns gefragt …«, begann Henry.

»Ja«, warf Zeke ein, »wir haben darüber geredet …« Er sah Henry an. »Willst du anfangen?«

»Nee, ist okay, mach du mal …«

»Na ja …«

»Ich meine …«

Beide verstummten.

»Macht euch keine Sorgen«, sagte Jack. »Ihr könnt ganz normal mit uns reden.«

»Ja«, bekräftigte Doreen, die bei dem Wörtchen *uns* innerlich zusammengezuckt war. »Natürlich. Sprecht euch ruhig aus.«

Schließlich sagte Zeke: »Wir haben uns eben gefragt … was erzählt Robbie Ihnen? Wenn er anruft?«

Jack lehnte sich zurück. Ein Schauer lief ihm über den Rücken.

»Er ruft nur seine Mutter an«, sagte Jack. »Doreen?«

Doreen berichtete den beiden, dass Robbie ihr hauptsächlich versicherte, es ginge ihm gut und er sei an einem wundervollen Ort.

»Und dann sagt er meist noch etwas, das ich sehr schön finde«, fügte Doreen hinzu. »Er sagt … ›Das Ende ist nicht das Ende.‹«

Zeke und Henry grinsten sich an.

»Das ist schon lustig«, sagte Henry.

»Was denn?«, fragte Jack.

Henry spielte an seiner Cola-Flasche herum.

»Na ja, das ist eigentlich … ein Song von einer Rockband, auf die Robbie total stand. ›House of Heroes‹ heißen die.«

»Und die haben eine CD mit dem Titel *The End Is Not The End* rausgebracht«, fügte Zeke hinzu. »Robbie wollte sich die unbedingt schicken lassen.«

»Ja, da hat er ewig davon geredet. The End Is Not the End. Ziemlich punkig.«

»Schon, aber es ist eine christliche Band, glaub ich.«

»Genau.«

»House of Heroes.«

»Und *The End Is Not The End* war Robbies Lieblings-CD von denen.«

Jack sah Doreen an. Ein Song von einer Band?

»Und redet er eigentlich jemals von den Jungs in seiner Schwadron?«, erkundigte sich Henry jetzt.

*

Jason Turk, der Angestellte aus dem DIAL-TEK-Laden, schloss die Tür hinter sich und rieb sich die Hände. Trotz des Schneetreibens hatte er wieder einmal seine Handschuhe vergessen. Seine Freundin hatte recht, wenn sie sagte: *Dein Hirn arbeitet nur Teilzeit, Jason.*

Als er eine Kleenex-Box aus dem Schrank für die Angestellten herausnahm, um sich die Nase zu putzen, klopfte jemand an die Hintertür.

»Ach, nö«, murmelte Jason. »Ist doch noch nicht mal acht.« Als er die Tür öffnete, stand Sully davor, mit Kappe auf dem Kopf und in seiner Wildlederjacke.

»Ah, der Mann aus Eisen«, sagte Jason grinsend.

»Wie geht's?«

»Kommen Sie doch rein.«

»Danke.«

»Ist aber noch gar nicht Zeit für den Scheck.«
»Das weiß ich.«
»Wollen Sie 'ne Cola?«
»Nee, danke.«
Sie gingen ins Büro.
»Und, was gibt's?«
Sully holte tief Luft und zog seinen Notizblock aus der Tasche. »Ich wollte Sie um einen Gefallen bitten.«

Eine Stunde später kehrte Sully zu seinem Wagen zurück und fragte sich, in was er da wohl hineingeraten war.

Er hatte Jason die Namen, Telefonnummern und Adressen der acht Einwohner von Coldwater gezeigt, die behauptet hatten, in Kontakt mit dem Himmel zu stehen. Dass Katherine Yellins Handy aus dieser DIAL-TEK-Filiale stammte, wusste ja inzwischen das ganze Land. Aber Sully hatte sich gefragt, ob die anderen ihre Geräte auch in diesem Laden gekauft hatten.

Jason hatte die Daten in den Rechner eingegeben. Das Ergebnis war sehr eigenartig: Vier von den Leuten tauchten tatsächlich in der Kundenkartei auf – was angesichts der geringen Anzahl von Handyläden in Coldwater nicht weiter verwunderlich war. Aber alle – mit Ausnahme von Kelly Podesto, dem jungen Mädchen – hatten den gleichen Anbieter.

Und den gleichen Speicherservice.

»Was ist das?«, fragte Sully.

»Da hat man alles bei einem Anbieter, so was wie eine Cloud, verstehen Sie? E-Mails, Fotos und so, alles in einem Account.«

Sully schaute auf seinen Block und fuhr mit dem Zeigefinger an den Spalten entlang. Eine lautete: SD-Sterbedatum.

»Können Sie feststellen, wie lange die Leute diesen Anbieter jeweils hatten?«

»Wahrscheinlich schon. Kann aber ein paar Minuten dauern.« Jason gab etwas in die Tasten ein, dann hielt er inne und lehnte sich zurück. »Ich kann in Teufels Küche kommen, wenn ich Ihnen das zeige.«

»Schon klar«, erwiderte Sully.

Jason trommelte mit den Fingern auf seinen Knien.

»Ach, was soll's.« Er grinste. »Ich kann diesen Job hier eh nicht ausstehen. Meine Freundin meint, ich sollte lieber als Fotograf arbeiten.«

»Vielleicht hat sie ja recht.«

»Sie nervt. Haben Sie 'ne Freundin?«

»Nein.«

»Verheiratet?«

»War ich.«

»Und wer hat sich getrennt?«

»Sie ist gestorben.«

»Oje. Tut mir leid, Mann.«

Sully seufzte. »Ja. Mir auch.«

*

Alexander Bell lernte Mabel, die große Liebe seines Lebens, kennen, während er als Sprechlehrer für gehörlose Menschen arbeitete. Mabel war seine Schülerin und zehn Jahre jünger als er, aber Bell verliebte sich Hals über Kopf in die junge Frau, die ihn über die Jahre auch bei seiner Arbeit unterstützte und inspirierte. Ihre Tränen hatten ihn bewogen, in letzter Minute auf den Zug nach Philadelphia aufzuspringen – ohne diese Entscheidung wäre Bells wichtigste Erfindung vielleicht niemals bekannt geworden. Dennoch konnte Mabel – die ihr Gehör durch Scharlach verloren hatte – das Telefon niemals gemeinsam mit ihrem Gatten benutzen.

Manchmal vereint die Liebe, was das Leben getrennt hätte.

Im Krankenwagen, nach dem Absturz, ließ Sully sich ein

Handy geben (sein eigenes war im Flugzeug geblieben) und versuchte Giselle anzurufen. Sie meldete sich nicht. Auch bei ihren Eltern nahm niemand ab. Er versuchte über sein Funkgerät noch einmal den Tower zu erreichen. Nichts. Irgendetwas stimmte hier ganz und gar nicht. Wo waren die denn alle?

Sullys Kopf hämmerte, und er hatte heftige Schmerzen im Rücken. In dem kleinen Regionalkrankenhaus in Lynton wurden die üblichen Untersuchungen durchgeführt, einige Schnittwunden behandelt und Röntgenaufnahmen von der Wirbelsäule gemacht. Sully bekam Schmerzmittel verabreicht, die ihn schläfrig machten. Jemand sagte ihm, das Flugzeug, mit dem Sully kollidiert war, eine kleine zweimotorige Cessna, sei sicher gelandet. Sully fragte nicht, wieso überhaupt zwei Flugzeuge auf demselben Gleitpfad unterwegs gewesen waren. Er fragte nur unentwegt nach seiner Frau.

»Geben Sie mir doch ihre Nummer«, sagte eine Krankenschwester. »Dann lasse ich jemanden so lange anrufen, bis wir Ihre Frau erreicht haben.«

»Ist auch am Flugplatz«, murmelte Sully benommen.

In dem Dämmerzustand vor dem Einschlafen sah Sully, wie die Krankenschwester Anweisungen erteilte. Dann kam jemand herein und zog die Schwester mit hinaus. Kurz darauf kehrte sie zurück und sprach mit einer anderen Person. Dann verschwanden alle.

Sully schloss die Augen. Das waren die letzten Minuten, die ihm noch ohne das Wissen um die Ereignisse vergönnt waren.

Dass Giselle die Rauchsäule des brennenden Flugzeugs gesehen und Gas gegeben hatte, um mit ihrem Chevy Blazer den Flugplatz schneller zu erreichen.

Dass Elliot Gray aus dem Tower geflüchtet und in seinen blauen Toyota Camry gesprungen war.

Dass Giselle ein Stoßgebet gesprochen hatte – *bitte, Gott, lass ihn unversehrt sein* –, während sie zitternd das Lenkrad umklammerte.

Dass Elliot Gray mit hundert Stundenkilometern die schmale Zugangsstraße entlanggerast war.

Dass Giselles Chevy in einer Kurve bei voller Geschwindigkeit auf den blauen Toyota geprallt war.

Dass Elliot Grays Wagen durch die Luft geschleudert wurde.

Dass Giselle, die angeschnallt war, sich mit ihrem Chevy dreimal überschlagen hatte und in einem Straßengraben gelandet war. Dass sie einen lavendelblauen Pullover getragen hatte. Dass im Radio »Hey Jude« von den Beatles gelaufen war.

Dass man Giselle aus dem zerquetschten Auto hatte herausschneiden müssen. Dass man sie mit dem Hubschrauber in ein Krankenhaus in Columbus geflogen hatte.

Dass sie bewusstlos gewesen war, als sie dort ankam.

Dass sie nie wieder aufwachen würde.

Dass Elliot Gray tot war.

ZWÖLFTE WOCHE

»IM HIER UND JETZT, NICHT IM JENSEITS! IM HIER UND JETZT, NICHT IM JENSEITS! IM HIER UND JETZT, NICHT …«

Katherine hielt sich die Ohren zu. »Grundgütiger, wieso hören die nicht endlich auf?«

»Vielleicht sollten wir in den Keller gehen«, schlug Amy vor. »Da ist es ruhiger.«

»Nein!«, fauchte Katherine. »Das hier ist mein Zuhause! Ich werde mich nicht im Keller verstecken!«

Draußen hielten die Sprechchöre unvermindert an.

»IM HIER UND JETZT, NICHT IM JENSEITS! IM HIER …«

Um die Mittagszeit waren sie aufgetaucht – mindestens fünfzig Personen, von denen viele Schilder trugen. DER HIMMEL KANN WARTEN! stand auf einigen; andere schlugen einen härteren Ton an: GLAUBE TÖTET! oder TOD DURCH BETRUG!

Nachdem der Tod von Ben Wilkes bekannt geworden war, hatte sich das Video aus dem Krankenhaus im Internet noch schneller verbreitet als das Vorgängervideo über die Anrufe vom Himmel. Dann folgten Berichte über sechs weitere todkranke Menschen aus aller Welt, die unerwartet gestorben waren, nachdem sie die Coldwater-Videos gesehen hatten – ganz als hätten diese Leute plötzlich den Kampf aufgegeben und losgelassen.

Sie wären vermutlich ohnehin irgendwann gestorben – doch

es wird immer das Geheimnis des Todes bleiben, weshalb er sich einen ganz bestimmten Moment aussucht. Ohne plausible Erklärung kann man Fügung deshalb auch leicht als Verschwörung auslegen. Und nachdem die Medien ohnehin versessen waren auf Berichte aus Coldwater, konnten sie natürlich der Behauptung, dass der Himmel Menschen auch *töten* konnte, nicht widerstehen.

»Diese fanatischen Spinner sollten ferngehalten werden von kranken Menschen«, sagte ein wütender Mann vor der Kamera.

»Die sind nicht besser als diese Terroristen, die auf eine Belohnung im Jenseits warten, wenn sie sich selbst in die Luft sprengen«, fügte eine junge Frau hinzu.

»Ich kannte Ben Wilkes von früher«, erklärte ein alter Fabrikarbeiter. »Das war ein Kämpfertyp. Der hätte nie aufgegeben, wenn er nicht von diesen Leuten hypnotisiert worden wäre – oder was auch immer die da mit ihren wehrlosen Opfern anstellen.«

Binnen kurzem wurde eine Gruppe gegründet, die sich HIMMEL – NEIN DANKE! nannte und solche Protestkundgebungen organisierte, wie sie nun vor Katherines Haus stattfanden.

»IM HIER UND JETZT, NICHT IM JENSEITS! IM HIER UND …«

In der Küche kochte Amy Pfefferminztee. Sie brachte Katherine einen Becher, aber die war so in Gedanken versunken, dass sie ihn nicht einmal wahrnahm.

»Trink doch einen Schluck«, sagte Amy.

»Oh.« Katherine blinzelte. »Danke.«

Amy war innerlich hin- und hergerissen. Sie wusste, dass Phil von ihr einen Bericht über die Protestbewegung erwartete, aber wie sollte sie mit diesen Leuten reden, ohne dabei Katherines Vertrauen einzubüßen – ihren einzigen Trumpf im Konkurrenzkampf mit den anderen Reportern?

»Du bist eine echte Freundin«, sagte Katherine.

»Versteht sich doch von selbst«, murmelte Amy.

»Das hat alles angefangen, als die anderen sich eingemischt haben, nicht wahr? Tess Rafferty zum Beispiel. Mal ganz ehrlich – die ist schon seit Ewigkeiten nicht mehr in die Kirche gegangen. Und sie hat es sogar zugegeben!«

Katherine gestikulierte so wild, als müsse sie Scharen von Menschen überzeugen. Dann drehte sie Dianes rosa Handy in den Händen hin und her. Starrte darauf.

»Amy?«, sagte sie dann in verändertem Tonfall.

»Ja?«

»Glaubst du mir?«

»Ja.«

In Wahrheit glaubte Amy allerdings nur, dass Katherine an das glaubte, was sie erzählte. Das reichte doch aus, oder nicht?

»Ich hab meine Söhne angerufen«, berichtete Katherine. »Sie leben in Detroit. Weißt du, was die mir gesagt haben?«

»Was denn?«

»Dass ich zu viel Zeit mit Religion verbringe.« Sie seufzte. »Ich hatte gehofft, dass sie vielleicht herkommen und eine Weile bei mir bleiben würden. Aber John sagt, er stecke bis über beide Ohren in Arbeit. Und Charlie …«

Sie schluckte.

»Ja?«

»Charlie hat gesagt, dass ich ihm … peinlich sei. So ähnlich hab ich das von Dianes Töchtern auch zu hören bekommen. Deshalb besucht mich niemand …«

Katherine begann zu weinen, und Amy wandte den Blick ab. Es war ihr ein Rätsel, wie man für diese Frau kein Mitgefühl empfinden konnte – so religiös verblendet sie vielleicht auch sein mochte.

Die Rufe der Demonstranten wurden lauter. Amy spähte

durchs Erkerfenster und sah einen Streifenwagen, der am Straßenrand geparkt hatte. Jack Sellers, der Polizeichef, hatte beide Hände erhoben und sprach zu den Leuten. Ein Fernsehteam filmte, der Tonmann hielt die Angel über die Gruppe. Bald würde die Szene überall zu sehen sein. Und Phil würde toben.

»Ich habe niemanden getötet«, flüsterte Katherine.

»Natürlich nicht«, erwiderte Amy.

Katherine vergrub das Gesicht in den Händen.

»Wie können diese Leute so etwas behaupten? Meine Schwester ist im Himmel. Gott wacht über uns alle. Wieso sollte ich jemanden töten wollen?«

Amy schaute auf ihre Kamera, die auf dem Küchentisch stand.

»Weißt du was?«, sagte sie. »Das erzählst du diesen Leuten jetzt.«

*

Nachmittags saß Pastor Warren immer auf der braunen Ledercouch in seinem Büro und las in der Bibel. Heute studierte er das Buch Jesaja und stieß dabei in Kapitel 60 auf einen Vers, der ihm besonders gut gefiel:

> *Hebe deine Augen auf und sieh umher: Diese alle sind versammelt und kommen zu dir. Deine Söhne werden von ferne kommen und deine Töchter auf dem Arme hergetragen werden. Dann wirst du deine Lust sehen und vor Freude strahlen, und dein Herz wird erbeben und weit werden.*

Diese Worte fand der Pastor wunderbar. Früher hätte er sie angestrichen und in seiner Sonntagspredigt verwendet. Doch jetzt fragte er sich, ob man sie nicht als Rechtfertigung dieser angeblichen Himmelsanrufe auslegen konnte. *Diese alle sind versam-*

melt und kommen zu dir. Es war Pastor Warren zutiefst zuwider, seine Botschaften unablässig unter diesem Aspekt prüfen zu müssen. Er fühlte sich wie ein Stück Papier, das ständig in zwei Teile gerissen wird und dabei immer mehr schrumpft. Diene Gott. Diene dem Volk. Gott. Dem Volk.

Die Kollegen sagten ihm, er solle doch froh und glücklich sein – denn wo läge denn das Problem: Die Kirchen von Coldwater waren voll, sonntags bekam man höchstens noch einen Stehplatz. Den größten Zuwachs an Gläubigen verzeichnete St. Vincent's, die katholische Gemeinde von Pater Carroll, nach dem Besuch des Bischofs bei Tess Rafferty.

Brrrnnnng!

Die Klingel an seiner Bürotür.

»Ja?«

»Ich bin's, Herr Pastor.«

»Kommen Sie rein, Mrs Pulte.«

Mrs Pulte hatte keinen Notizblock dabei, als sie eintrat, und der Pastor sah an ihrer Miene, dass etwas nicht stimmte.

»Herr Pastor, ich muss Ihnen etwas sagen. Es fällt mir sehr schwer.«

»Sprechen Sie ganz unbesorgt.«

»Ich muss gehen.«

»Früher nach Hause gehen?«

»Nein, ich muss aufhören, hier zu arbeiten. Es ist zu …« Tränen stiegen ihr in die Augen. »Ich bin jetzt seit sieben Jahren hier …«

»Und Sie haben großartige Arbeit geleistet …«

»Ich wollte der Kirche helfen …«

Sie atmete stockend.

»Setzen Sie sich doch bitte, Mrs Pulte. Es ist alles gut.«

Doch seine Sekretärin blieb stehen, und die Worte sprudelten jetzt nur so aus ihr heraus. »Diese vielen Anrufe aus aller

Welt – ich schaffe das nicht mehr. Die Leute stellen mir Fragen – ich sage, dass ich sie nicht beantworten kann, aber dann reden die Leute immer weiter, und einige weinen, andere schreien, und ich … weiß gar nicht, was ich tun soll. Einige erzählen mir von geliebten Menschen und bitten darum, noch mal mit ihnen sprechen zu können. Und andere sind so wütend! Die behaupten, wir verbreiten Lügen! In all den Jahren hätte ich niemals geglaubt … Wissen Sie, Herr Pastor, wenn ich abends nach Hause gehe, bin ich vollkommen erledigt. Letzte Woche hat mein Arzt meinen Blutdruck gemessen, der war viel zu hoch, und mein Mann macht sich jetzt Sorgen. Es tut mir leid. Es tut mir so leid. Ich möchte Sie nicht im Stich lassen. Ich kann nur einfach nicht mehr …«

Sie weinte jetzt so heftig, dass sie nicht mehr sprechen konnte. Pastor Warren lächelte mitfühlend und sagte tröstend: »Ich verstehe Sie, Mrs Pulte.«

Er trat zu ihr und legte ihr die Hand auf die Schulter. Aus Mrs Pultes Büro hörte er ununterbrochen die Telefone klingeln.

»Wird Gott mir vergeben?«, flüsterte Mrs Pulte.

Lange bevor Er mir vergeben wird, dachte der Pastor.

*

Jack Sellers schaltete das Blaulicht am Streifenwagen ein und ließ das Martinshorn kurz ertönen. Die Pilger in Tess' Garten wandten sich um. Jack stieg aus.

»Morgen«, sagte er steif.

»Morgen«, antworteten einige.

»Was machen Sie alle hier?«

Jack schaute zur Haustür. Er hatte denselben Wunsch wie die Pilger – dass Tess herauskäme.

»Wir beten«, antwortete eine hagere Frau.

»Warum?«

»Wir beten, dass wir auch Botschaften vom Himmel bekommen. Möchten Sie mit uns beten?«

Jack zwang sich, nicht an Robbie zu denken. »Sie können sich nicht einfach im Garten von Privatpersonen versammeln.«

»Sind Sie gläubig, Officer?«

»Was ich glaube oder nicht glaube, spielt vor dem Gesetz keine Rolle.«

»Oh doch, das spielt eine große Rolle.«

Jack knirschte mit den Zähnen. Zuerst diese Pilger vor dem Haus von Katherine Yellin. Jetzt diese hier. Er hätte nie damit gerechnet, es im kleinen Coldwater einmal mit derartigen Menschenmassen zu tun zu bekommen.

»Sie müssen hier verschwinden«, sagte er.

Ein junger Mann in grünem Parka trat vor.

»Bitte. Wir stören doch niemanden.«

»Wir wollen nur beten«, sagte ein junges Mädchen, das auf dem Rasen kniete.

»Warten Sie mal, von Ihnen hab ich doch gehört«, sagte der Mann. »Sie sind der Polizist, dessen Frau mit dem verstorbenen Sohn sprechen kann. Sie ist eine der Auserwählten. Wie können Sie uns da auffordern, hier zu verschwinden?«

Jack wandte den Blick ab.

»Es ist meine Exfrau. Und das alles geht Sie nichts an.«

Tess trat aus der Tür. Sie trug eine ausgefranste Jeans und blaue Stiefel und hatte sich eine rot karierte Decke um die Schultern gelegt. Ihre Haare waren zum Pferdeschwanz zusammengebunden. Jack musste sich bemühen, sie nicht wie gebannt anzustarren.

»Brauchen Sie Hilfe?«, rief er.

Tess blickte auf die Pilger.

»Nein, alles in Ordnung«, rief sie zurück.

Jack fragte mit Gesten *Könnte ich reinkommen?* Tess nickte, und Jack ging zwischen den Leuten hindurch. Sie verstummten – was Jack gewöhnt war, wenn er in Uniform auftrat.

Äußerlich entsprach Jack vielleicht dem Klischeebild eines Polizisten – schmale Lippen, markantes Kinn, tiefliegende, forschende Augen –, aber er war eigentlich nie besonders versessen gewesen auf Polizeiarbeit. Doch sein Vater und sein Großvater waren bei der Polizei gewesen, und seine Familie erwartete ganz selbstverständlich von ihm, dass Jack nach seiner Militärzeit die gleiche Laufbahn einschlagen würde. Er begann seine Ausbildung in Grand Rapids, war sechs Jahre bei der Streife. Dann kam Robbie auf die Welt, und Doreen und er zogen nach Coldwater. Sie wollten in einer Kleinstadt leben. Jack hängte seinen Job an den Nagel und eröffnete einen Laden für Gartenbedarf.

»Selbständig zu sein finde ich besser«, erklärte er damals seinem Vater.

»Einmal Polizist, immer Polizist«, hatte dieser jedoch nur erwidert.

Drei Jahre später war der Laden pleite. Da Jack keine andere Ausbildung hatte, kehrte er zu seinen beruflichen Wurzeln zurück und ging zur Polizei von Coldwater.

Mit siebenunddreißig – vor acht Jahren – war er Polizeichef geworden.

Seither hatte er nicht ein einziges Mal seine Pistole abfeuern müssen. Gezogen hatte er sie insgesamt sechsmal; bei einem dieser Anlässe hatte sich dann der mutmaßliche Einbrecher, der im Keller einer Frau herumrumorte, als Fuchs erwiesen.

»Sie haben bei der Versammlung gar nichts erzählt«, sagte Tess und reichte ihm einen Becher Kaffee.

»Stimmt.«

»Warum nicht?«

»Ich weiß nicht genau. Angst? Mein Job?«

Tess schürzte die Lippen. »Wenigstens sind Sie ehrlich.«

»Wenn mein Sohn mich anruft, sagt er mir, ich soll allen berichten. Vom Himmel.«

»Das sagt meine Mutter auch.«

»Lasse ich ihn nun im Stich, wenn ich schweige?«

Tess zuckte die Achseln. »Keine Ahnung. Manchmal kommt es mir vor, als sei jetzt ohnehin alles gleichgültig. Das Leben erscheint mir wie ein Wartezimmer. Meine Mutter ist da oben – und eines Tages werde ich sie endlich wiedersehen dürfen. Alles, was bis dahin hier unten geschieht, verblasst irgendwie vor dieser Erkenntnis. Im Grunde habe ich immer irgendwie geglaubt, dass es ein Leben nach dem Tod gibt, ist mir dann irgendwann mal aufgefallen.«

Jack schob den Becher auf dem Tresen hin und her. »Vielleicht brauchten Sie nur noch Beweise, um Gewissheit zu erlangen.«

»Habe ich die denn jetzt?«

Jack dachte an sein Gespräch mit Robbies Freunden. Und daran, dass Robbie immer wieder den Song-Titel dieser Band zitierte. *Das Ende ist nicht das Ende.* Das ließ Jack keine Ruhe.

»Ich weiß nicht, was wir haben«, sagte er.

Tess sah ihn an.

»Waren Sie ein guter Vater?«

Diese Frage hatte Jack noch nie jemand gestellt. Er dachte daran, wie er Robbie in seinem Beschluss bestärkt hatte, zur Armee zu gehen.

»Nicht immer«, sagte er.

»Wieder sehr ehrlich.«

»Waren Sie eine gute Tochter?«

Tess lächelte. »Nicht immer.«

Ruth und Tess hatten es immer wieder schwer gehabt im Umgang miteinander. Als Tess mit dem Studium begann, blieb ihre Schönheit nicht unbemerkt, und sie wechselte häufig die Freunde. Damit war Ruth überhaupt nicht einverstanden, und dann tauchte wiederholt der Geist des abwesenden Vaters in den Streitgesprächen auf.

»Was weißt du denn schon davon, wie man einen Mann hält!«, hatte Tess ihre Mutter einmal angeschrien.

»Das sind keine Männer, sondern Jungen!«

»Halt dich da raus!«

»Ich versuche doch nur, dich zu schützen!«

»Ich brauche aber keinen Schutz!«

Diese Szene wiederholte sich so oder ähnlich immer wieder. Nachdem Tess ihr Studium abgeschlossen hatte, zog sie an einen anderen Ort und lebte nacheinander mit drei verschiedenen Männern zusammen. Eines Tages, als sie neunundzwanzig war, bekam sie einen seltsamen Anruf von Ruth, die nach einer Telefonnummer suchte. Von einer Frau namens Anna Kahn.

»Wofür brauchst du denn Annas Nummer?«

»Sie heiratet dieses Wochenende.«

»Hör mal, Mom, Anna hat geheiratet, als ich fünfzehn war oder so.«

»Was redest du da?«

»Sie lebt schon lange in New Jersey.«

Schweigen am anderen Ende. »Das verstehe ich nicht.«

»Mom? Ist alles in Ordnung?«

Kurz darauf wurde bei Ruth Alzheimer im Anfangsstadium diagnostiziert; die Krankheit schritt schnell voran. Die Ärzte wiesen darauf hin, dass Ruth nicht mehr alleine leben sollte, weil Menschen in ihrem Zustand häufig desorientiert umherwanderten und sich damit gefährdeten. Man riet Tess, Ruth in einem Heim für betreutes Wohnen unterzubringen oder zumindest einen Pflegedienst für sie zu organisieren. Doch Tess wusste, dass durch die Krankheit jener Teil von Ruths Leben bedroht war, der ihrer Mutter am allerwichtigsten war – ihre Unabhängigkeit.

Und so zog Tess nach Hause zurück und unterstützte ihre Mutter.

*

Sullys Beziehung zu seiner Mutter war eine ganz andere. Sullys Mutter stellte Fragen, er antwortete. Sie mutmaßte, er leugnete.

»Was machst du da?«, hatte seine Mutter am Abend zuvor gefragt, als Jules noch beim Essen war und Sully auf der Couch saß und seine Notizen durchsah.

»Ich schau mir nur noch schnell ein paar Daten durch.«

»Für die Arbeit?«

»Sozusagen.«

»Verträge?«

»So was in der Art.«

»Wieso gibst du dich damit ab?«

Sully schaute auf. Seine Mutter stand vor ihm, die Arme vor der Brust verschränkt.

»Wenn die Leute mit Geistern reden wollen, dann lass sie doch.«

»Woher weißt du, dass ich …«

»Sully.«

Mehr war nicht nötig.

»Na schön«, sagte er mit gedämpfter Stimme. »Mir gefällt das alles nicht. Jules schleppt ein Spielzeughandy mit sich herum und lebt in einer Ersatzwelt. Jemand muss diese Sache aufdecken.«

»Spielst du also Detektiv?«

»Nein.«

»Du stellst aber Ermittlungen an.«

»Nein.«

Das alte Spiel zwischen Mutter und Sohn.

»Glaubst du, dass die alle lügen?«

»Ich weiß es nicht.«

»Glaubst du nicht daran, dass Gott Wunder vollbringen kann?«

»Bist du jetzt fertig?«

»Beinahe.«

»Was noch?«

Seine Mutter schaute zu Jules hinüber, der inzwischen fernsah.

»Machst du das für ihn oder für dich selbst?«

Über diese Frage dachte Sully jetzt nach, als er mit einem Kaffee im Auto saß und wartete. Er hatte den Wagen ein Stück entfernt vom Bestattungsunternehmen Davidson & Söhne geparkt.

Vielleicht stelle ich diese Ermittlungen bis zu einem gewissen Grad ja wirklich für mich selbst an, dachte er. *Um mir das Gefühl zu geben, dass ich etwas Sinnvolles tue.* Sully grübelte weiter. Vielleicht tat er es aber auch, damit der Rest der Welt den gleichen Schmerz wie er empfand. Weil der Tod nun einmal das Ende bedeutete, und weil Sully ebenso wenig mit Giselle in Kontakt treten konnte wie all die anderen Menschen mit geliebten Verstorbenen.

Sully bewegte die Schultern. Schon seit über einer Stunde saß er im Wagen, wartete und beobachtete die Straße. Kurz nach zwölf sah er Horace in einem langen Mantel aus dem Gebäude treten, in sein Auto steigen und wegfahren. Da Sully etwas überprüfen wollte, hoffte er, dass Horace eine ausgedehnte Mittagspause machen würde.

Als Sully das stille Bestattungsinstitut betrat, blickte er zuerst ins Hauptbüro, wo sich aber niemand aufhielt. Er ging den Gang entlang und spähte in diverse Räume, die alle menschenleer waren. Überall erklang leise Musik aus Lautsprechern, doch als Sully um eine Ecke bog, hörte er zusätzlich das Klacken einer Computer-Tastatur: In einem schmalen Büro mit Teppichboden entdeckte er dann eine kleine mollige Frau mit Pausbacken und Stupsnase. Sie hatte einen Pagenschnitt und trug ein silbernes Kreuz um den Hals.

»Ich suche Horace«, sagte Sully.

»Ach, das tut mir aber leid, er ist grade zum Mittagessen gegangen!«

»Macht nichts, dann warte ich auf ihn.«

»Es kann aber schon eine Stunde dauern oder so.«

»Kein Problem.«

»Möchten Sie eine Tasse Kaffee?«

»Das wäre nett, danke.« Er streckte der Frau die Hand hin. »Ich bin übrigens Sully.«

»Maria«, erwiderte sie.

Das weiß ich längst, dachte Sully.

Maria Nicolini entsprach tatsächlich Horace' Schilderung – sie war ein ausgesprochen freundlicher und umgänglicher Mensch. Sich zu unterhalten machte ihr sichtlich Freude, und auf jeden Satz, den man sagte, bekam man als Antwort drei Sätze von ihr. Sie zeigte sich interessiert an allem, und sobald ein Ort oder ein Erlebnis erwähnt wurde, sagte Maria: »Oooh, das klingt ja interessant, erzählen Sie mir bitte unbedingt mehr davon.« Da sie außerdem dem Rotary Club von Coldwater und dem örtlichen Verein für Geschichtspflege angehörte und am Wochenende in Zedas Bäckerei arbeitete, wo die halbe Stadt ihr Brot kaufte, kannte sie viele Einwohner der Stadt persönlich.

Deshalb hatten trauernde Angehörige keine Hemmungen, mit Maria über ihre Verstorbenen zu sprechen, wenn sie ins Bestattungsinstitut kamen, sondern waren sogar froh, ihre Erinnerungen schildern zu können und bei Maria auf offene Ohren zu treffen. Es half den Hinterbliebenen, wenn sie Anekdoten oder lustige kleine Erlebnisse erzählten, und sie vertrauten darauf, dass Maria einen würdigen Nachruf schreiben würde. Ihre Texte in der *Gazette* waren immer einfühlsam und ausführlich.

»Ist es schwierig, Anzeigen zu verkaufen?«, fragte sie Sully.

»Nein, gar nicht. Man geht einfach zu den Firmen, fragt, ob sie eine Anzeige schalten wollen, und verkauft den Leuten dann die gewünschte Werbefläche.«

»Ist Ron Jennings ein guter Chef?«

»Ja, ist er. Ihre Nachrufe finde ich übrigens hervorragend. Ich habe ein paar gelesen.«

»Oh, danke schön.« Maria wirkte gerührt. »Als ich noch jünger war, wollte ich Journalistin werden. Dann lief alles anders, aber mit den Nachrufen komme ich dem Journalismus schon ziemlich nahe. Und ich kann anderen Menschen sogar noch helfen. Die Angehörigen bewahren die Nachrufe auf, deshalb ist es wichtig, präzise und gründlich zu arbeiten. Hundertneunundvierzig habe ich inzwischen schon geschrieben.«

»Hundertneunundvierzig Nachrufe?«

»Ja. Ich habe sie alle hier.«

Sie zog eine Schublade auf, in der perfekte Ordnung zu herrschen schien. Jeder Nachruf war mit Datum und Namen versehen; dahinter befanden sich jeweils weitere Ordner mit Registerreitern.

»Was ist in den zusätzlichen Ordnern?«, fragte Sully.

»Meine Notizen. Ich mache immer noch eine Abschrift der Gespräche, damit mir auch wirklich nichts entgeht.« Mit gesenkter Stimme fuhr Maria fort: »Manchmal weinen die Leute so heftig, dass ich sie zunächst kaum verstehe. Deshalb arbeite ich mit einem kleinen Kassettenrecorder.«

Sully war beeindruckt. »Sie arbeiten ja sorgfältiger als sämtliche Profireporter, die ich kennengelernt habe.«

»Sie kennen echte Reporter?«, fragte Maria aufgeregt. »Oooh, das klingt ja interessant, erzählen Sie mir bitte unbedingt mehr von denen.«

Das erste Mal tauchte Sully nach dem verheerenden Unglück in einer Zeitung auf.

FLUGZEUGABSTURZ NACH KOLLISION ÜBER LANDEBAHN

lautete die Schlagzeile. Darunter stand in kleineren Lettern:

PILOT SPRINGT MIT FALLSCHIRM AB. EHEFRAU UND TOWERLOTSE VERUNGLÜCKT.

Sully sah die Zeitung in der Cafeteria der Klinik in Ohio, in der Giselle, von Blutergüssen entstellt, mit Kabeln und Infusionen verbunden, im Koma lag. Seit zwei Tagen war Sully nun schon bei ihr. Er hatte schlaflose Nächte und war wie benebelt.

Die Krankenschwester in Lynton hatte ihm die Nachricht überbracht. Sully erinnerte sich, dass er *Schwerer Unfall, Frau* und *Columbus* gehört hatte. Danach wusste er nur noch, wie er halb betäubt in einem Taxi den Fahrer angebrüllt hatte, er sollte schneller fahren, und später, gekrümmt vor Schmerzen, in eine Notaufnahme gerannt war und geschrien hatte: *Wo ist sie? Wo ist sie?* Bis er dann schließlich an Giselles Bett zusammengebrochen war. Er hatte die Hände von Pflegepersonal und den Schwiegereltern auf seinen Schultern gespürt und musste sich schließlich selbst umfassen, weil sein Körper so sehr bebte.

Zwei Tage. Zwei Nächte. Am Boden zerstört, benommen, mit rasenden Schmerzen im Rücken, hatte Sully sich damals in die Cafeteria geschleppt, um sich einen Kaffee zu holen und dabei ein wenig Bewegung zu bekommen. Und dort hatte er auf einem Tisch die Zeitung gesehen, die jemand zurückgelassen hatte. Zuerst nahm er die Überschrift auf der Titelseite nur flüchtig wahr, dann warf er einen zweiten Blick darauf. Auf die Schlagzeile und die Fotos. Er sah sein eigenes Gesicht, jünger, auf einem Foto der Marine. Daneben ein Bild der Cessna, die trotz des Zusammenstoßes noch gelandet war, und Fotos vom verkohlten Wrack der F/A 18 Hornet – Teile der Flügel, des Rumpfs, des Motors.

Sully starrte auf die Fotos und fragte sich, wie bei Zeitungen über die Schlagzeile entschieden wurde. Wieso hielt man FLUGZEUGABSTURZ NACH KOLLISION ÜBER LANDEBAHN für wichtiger als EHEFRAU UND TOWERLOTSE VERUNGLÜCKT? Für Sully gab es nichts Wichtigeres als diese Aussage. Giselle, die arme unschuldige schöne Giselle, die nichts falsch gemacht hatte, außer zu ihrem Mann zu fahren; ihr Mann, der nichts falsch gemacht hatte, außer auf die Angaben eines Towerlotsen zu achten; jener Towerlotse, der einen schwerwiegenden Fehler gemacht hatte, feige geflohen war und dabei sich selbst getötet und Sullys heißgeliebte Frau aus dem Leben gerissen hatte. *Das* hätte die Schlagzeile sein sollen. Die Reporter hatten alles falsch gemacht.

Sully zerknüllte die Zeitung und warf sie in den Abfalleimer.

Es gibt zwei Geschichten für jedes Leben – die wahre Geschichte und die Version, die von anderen erzählt wird.

*

Eine Woche vor Thanksgiving gab es in Coldwater und im gesamten Umkreis von fünfzehn Kilometern kein einziges freies Hotelzimmer mehr. Die Anzahl der auf dem Lankers Field kampierenden Pilger wurde mittlerweile auf fünftausend geschätzt, und vor Katherine Yellins Haus hatten sich mindestens dreihundert Demonstranten versammelt, von denen die eine Hälfte für Katherine plädierte und die andere gegen sie. Die komplett überforderte Polizeitruppe von Coldwater hatte sich Kollegen aus Moss Hill und anderen umliegenden Ortschaften ausgeborgt, war aber immer noch zu klein aufgestellt; allein das Verteilen von Strafzetteln an Falschparker wäre für die gesamte Truppe eine tagesfüllende Aufgabe gewesen. Der Supermarkt wurde nun mehrmals täglich beliefert anstatt einmal wöchentlich, und die Tankstelle hatte zwischenzeitlich schließen müssen, weil das Benzin ausgegangen war. Frieda's Diner stellte zusätzliches Personal ein und wurde das erste Unternehmen in Coldwater, das rund um die Uhr geöffnet hatte. Im Heimwerkermarkt gingen Holz und Farbe zur Neige, weil so viele Leute selbstgemachte Schilder auf ihren Rasenflächen aufstellten. Zu Anfang stand noch PARKEN 5 $ darauf, dann PARKEN 10 $ und schließlich PARKEN 20 $.

Die Hysterie schien kein Ende zu nehmen. Jeder in der Stadt besaß inzwischen mindestens ein Handy; manche Leute hatten sich auch zwei oder drei angeschafft. Beim Bürgermeister Jeff Jacoby trafen zahllose Gewerbeanträge von Personen ein, die in den leerstehenden Läden an der Lake Street neue Geschäfte eröffnen und alles Mögliche verkaufen wollten, von T-Shirts bis zu Devotionalien.

Und die erfolgreichste Nachmittags-Talkshow des Landes schickte jetzt ein Team aus Los Angeles – und ihre berühmte Moderatorin! –, um eine Sondersendung vorzubereiten. Zahlreiche Einwohner beklagten sich über die zusätzliche Belastung, aber Jeff Jacoby hatte keinen Mangel an Anfragen von Leuten, die nur allzu gern ihre Räume zur Verfügung stellen wollten.

Die sieben noch anwesenden Personen, die Anrufe vom Himmel bekommen hatten, waren nun jedem im Ort bekannt, und man wusste auch bestens Bescheid über ihre Lebensgeschichten. Außer Katherine, Tess und Doreen handelte es sich um Eddie Doukens, der von seiner verstorbenen Exfrau angerufen worden war, um Jay James, bei dem sich sein einstiger Geschäftspartner gemeldet hatte, um Anesh Barua, der mit seiner toten Tochter gesprochen hatte, und um Kelly Podesto; sie hatte einen Anruf von ihrer besten Freundin bekommen, die im Vorjahr von einem betrunkenen Autofahrer getötet worden war.

Alle bis auf Katherine Yellin hatten zugesagt, an der Talkshow teilzunehmen.

Katherine jedoch hatte eigene Pläne.

ZWEI TAGE SPÄTER

NACHRICHTEN
Channel 9, Alpena

(*Großaufnahme Katherine Yellin*)

KATHERINE: Ich habe niemanden getötet. Ich habe nur die Botschaft verbreitet, die mir vom Himmel gesandt wurde.

(*Amy vor Demonstranten*)

AMY: Katherine Yellin möchte, dass diese Demonstranten ihre Aussage verstehen und akzeptieren. Was mit Ben Wilkes, dem todkranken ehemaligen Autoarbeiter, geschehen ist, war sein eigener Wille.

(*Material Ben Wilkes*)

BEN: Ich möchte nur so gerne glauben, dass es wahr ist.

(*Amy vor Demonstranten*)

AMY: Ben Wilkes starb an Krebs im Endstadium. Diese zornigen Demonstranten behaupten jedoch, Katherine Yellin sei für seinen Tod verantwortlich. Dass es für Yellin schwer ist, mit der Bürde, eine sogenannte ›Auserwählte‹ zu sein, zu leben, hat sie *Nine Action News* in einem Exklusivinterview offenbart.

(*Großaufnahme Katherine, weinend*)

KATHERINE: Ich habe nicht um diesen Segen gebeten. Gott hat mir meine Schwester aber aus gutem Grund gesandt.

AMY: Was ist am schwersten auszuhalten?

KATHERINE: Dass es Menschen gibt, die mir nicht glauben.

AMY: Wie diese Demonstranten vor Ihrem Haus?

KATHERINE: Ja, genau. Sie schreien den ganzen Tag Parolen und behaupten furchtbare Dinge. Auf einigen Schildern …

(*kann vor Weinen nicht mehr sprechen*)

AMY: Schon gut.

KATHERINE: Tut mir leid.

AMY: Das macht doch nichts.

KATHERINE: Wissen Sie, diesen Menschen entgeht etwas. Sie empfangen Gottes Botschaft nicht – dass es den Himmel wirklich gibt und dass sich niemand mehr fürchten muss.

(*Material von Demonstranten*)

DEMONSTRANTEN: *IM HIER UND JETZT, NICHT IM JENSEITS!*

(*Amy vor Katherines Haus*)

AMY: Katherine Yellin ist sich der Echtheit ihrer Anrufe so sicher, dass sie etwas tun möchte, was bislang noch niemand getan hat.

(*Großaufnahme Katherine*)

KATHERINE: Ich werde die Menschen an einem der Anrufe teilhaben lassen.

AMY: Auch diese Demonstranten?

KATHERINE: Ja. Ich fürchte mich nicht. Ich werde meine Schwester bitten, zu diesen Menschen zu sprechen, ihnen die Wahrheit zu verkünden. Wenn sie Dianes Stimme hören, werden sie zu glauben beginnen, da bin ich mir sicher.

(*Amy auf Straße*)

AMY: Wie sich die Situation mit den Demonstranten weiterentwickelt, bleibt abzuwarten – aber in Bälde wird Coldwater vielleicht die Chance haben, Worte aus dem Himmel zu vernehmen. Wir von *Nine Action News* bleiben dran und berichten topaktuell.

Das war für Sie Amy Penn aus Coldwater.

Phil, der sich den Bericht in seinem Büro in Alpena angesehen hatte, lächelte.

Exzellent, dachte er. *Diese Amy Penn bringt es vielleicht doch noch zu was.*

*

Jules blätterte in der Bibliothek in einem Buch über Coco, den neugierigen Affen. Liz trat zu ihm.

»Magst du Affen?«, fragte sie.

»Geht so«, murmelte Jules.

»Also magst du Affen nicht so doll?«

»Tiger find ich besser.«

»Wollen wir mal gucken, ob wir ein Buch mit Tigern finden?«

Jules schaute auf.

»Na komm«, sagte Liz ermutigend.

Da stand Jules auf und nahm Liz' Hand. Sully sah den beiden mit gemischten Gefühlen nach. Er freute sich darüber, dass sein Sohn vertrauensvoll die Hand einer Frau ergriffen hatte. Doch Sully konnte nicht umhin, sich zu wünschen, es wäre die Hand von Giselle.

Vor ihm auf dem Tisch waren die *Gazette*-Nachrufe über jene Personen ausgebreitet, die angeblich aus dem Jenseits angerufen hatten. Dank Marias Schreibfreudigkeit fanden sich in diesen Texten viele persönliche Details über die Angehörigen der Verstorbenen, über ihre Berufe, ihre Lieblingsurlaubsorte und dergleichen mehr. Sully hatte bei der *Gazette* nicht nach diesen Nachrufen fragen wollen, weil er keinen plausiblen Grund für sein Interesse hätte angeben können. Doch als er Liz darauf ansprach, ging sie sofort zu einem Schrank, zog zwei Schubladen heraus und fragte: »Was genau brauchen Sie? Wir archivieren die *Gazette.*«

Sully fragte sich, weshalb er darauf nicht selbst gekommen war. Jetzt durchforstete er die Nachrufe und machte sich Notizen. Dabei musste er immer wieder an die anderen Ordner in Marias Büro denken – die Abschriften der Gespräche mit den Angehörigen. Sie enthielten zusätzliche Einzelheiten, die ein noch vollständigeres Porträt der Verstorbenen ermöglichen würden – und vielleicht auch Querverbindungen aufzeigten, die Sully bislang entgangen waren.

Das eigentliche Rätsel waren natürlich die Stimmen selbst. Alle Personen, die Anrufe bekommen hatten, schworen, dass die Stimmen echt seien. Ein Stimmenimitator konnte also keinesfalls dahinterstecken. Gab es vielleicht Maschinen, mit denen man Stimmen manipulieren konnte?

Sullys Handy vibrierte, und er warf einen Blick aufs Display. Ron Jennings. Sully reagierte nicht darauf. Eine Minute später erschien eine SMS.

Wo sind Sie gerade?

Sully schaltete das Handy aus.

»Schau mal, Daddy.«

Jules hielt ein Bilderbuch hoch, auf dem ein Tiger abgebildet war.

»Das ging ja schnell«, sagte Sully.

Liz grinste. »Ich kenn mich eben gut aus in diesen Regalen.«

Jules hockte sich auf den Stuhl und begann eifrig, das Buch durchzublättern.

»Er ist ein Schatz«, sagte Liz.

»Ist er auch. Und, gefällt dir das Buch, Jule-i-o?«

»Ist super.« Jules blätterte eine Seite um. »Ich werd Mami erzählen, dass ich es ganz gelesen hab.«

Liz wandte den Blick ab. Und Sully befasste sich weiter mit den Nachrufen, um zu beweisen, dass tote Menschen stumm bleiben.

Es gibt kein Limit für schlechte Nachrichten. Wir Menschen sind zwar oft der Meinung, dass es so sein sollte. Doch ebenso, wie ein Gewitter zum Orkan werden kann, lädt uns das Leben manchmal eine Bürde nach der anderen auf.

Sullys Flugzeug war abgestürzt und seine Frau lebensgefährlich verunglückt, die Daten aus dem Tower erwiesen sich als unbrauchbar, und der Mann, der sich für Sully hätte aussprechen können, war tot und begraben; seine Leiche war in einem so schlimmen Zustand gewesen, hieß es, dass man den Sarg für die Bestattung nicht mehr geöffnet hatte.

Das war alles schon schlimm genug. Doch acht Tage nach dem Unfall – Giselle lag noch immer im Koma – traten zwei Marineoffiziere in das Krankenzimmer.

»Kommen Sie bitte mit«, sagte einer von ihnen zu Sully.

Die nächste schlechte Nachricht.

Laut Laborbericht hatte man in Sullys Blut Alkohol nachgewiesen. Als Sully in dem kleinen Büro der Marine in Columbus zu den Umständen des Absturzes befragt worden war – »Schildern Sie uns bitte im Detail die Abläufe am Vorabend« –, hatte man diesen Punkt nicht direkt angesprochen. Doch Sully hatte den Verdacht gespürt und sofort das Gefühl gehabt, als schlage ihm jemand mit einem Hammer in die Magengrube. Im Strudel der Ereignisse hatte er nicht mehr an den Abend vor dem Abflug gedacht. Er hatte ja offiziell frei gehabt und sich deshalb auch nicht zurückhalten müssen, was Alkohol anging. Er überlegte fieberhaft. Bevor er auf sein Zimmer gegangen war, hatte er mit zwei Männern aus seiner Schwadron im Hotelrestaurant einen Wodka Tonic getrunken. Um welche Uhrzeit war das gewesen? Und war es nur ein Drink oder zwei gewesen? Um wie viel Uhr war er dann losgeflogen? Zwölf Stunden vor dem Start kein Alkohol, lautete die Regel.

Oh Gott, dachte Sully. Und sah seine Zukunft in sich zusammenbrechen.

»Ich will einen Anwalt«, sagte er mit zitternder Stimme.

DREIZEHNTE WOCHE

Nachts hatte es heftig geschneit, und am Morgen von Thanksgiving waren die Straßen von Coldwater mit einer dicken Schneeschicht bedeckt. Überall in der Stadt traten die Leute aus ihren Häusern, um die Zeitung zu holen oder den Gehweg freizuschaufeln. Sie atmeten die kalte frische Luft in tiefen Zügen ein und genossen die Stille nach der lärmenden Ruhelosigkeit der vergangenen Wochen.

Tess band ihren Morgenmantel zu und trat in die Küche ihres Hauses an der Cuthbert Road. Sie hoffte, dass der Schnee die Menschenscharen aus ihrem Vorgarten vertreiben würde, und tatsächlich waren die meisten vor der Kälte in die Kirchen der Stadt geflüchtet.

Doch als Tess die Tür öffnete und ins grelle Sonnenlicht blinzelte, das auf der weißen Schneeschicht glitzerte, sah sie, dass mindestens dreißig Leute noch immer vor ihrem Haus kampierten. Sogar ein leerer Kinderwagen stand dort; Mutter und Kind spähten aus einem Zelt heraus.

»Guten Morgen, Tess.«

»Gott segne Sie, Tess.«

»Beten Sie mit uns, Tess.«

Tess merkte, dass ihr bei diesem Anblick fast die Tränen kamen – all die Menschen in der Kälte, Menschen, die keine Anrufe vom Himmel erhielten, sich aber in der vagen Hoffnung an ihre Handys klammerten, dass auch sie erleben würden, was Tess zuteilgeworden war. Als seien Wunder übertragbar …

Unwillkürlich dachte Tess an ihre Mutter. Und an Ruths Thanksgiving-Feste.

»Kommt herein«, hörte sich Tess sagen. Und dann lauter: »Bitte! Kommt alle herein ins Warme!«

*

Durch die Harvest of Hope Baptist Church zog der Duft von Bratkartoffeln. Truthähne wurden zerlegt, Soße aus großen Töpfen geschöpft.

Pastor Warren wanderte zwischen den Fremden umher, goss ihnen Eistee ein, sprach stärkende Worte. Die meisten Freiwilligen, die hier tätig waren, entstammten seiner Gemeinde und hatten ihre eigenen Feiern aufgeschoben, um anderen zu helfen. Durch den Schnee waren viel mehr Auswärtige zum Thanksgiving-Mahl erschienen als erwartet, und man musste zusätzliche Stühle aus dem Lagerraum holen.

Kurz zuvor hatte Warren einen Anruf von Katherine bekommen. Sie hatten seit Wochen nicht mehr miteinander gesprochen.

»Frohes Thanksgiving, Herr Pastor.«

»Danke, Katherine. Das wünsche ich Ihnen auch.«

»Geht es Ihnen gut?«

»Der Herr hat mich heute Morgen erwachen lassen – wider Erwarten.«

Das war ein alter Spruch von Warren, und als er Katherine leise lachen hörte, fiel ihm wieder ein, wie oft sie ihn früher aufgesucht hatte – vor diesen Anrufen. Katherine war gekommen, um mit ihm über ihre Trauer zu sprechen, aber auch, um sich Rat zu holen oder gemeinsam mit ihm in der Bibel zu lesen. Sie war immer eine treue Kirchgängerin gewesen und hatte sich verhalten, als gehöre der Pastor zu ihrer Familie; einmal hatte sie ihn sogar zum Arzt gefahren, als eine hartnäckige Erkältung einfach nicht besser werden wollte.

»Ich würde heute gerne bei der Essensverteilung helfen, Herr Pastor.«

»Ah ja.«

»Wäre das in Ordnung für Sie?«

Pastor Warren zögerte. Er wusste, wie viel Unruhe Katherine mit ihrem Auftauchen verursachte. Die Demonstranten. Die Fernsehteams.

»Wir würden uns natürlich sehr freuen über Ihre Mithilfe, meine Liebe. Aber ich glaube …«

Er verstummte.

»Ja, ich verstehe schon«, sagte Katherine am anderen Ende der Leitung leise.

»Es ist nicht einfach …«

»Ja, ja, ich weiß.«

»Vielleicht sollten wir …«

»Kein Problem. Ich wollte Ihnen nur einen schönen Feiertag wünschen.«

Der Pastor schluckte.

»Der Herr sei mit Ihnen, Katherine.«

Er hörte, wie sie langsam ausatmete.

»Ja. Danke, Herr Pastor. Möge Der Herr auch mit Ihnen sein.«

*

Nicht für alle bringt ein Segen auch wirklich Segen. Die anderen sogenannten »Auserwählten« empfanden ein heilsames Glücksgefühl, wenn sie mit ihren verstorbenen Lieben sprechen konnten. Doch für Doreen traf das nicht mehr zu. Ihre anfängliche Freude war durch ein unerwartetes Gefühl verdrängt worden: tiefe Traurigkeit, die sich mittlerweile beinahe schon zu einer Depression ausgewachsen hatte.

Das wurde Doreen am Morgen von Thanksgiving bewusst,

als sie in der Küche stand und durchzählte, wie viele Leute sie abends zum Essen wären – *Lucy, Randy, die zwei Kinder, Mel und ich.* Doreen merkte, dass sie Robbie unbewusst mitgerechnet hatte. Aber er würde nicht zum Essen kommen. Nichts hatte sich geändert. Als Doreen den ersten Anruf von Robbie bekommen hatte, war sie emotional gerade an einem Punkt gewesen, an dem sie bereit war loszulassen. Es war ihr damals endlich gelungen, den Zustand zu erreichen, auf den Mel schon lange gewartet hatte. In den letzten zwei Jahren hatte er immer wieder gesagt: »Du hast genug getrauert. Kopf hoch, das Leben geht weiter.«

Durch die Anrufe hatte Doreen etwas wie einen Rückfall bekommen. Robbie war nun wieder Teil ihres Lebens. Doch was für ein Teil konnte das sein? Die ursprüngliche Freude, ihren Sohn hören zu können, hatte sich in nagende Unzufriedenheit verwandelt. Anstatt sich mit Robbie verbunden zu fühlen, spürte Doreen den Verlust nun so schmerzhaft wie direkt nach der Todesnachricht. Hie und da ein Anruf? Ein kurzes Gespräch? Ein Phänomen, das ebenso schnell wieder verschwinden konnte, wie es aufgetaucht war? Die Erkenntnis traf Doreen mit voller Wucht: Das Entsetzliche würde sich nicht ändern. Robbie würde nie wieder nach Hause kommen. Er würde nie wieder in einem Schlabber-Sweatshirt am Küchentisch hocken und Cornflakes futtern; er würde nie wieder barfuß auf der Couch herumlungern und von einem Cartoon zum nächsten zappen; er würde nie wieder in Begleitung seiner Freundin Jessica mit seinem alten Camaro vor dem Haus halten und die Nachbarschaft mit dröhnender Musik beschallen; er würde Doreen nie wieder von hinten um die Schultern packen, seine Nase an ihrem Hinterkopf reiben und »Mami-Mami-Mami«, brummen.

Der Himmel, sagten sie alle. *Die Anrufe beweisen, dass dein*

Sohn im Himmel ist. Doch das hatte Doreen auch schon geglaubt, bevor sie Robbies Stimme am Telefon gehört hatte. Und es war wesentlich tröstlicher für sie gewesen, sich den Himmel selbst vorzustellen.

Sie strich über das Telefonkabel und ging zur Wand. Dann riss sie das Kabel mit einem Ruck heraus und ließ es fallen.

Danach ging sie durchs ganze Haus, zog alle Telefonstecker heraus, wickelte die Kabel um die Geräte und verstaute sie in einem Karton. Sie zog ihren Mantel an, fuhr durch den Schnee zum Goodwill-Laden an der Main Street und warf den Karton dort in die Spendentonne.

Keine Anrufe mehr. Sie würde sich der Natur nicht länger widersetzen, beschloss Doreen. Alles hat seine Zeit – das Begrüßen und das Abschiednehmen. Aus diesem Grund erscheint es uns Menschen natürlich, etwas zu begraben, aber schädlich, es wieder auszugraben.

*

Hauptsächlich bedingt durch Sullys Tätigkeit bei der Marine, hatte er mit seiner Familie im Laufe der Zeit in fünf unterschiedlichen Bundesstaaten gelebt. In Illinois – wo Giselle und er sich kennengelernt hatten –, in Virginia, Kalifornien, Florida (wo Jules auf die Welt gekommen war) und zuletzt außerhalb von Detroit in Michigan. Dort – auf halbem Wege zu beiden Elternpaaren – hatten sie sich niedergelassen, seit Sully den Reservisten angehörte.

Wo auch immer die Familie gerade gewohnt hatte – Sullys Eltern waren an Thanksgiving immer zu Besuch gekommen. Nun war es zum ersten Mal seit Sullys Schulzeit umgekehrt: Er saß wieder bei seinen Eltern am Tisch, in Gesellschaft von Onkel Theo und Tante Martha, die mittlerweile beide über achtzig waren; Bill und Shirley Castle, langjährigen Nachbarn seiner Eltern; Jules, dessen Gesicht mit Kartoffelpüree beschmiert war, und – Liz aus der Bücherei. Jules hatte Liz letzte Woche eingeladen, während sie ihm ein Buch über ein Tigerkind vorlas, und sie hatte sofort zugesagt.

»Darf Liz kommen?«, hatte Jules später auf Sullys Drängen hin seine Großmutter gefragt. »Liz ist meine Freundin.«

»Aber sicher, Schätzchen. Wie alt ist Liz?«

»Zwanzig.«

Sullys Mutter hatte verblüfft ihren Sohn angeblickt.

»Und warte nur, bis du ihre Haare siehst«, hatte Jules noch hinzugefügt.

Sully freute sich darüber, dass die beiden sich so gut verstanden. Liz war wie eine große Schwester für Jules, und Sully vertraute ihr Jules gerne an, während er bei der Arbeit war. Außerdem gab es wahrlich schlechtere Orte für Kinder als eine Bücherei.

Jetzt trug Sullys Mutter den Truthahn herein.

»Hier ist der Vogel!«, verkündete sie stolz.

»Prächtig, prächtig«, bemerkte Onkel Theo.

»Wow«, sagte Liz.

»Ich musste ihn allen Ernstes einen ganzen Monat vorher bestellen. Bei unserem Supermarkt kann man sich auf nichts mehr verlassen. Mit diesen ganzen Spinnern hier kriegt man da manchmal nicht mal mehr Ketchup, wenn man welches braucht.«

»Das kann doch wohl nicht wahr sein«, sagte Tante Martha.

»Diese Stadt ist vollkommen verrückt geworden«, äußerte Bill.

»Und der Verkehr erst«, ergänzte seine Frau.

»Wenn es nicht so kalt wäre, würde ich nur noch zu Fuß gehen.«

»Du sagst es.«

»Vollkommen verrückt.«

Und so ging das Gespräch weiter wie fast überall in der Stadt. Man sprach hauptsächlich darüber, wie sehr sich Coldwater seit dem Wunder verändert hatte. Man beschwerte sich, schüttelte verständnislos den Kopf, ereiferte sich.

Doch man sprach auch über den Himmel. Über den Glauben. Und über Gott. An diesem Thanksgiving-Abend wurden mehr Gebete gesprochen als in vergangenen Jahren, und es wurde häufiger um Vergebung gebeten. Es meldeten sich viel mehr Freiwillige, als gebraucht wurden, um in den Suppenküchen auszuhelfen, und es gab mehr Matratzen in den Kirchen als müde Häupter.

Trotz der Verkehrsstaus, der Menschenschlangen und der vielen Mobilklos, die überall in der Stadt aufgestellt werden mussten, war in Coldwater bei diesem Thanksgiving-Fest niemand hungrig oder obdachlos – was jedoch in kein Tagebuch geschrieben und nirgendwo in den Medien erwähnt wurde.

»Wollen wir anstoßen?«

Man füllte die Gläser mit Wein. Sully nahm die Flasche von Onkel Theo in Empfang, warf seinem Vater einen kurzen Blick zu und reichte sie dann an Tante Martha weiter.

In Anwesenheit seines Vaters trank Sully keinen Alkohol mehr. Fred Harding war als Pilot im Korea-Krieg gewesen, und auch sechzig Jahre später hatte sich weder an seinem Militärhaarschnitt noch an seiner Haltung zu Disziplin etwas geändert. Fred war stolz gewesen, als sein Sohn sich nach dem Studium für die Offiziersausbildung entschieden hatte. In Sullys Kindheit hatten die beiden nicht viel miteinander gesprochen, doch als Sully in die Reihen der Militärpiloten aufgenommen wurde, unterhielten sich die beiden gerne über die neuesten technischen Errungenschaften, die es während des Korea-Kriegs noch nicht gegeben hatte.

»Mein Junge fliegt die F/A 18 Hornet«, pflegte Fred stolz zu erzählen. »Die ist fast doppelt so schnell wie der Schall.«

Doch mit dem Stolz war es vorbei, als die Ergebnisse von Sullys Bluttest vorlagen. Fred hatte sich furchtbar aufgeregt. Jeder blutige Anfänger kenne die Zwölf-Stunden-Regel, hatte er seinem Sohn vorgehalten.

»Was zum Teufel hast du dir nur dabei gedacht?«

»Es waren nur zwei Drinks oder so, Dad.«

»Zwölf Stunden!«

»Ich war ursprünglich für keinen Flug eingeplant.«

»Du hättest es deinem Vorgesetzten sagen müssen.«

»Ich weiß, ich weiß. Glaubst du vielleicht, das ist mir nicht klar? Aber das ändert nichts. Mit mir war alles in Ordnung. Der Towerlotse hat Mist gemacht!«

Doch das schien eine Zeitlang weder seinen Vater noch sonst irgendjemanden zu interessieren. Direkt nach dem Unglück zeigten die Leute Mitgefühl; zum Glück war der Pilot des anderen Flugzeugs unversehrt geblieben. Sully hatte diesen traumatischen Absturz zu verarbeiten, und Giselle war ein unschuldiges Opfer der Umstände. Man bedauerte die beiden.

Doch als die Ergebnisse des Bluttests bekannt wurden, schlug die öffentliche Meinung um. Die erste Zeitung, die informiert wurde, titelte:

PILOT BEI ABSTURZ UNTER ALKOHOLEINFLUSS?

Die Fernsehsender zogen sofort nach und wandelten die Frage in eine Anklage um. Dass es sich nur um einen geringen Promillewert gehandelt hatte, von dem Sullys Reaktionsvermögen nicht beeinträchtigt gewesen war, spielte keine Rolle mehr. Das Militär vertrat eine Null-Toleranz-Haltung in Bezug auf Alkohol und nahm Verstöße bitter ernst. Das war die jüngste offizielle Tendenz, und da die Medien sich immer auf die neuesten Entwicklungen stürzten, machte man Sully nun zum Sündenbock. Von den fehlenden Daten aus dem Tower – eine Ungeheuerlichkeit, die niemals vorkam – war im Folgenden ebenso wenig die Rede wie von Elliot Grays Flucht und dem verheerenden Autounfall, den er verursacht hatte.

Sully Harding wurde zum besoffenen Flieger abgestempelt, dessen unverantwortliches Verhalten dafür gesorgt hatte, dass »seine Frau nun im Koma lag« – so der zynische Kommentar eines Zeitungsreporters.

Nachdem Sully das gelesen hatte, rührte er keine Zeitung mehr an.

Er saß nur noch Tag für Tag an Giselles Bett im Grand Rapids Hospital, wo man sie hingebracht hatte, damit sie näher bei ihrer Familie sein konnte. Sully hielt Giselles Hand, streichelte ihre Wange und raunte beschwörend: »Bleib bei mir, Süße.« Im Laufe der Zeit heilten die Blutergüsse, und ihre Haut nahm wieder einen normaleren Farbton an, aber Giselles zarter Körper schien stetig zu schrumpfen, und ihre Augen blieben geschlossen.

Monate vergingen. Sully konnte nicht arbeiten und verlor viel Geld an Anwälte. Auf deren Drängen hin hatte er zunächst einen Prozess gegen den Flugplatz von Lynton angestrengt, doch da Elliot Gray tot war und die wenigen Zeugen sich als nutzlos erwiesen, ließ er die Anklage schließlich fallen und konzentrierte sich stattdessen auf seine Verteidigung. Die Anwälte rieten ihm zu prozessieren; er habe gute Chancen zu gewinnen, behaupteten sie.

Doch dem war nicht so.

Vor einem Militärgericht war sein Fall eindeutig: Alkoholgenuss innerhalb der Zwölf-Stunden-Frist vor einem Flugeinsatz war ein klarer Verstoß gegen das Handbuch der Flugregeln – die

Bibel der Piloten. Zusätzlich konnte man Sully wegen Beschädigung von Staatseigentum belangen. Es spielte keine Rolle mehr, wer im Tower versagt hatte oder wessen Frau Opfer eines tragischen Unfalls geworden war. Es gab zwei Zeugen, die bestätigen konnten, dass Sully um eine bestimmte Uhrzeit im Restaurant des Hotels Alkohol zu sich genommen hatte.

Seit Bekanntwerden der Zeugenaussagen war Sully in die Hölle geraten. Oder vielmehr direkt ins Fegefeuer. Über ihm hing das Damoklesschwert. Kein Job mehr, die Frau im Koma, der Vater hatte sich von ihm abgewendet, die Schwiegereltern brachen den Kontakt ab, der Sohn fragte unentwegt nach seiner Mutter. Sullys Träume waren so entsetzlich, dass er nicht mehr schlafen wollte, und seine Realität war so entsetzlich, dass er am liebsten nie mehr aufwachen wollte. Was für ihn am wichtigsten war, wurde von den Anwälten komplett ignoriert. Für ihn war nur noch die Zeit wichtig. Wenn er sich schneller schuldig bekannte, würde er seine Strafe schneller abbüßen und schneller wieder frei sein. Um zu seinem Sohn und zu seiner Frau zurückzukehren.

Entgegen dem Rat seines Anwalts ließ Sully sich auf eine Verständigung im Strafverfahren ein und wurde zu zehn Monaten Haft verurteilt.

Als er ins Gefängnis ging, dachte er an die letzten Worte, die er mit seiner Frau gewechselt hatte.

Ich will dich sehen.

Ich will dich auch sehen.

Diese Worte waren Sullys Mantra, seine Meditation, sein Gebet. Sie hielten ihn am Leben, bewahrten ihm seinen Glauben – bis zu dem Tag, an dem er erfuhr, dass Giselle gestorben war.

Und an diesem Tag erstarb auch Sullys Glaube.

Als Sully am Thanksgiving-Abend nach Hause fuhr, schlief Jules schon im Auto ein. Sully trug ihn in die Wohnung, legte den

Jungen mitsamt seiner Kleider ins Bett und goss sich in der Küche ein Glas Bourbon ein.

Dann ließ er sich im Wohnzimmer auf der Couch nieder, schaltete den Fernseher ein und konzentrierte sich auf ein Footballspiel. Für den Rest des Abends wollte er an nichts anderes mehr denken.

Als ihm irgendwann die Augen zufielen, meinte er plötzlich, ein Geräusch zu hören, und blinzelte.

»Jules?«

Es blieb still. Sully schloss die Augen – doch da war es wieder. War jemand an der Tür?

Er stand auf, spähte durch den Spion und spürte, wie sein Herz zu hämmern begann.

Sully öffnete die Tür.

Vor ihm stand Elias Rowe, der Bauunternehmer, in Arbeitsjacke und mit senffarbenen Handschuhen.

»Könnte ich kurz mit Ihnen sprechen?«, fragte er.

VIERZEHNTE WOCHE

NACHRICHTEN
Channel 9, Alpena

(*Amy an der Main Street*)

AMY: Heute gibt es erstaunliche Neuigkeiten aus Coldwater. Kelly Podesto, das junge Mädchen, das angeblich von ihrer verstorbenen Freundin angerufen wurde, gibt nun zu, diese Telefonate frei erfunden zu haben.

(*Kelly bei Pressekonferenz, Sound von klickenden Kameras*)

KELLY: Ich möchte mich bei allen Menschen für meine Lüge entschuldigen. Ich vermisse meine Freundin nur so sehr.

(*Reporter, die Fragen schreien*)

REPORTER: Warum hast du diese Aussage gemacht?
KELLY: Ich weiß nicht. Hab mich einfach gut gefühlt dabei. Vielleicht weil diese ganzen anderen Leute solche Anrufe bekommen haben.

(*anderer Reporter*)

ANDERER REPORTER: Hast du das nur gemacht, weil du im Mittelpunkt des Interesses stehen wolltest, Kelly?
KELLY: (*weint*) Es tut mir so leid. Und ich möchte mich vor allem bei Brittanys Familie entschuldigen.

(*Amy an der Main Street*)

AMY: Bei der Bürgerversammlung im letzten Monat haben sich noch sechs weitere Personen zu Anrufen vom Himmel bekannt. Sie haben bislang nichts an ihrer Aussage geändert. Einigen – wie Eddie Doukens und Jay James – tut Kelly leid.

(*Großaufnahmen von Doukens und James*)

DOUKENS: Sie ist doch noch ein halbes Kind. Sie hatte bestimmt nichts Böses im Sinn, als sie behauptete, auch Anrufe aus dem Himmel zu bekommen …

JAMES: Das ändert nichts an unseren Erlebnissen.

(*Amy vor Harvest of Hope Baptist Church*)

AMY: Kelly hat ihren Eltern gestern nach einem Vorgespräch für eine überregionale Talkshow die Wahrheit gestanden. Ihre Eltern verlangten, dass Kelly ihre Aussage öffentlich macht. Nun gibt es Personen, die sagen: Wir haben es ja gewusst.

(*Großaufnahmen von Demonstranten*)

DEMONSTRANTIN: Nein, das erstaunt uns nicht im Geringsten. Wir haben doch schon immer gesagt, dass das alles ein Schwindel ist!

DEMONSTRANT: Die konnten doch nie was beweisen. Nächste Woche geben die anderen bestimmt auch noch zu, dass sie alles erfunden haben.

AMY: Doch bislang halten die anderen Personen an ihrer Aussage fest.

(*Katherine*)

KATHERINE: An Gottes Liebe ist niemals etwas falsch. Das können wir im Zweifelsfall auch allen Menschen zeigen.

(*Amy geht Main Street entlang*)

AMY: Katherine Yellin plant noch immer, öffentlich zu zeigen, wie sie einen Anruf von ihrer verstorbenen Schwester erhält. Wir werden den Exklusivbericht weiter fortsetzen.

(*Amy schaut in Kamera*)

AMY: Das war Amy Penn aus Coldwater für *Nine Action News.*

Jeff Jacoby bat seine Sekretärin, Wasser und Snacks für seine Gäste zu bringen. Er musste für möglichst gute Stimmung sorgen.

»Ich weiß, dass diese Bekanntmachung recht überraschend kam …«, begann er und blickte in die Runde.

Am Konferenztisch saßen die vier Besitzer der Souvenirkiosks, die in Coldwater neu eröffnet hatten, drei TV-Producer von der überregionalen Talkshow, zwei leitende Angestellte von dem Sportausstatter, der Zelte und Campingzubehör in der historischen Apfelmühle verkaufte, drei Frauen von einem Devotionalienhandel und der Manager von Samsung.

»Ich möchte Ihnen versichern«, fuhr Jacoby fort, »dass alles in bester Ordnung ist …«

»Nichts ist in Ordnung«, unterbrach ihn ein Producer namens Lance, ein Mann mit welligen Haaren und schwarzem Rollkragenpullover. »Wir müssen unter Umständen alles abblasen.«

»Sieht sogar ganz danach aus«, fügte Clint, einer seiner Kollegen, hinzu.

»Aber Kelly ist doch nur ein junges Mädchen«, wandte Jacoby ein. »Teenager machen eben manchmal dummes Zeug.«

»Das Risiko ist jetzt zu hoch«, erwiderte Lance.

»Wir können es uns nicht leisten, unglaubwürdig zu erscheinen«, ergänzte Clint.

»Die beiden haben recht«, bekräftigte Terry, der Samsung-Manager. »Diese Entwicklung lässt das Wunder von Coldwater in einem zweifelhaften Licht erscheinen.«

»Nur wegen eines einzigen jungen Mädchens?«, versetzte Jeff. »All die anderen sind doch auch noch da!«

»Dennoch«, entgegnete Terry. »Die Werbetafeln stoppen wir vorerst lieber. Wir müssen erst einmal abwarten, wie sich die Sache entwickelt.«

Jeff biss sich auf die Unterlippe. Samsung hatte – als offizieller »Sponsor« von Coldwater – zu einem absurd hohen Preis acht Werbetafeln von der Stadt gepachtet. Jeff hatte das Sümmchen herausgehandelt, worauf er ziemlich stolz war – und nun wollte die Firma einfach sang- und klanglos aussteigen?

Der Deal musste unter allen Umständen gerettet werden. Jeff holte tief Luft. Er war so wütend auf Kelly Podesto, dass er am liebsten herumgebrüllt hätte.

»Ich würde Ihnen allen gerne eine Frage stellen«, sagte er stattdessen und setzte dabei sein professionellstes Lächeln auf. »Glauben Sie im Ernst, dass die anderen Personen so eine Geschichte erfinden würden? Das sind doch keine Kinder mehr. Diese Leute haben einen Ruf zu verlieren. Anesh Barua ist Zahnarzt, um Himmels willen, und möchte ganz bestimmt seine Patienten nicht verlieren. Tess Rafferty leitet eine Kindertagesstätte. Doreen Sellers war sogar früher mit unserem Polizeichef verheiratet!

Ganz im Ernst: Ich halte den Fall von Kelly Podesto für eine Ausnahme. So etwas wird sich definitiv nicht wiederholen.«

Die Runde blieb stumm. Einige der Anwesenden trommelten mit den Fingern auf die Tischplatte.

»Die Sendung kann trotzdem nicht gerettet werden«, sagte Lance dann.

»Kelly hat schon zu viel Publicity bekommen«, fügte Clint hinzu.

»Heißt es nicht, lieber negative Publicity als gar keine?«, wandte Jeff ein.

»Das gilt für Filmstars.«

»Nicht für Fernsehberichterstattung.«

»Und auch nicht für den Verkauf von Handys«, sagte Terry.

Jeff dachte fieberhaft nach.

»Hören Sie – ich würde Sie gerne beruhigen. Ich bin Bürgermeister dieser Stadt. Wie könnte mir das gelingen? Helfen Sie mir bitte!«

»Ganz ehrlich?« Lance blickte in die Runde. »Die Leute behaupten, sie sprechen mit dem Himmel. Was wir bräuchten, wäre ein *Beweis.*«

Die anderen nickten, und Jeff tat es ihnen gleich.

Er dachte sofort an Katherine Yellin.

In einer Kleinstadt ist die Stille eines Innenraums etwas ganz anderes als in einer Großstadt: Sobald man in einer Großstadt ein Fenster öffnet, ist es vorbei mit der Stille. In einer Kleinstadt merkt man den Unterschied zwischen innen und außen häufig nur am Vogelgezwitscher.

Das hatte Pastor Warren in Coldwater immer sehr geschätzt. Doch an diesem Morgen wurde er durch laute Geräusche aus seinem Nickerchen gerissen, die er in seiner kleinen Stadt noch nie gehört hatte: Leute, die draußen wütend herumschrien.

Gegnerische Gruppen hatten vor der Kirche Position bezogen, offenbar motiviert durch Kelly Podestos Geständnis. Zunächst hatten sie nur ihre Schilder hochgehoben und sich gegenseitig angestarrt, doch dann setzten Sprechchöre ein, feindselige Rufe wurden laut, und die Gruppe, auf deren Schildern Sprüche wie TUT BUSSE: DER HIMMEL IST FÜR UNS DA! standen, war nun schon näher an die Gruppe herangerückt, die mit Parolen wie WER STIMMEN HÖRT, IST VERRÜCKT antrat.

Ein Wort gab das andere.

»Lasst uns zufrieden!«

»Ihr seid doch alle Betrüger!«

»Lobet Den Herrn!«

»Macht das woanders!«

»Wir wollen den Menschen helfen!«

»Ihr sorgt dafür, dass Menschen sich umbringen!«

»Wir leben in Amerika! Wir haben ein Recht auf unsere Religion!«

»Aber nicht das Recht, sie uns aufzuzwingen!«

»Gott wacht über uns!«

»Lügner!«

»Rettet eure Seelen …«

»Betrüger!«

»Die Engel Gottes …«

»Halt die Klappe!«

»Ihr werdet in die Hölle …«

»Ihr seid doch alle verrückt!«

»*Ihr* seid des Wahnsinns!«

»Bleib mir von der Pelle!«

Dann ging auf einmal alles ganz schnell: Jemand holte aus, jemand reagierte, und die beiden Gruppen stürzten sich aufeinander. Chaos brach aus. Schilder fielen zu Boden, Schreie waren zu hören, einige Leute warfen sich ins Getümmel, andere liefen weg.

Pastor Warren hinkte nach draußen und rief: »Haltet ein! Ruhe!« In diesem Moment kam ein Streifenwagen mit Blaulicht und Martinshorn angerast. Jack Sellers und Dyson sprangen heraus und schrien: »Aufhören! Sofort aufhören! Auseinander!« Doch die Menge war zu groß, als dass sie sich Gehör verschaffen konnten; die beiden Polizisten sahen sich mehreren hundert Menschen gegenüber.

»Tun Sie was!«, schrie jemand. »Helfen Sie uns! Hier, hier drüben!«

Pastor Warren schaute nach links und rechts. Die Pilger wirkten bedrängter, die Demonstranten aggressiver.

»Ruf Moss Hill und Dunmore an!«, rief Jack Dyson zu. Sie brauchten Verstärkung. In größeren Städten gab es entsprechend ausgerüstete Bereitschaftspolizei, die in solchen Fällen eingriff. Jack trug keine Schutzkleidung und war lediglich mit einem Schlagstock und seiner Pistole ausgestattet, mit der er in einer solchen Menschenmenge niemals herumgefuchtelt hätte. Jetzt sah er auf der Straße bereits Fernsehreporter mit Kameraleuten im Anmarsch.

»ZURÜCK!«, brüllte Jack, als er sich in die Menge drängte. »AUSEINANDER!« Doch das brachte rein gar nichts. Er tastete nach seinem Schlagstock, musste aber plötzlich an Robbie denken und hatte das Gefühl, dass sein Sohn ihn beobachtete.

Im Getümmel bemerkte Jack einen jungen Mann, der in Robbies Alter zu sein schien. Er hielt schützend den Arm vors Gesicht und rief: »Erlöse mich, Gottvater! Erlöse mich, Gottvater!« Jack drängte sich zu ihm durch, bekam aber plötzlich einen harten Schlag auf den Schädel und ging zu Boden. Er landete auf allen vieren, aus einer Kopfwunde blutend, und ihm wurde schwarz vor Augen, während das erboste Kampfgeschrei der einstigen Stille von Coldwater den Garaus machte.

*

Samantha nahm Toast aus fünf Toastern und brachte den ganzen Berg ins Arbeitszimmer, wo Tess mit etlichen Pilgern auf dem Boden saß und frühstückte – was sie seit Thanksgiving bislang jeden Tag getan hatte. Die Pilger aßen etwas und räumten dann den Platz für die nächste Gruppe. Einige brachten inzwischen Brot, Marmelade und Flocken aus dem Supermarkt mit.

Zu Anfang war die Stimmung ziemlich seltsam gewesen. Obwohl Tess ein altes Sweatshirt und Jeans trug, wurde sie als gesegnete Auserwählte betrachtet, und die Pilger starrten sie ehrfürchtig an.Doch da das eigentliche Interesse der Menschen den Anrufen galt, waren sie begeistert, als Tess ihnen die Gespräche mit ihrer Mutter schilderte, und die Stimmung wurde schnell lockerer.

»Arbeite nicht so viel, Tess.«

»Aber warum denn nicht, Mom?«

»Nimm dir Zeit … um Gottes Schöpfung zu würdigen.«

»Wie vergeht denn die Zeit da oben im Himmel?«

»Die Zeit wurde von den Menschen erfunden … Wir dagegen sind oberhalb von Sonne und Mond …«

»Gibt es dort oben viel Licht?«

»Ja, hier ist immer Licht … aber anders, als du es dir vorstellst …«

»Wie denn?«

»Erinnerst du dich noch an deine Kindheit, Tess? Hattest du Angst vor der Dunkelheit, wenn ich zuhause war?«

»Nein. Ich wusste, dass du mich beschützen würdest, wenn du zuhause warst.«

»So fühlt es sich im Himmel an … Hier gibt es keine Angst. Und keine Dunkelheit. Weil man weiß, dass man geliebt wird … das ist das Licht.«

Die Pilger senkten feierlich den Kopf, lächelten und nahmen sich an den Händen. Tess' Ergriffenheit entging ihnen nicht. In ihrem letzten Lebensjahr hatte Ruth meist starr und reglos wie eine Statue in ihrem Rollstuhl gesessen. Tess hatte ihr das Haar gebürstet, sie angekleidet, ihr manchmal ein wenig Schmuck angelegt. Hatte ihre Mutter gefüttert und gebadet und sich danach gesehnt, sie sprechen zu hören. Doch wie oft lehnen wir die Stimmen ab, die uns am nächsten sind?

Erst wenn sie dann verstummt sind, vermissen wir sie.

»Ihre Mutter«, sagte eine Frau mit spanischem Akzent, die ein kleines Kreuz um den Hals trug, »ist eine *Heilige.*«

Tess stellte sich vor, wie ihre Mutter für die Runde Schinken-Sandwiches oder Eiersalat zubereitet hätte.

»Nein«, erwiderte Tess und lächelte. »Sie war Köchin.«

*

Sully verließ das Möbelgeschäft mit einem Scheck in der Tasche. Beim Hinausgehen sagte eine Verkäuferin zu ihm: »Frohe Weihnachten.«

In drei Wochen war Weihnachten, und die Häuser und Geschäfte von Coldwater waren mit Lichterketten und Kränzen an den Türen festlich geschmückt. Sully startete den Wagen, stellte die Heizung höher und rieb sich die Hände. Er warf einen Blick auf die Uhr – ihm blieben noch zwei Stunden, bis er Jules von der Schule abholen musste. Sully fuhr zum DIAL-TEK-Laden, wo er mit Elias Rowe verabredet war.

Unterwegs dachte Sully zurück an den Abend, an dem Elias Rowe vor der Tür gestanden hatte. Sully hatte ihn hereingebeten, und sie hatten sich an den Küchentisch gesetzt und ein Glas Whisky getrunken.

»Ich bin zum ersten Mal seit Wochen wieder hier«, sagte Elias. Er hatte sich in seinem Haus auf der Upper Peninsula aufgehalten, um den Kontakt mit den ganzen »Verrückten« zu vermeiden, die ihn zu erreichen versuchten, wie er sagte. Nur für Thanksgiving war er zurückgekommen, um den Tag mit der Familie seines Bruders zu verbringen. Als er gesehen hatte, wie die Stadt durch Autos und Menschenmassen bis zur Unkenntlichkeit verändert war, hatte er den Entschluss gefasst, vor seiner erneuten Abreise Sully aufzusuchen.

»Ich musste immer wieder an den Tag denken, als Sie mich angesprochen haben«, erklärte Elias. »Ich habe inzwischen viel nachgedacht und frage mich, ob ich nicht lieber den Mund hätte halten sollen … Es tut mir jedenfalls leid, wenn Ihr Sohn darunter leiden muss.«

Sully blickte auf die Tür zu Jules' Zimmer und überlegte einen Moment, ob er Elias das blaue Spielzeughandy zeigen sollte, das Jules abends immer unter sein Kopfkissen legte.

Doch stattdessen fragte er: »Wieso sind Sie verschwunden?«

Elias berichtete ihm von Nick Joseph, ihrer gemeinsamen Geschichte, Nicks Tod und den Anrufen, bei denen Nick fragte: »Warum haben Sie das gemacht?« Auch dass er sein Handy in den Lake Michigan geworfen hatte, verschwieg Elias nicht.

Im Gegenzug erklärte ihm Sully, dass er diese Anrufe vom Himmel für reinen Schwindel hielt, und berichtete über die Entdeckung, dass sechs der betreffenden Personen denselben Telefonanbieter hatten. Die einzige Ausnahme stellte Kelly Podesto dar – und inzwischen wusste man ja auch, weshalb.

Elias sah ihn mit großen Augen an. »Oh Mann. Den Anbieter hatte ich vor ein paar Jahren auch.«

»Das kann kein Zufall sein«, sagte Sully.

Elias zuckte die Achseln. »Mag sein. Aber es erklärt noch lange nicht, wieso ich mit meinem verstorbenen ehemaligen Angestellten gesprochen habe.«

Sully blickte auf den Tisch. Das war in der Tat das Problem.

»Aber seither hat er sich nicht mehr gemeldet?«

»Ich war ja nicht erreichbar.«

»Wären Sie bereit, etwas auszuprobieren? Um etwas zu beweisen?«

Elias schüttelte den Kopf. »Nein, unter keinen Umständen. Es hat sich angefühlt, als hätte ich es mit Hexerei zu tun. Um ehrlich zu sein: Das hat mir höllische Angst eingejagt.«

Sully strich sich durch die Haare, bemüht, sich seine Enttäuschung nicht anmerken zu lassen. Entweder waren die Leute wie hypnotisiert von diesen Himmelsanrufen, oder sie fürchteten sich davor. Wieso war niemand zu klaren Aussagen imstande?

Er merkte, dass Elias ihm über die Schulter starrte. Als Sully sich umdrehte, sah er Jules in der Tür stehen. Der Junge rieb sich die Augen.

»Daddy?« Jules starrte auf seine Füße.

»Was ist los, Kerlchen?«

»Mein Bauch tut weh.«

Sully ging zu Jules, nahm ihn auf die Arme und brachte ihn ins Bett zurück. Dann saß er ein Weilchen bei seinem Sohn und streichelte ihm den Kopf, bis der Junge wieder eingeschlafen war. Als er zurückkam, hatte Elias seine großen Hände gefaltet und stützte die Stirn dagegen.

»Er vermisst seine Mutter, hm?«

»Ganz schlimm.«

»Und Sie halten diese Anrufe wirklich für eine Täuschung?«

»Es kann nicht anders sein.«

Elias seufzte. »Was soll ich machen?«

Sully verkniff sich ein Lächeln. »Schaffen Sie sich ein neues Handy an.«

*

Amy hielt an einer Tankstelle neben einem Reifenprüfer, ohne den Motor auszuschalten. Phil stieg aus und reckte sich wie ein Bär, der gerade aus dem Winterschlaf erwacht.

»Puh, ist das kalt«, sagte er und rieb sich die Arme. »Möchtest du einen Kaffee?«

»Ja, gern.«

»Mit Sahne?«

»Schwarz.«

Phil spazierte los.

Er hatte Amy verkündet, er wolle mit nach Coldwater kommen – wo sie seit zwei Monaten im Einsatz war –, weil er bei der Sendung über Katherine Yellins Anruf persönlich anwesend sein wollte. Amy hatte nichts dagegen – sie fand es sogar gut, Phil vor Ort zu haben. Dann konnte er sich endlich mit eigenen Augen davon überzeugen, was sie hier alles für den Sender leistete. Sie lebte beinahe in diesem Kaff, um sich bei Katherine einzuschmeicheln. Nur Amy war es zu verdanken, dass Katherine die Teilnahme an der überregionalen Talkshow abgelehnt hatte. Nur Amy war es zu verdanken, dass Katherine *Nine Action News* die Exklusivrechte für den Bericht über den Anruf überlassen hatte. Das würde Phil nun alles aus nächster Nähe erleben können, und somit würde das Wunder von Coldwater Amys Garant für den Abschied vom Wochenendprogramm sein. Sie war jetzt bereits häufiger in den Wochensendungen zu sehen als alle anderen Reporter des Senders und wurde schon von allen scherzhaft »Coldwater-Amy« genannt.

Sie holte ihr Handy heraus und rief Rick, ihren Verlobten, an.

»Hallo?«

»Ich bin's«, sagte Amy.

»Ach ja. Hi.« Er klang mürrisch und verärgert.

Alexander Graham Bell hatte zwar das Telefon erfunden, musste jedoch nie erfahren, wie sich dieses Gerät auf Beziehungen auswirken konnte. Da seine Liebste, Mabel, taub war, konnte er nie mit ihr telefonieren und musste auch nie erleben, wie ihre Stimme kalt, lustlos oder abweisend klang. Er musste nie diese unangenehme Situation erleben, in der wir unsere Lieben hören, aber nicht sehen können, und dazu verdammt sind, auf ihren enttäuschten Tonfall mit einer einzigen Frage zu reagieren:

Was ist los?

Diese Frage stellte Amy schon seit Monaten, wenn sie Rick

aus Coldwater anrief. Jedes Mal wirkte er aufs neue verschlossen und gereizt, und am Abend zuvor, als sie zur Abwechslung wieder einmal in ihrer Wohnung gewesen war, hatte sie auch den Grund für Ricks Stimmung erfahren.

»Ist es wirklich das, was du machen willst?«, hatte Rick in streitsüchtigem Tonfall gefragt.

»Was meinst du damit?«

»Dein Leben lang Leuten ihre abstrusen Geschichten rausleiern?«

»Das nennt man Reportage, Rick. Das ist mein Beruf. Reportagen machen.«

»Nein, bei dir ist das eine Obsession. Du lebst ja quasi dort. Ich kenne Topmanager, die mehr Privatleben haben als du.«

»Ich schreibe dir doch auch nicht vor, wie du deine Arbeit machen sollst!«

»Aber ich komme wenigstens von meiner Arbeit *nach Hause!* Und ich bin auch bereit und imstande, nach Feierabend über etwas anderes zu reden! Von dir höre ich nichts mehr außer Geschichten über Coldwater – was Katherine gesagt hat, was ABC macht, was die Zeitungen schreiben, wie genau und womit du allen voraus sein willst und dass du einen eigenen Kameramann haben willst. Merkst du das eigentlich gar nicht mehr?«

»Tut mir leid! Aber so läuft es nun mal, okay? Alle Journalisten, die es zu was gebracht haben, schaffen das erst mal nur durch ein starkes Thema!«

Rick schüttelte entnervt den Kopf. »Du solltest dich mal hören, Amy. *Es zu was bringen!* Wozu willst du es denn bringen? Über uns verlierst du kein Wort mehr! Wir wollten heiraten! Ist das vielleicht nichts?«

»Und was soll ich deiner Meinung nach *tun?*«, fragte Amy wütend.

Es war eher eine Drohung als eine Frage.

FÜNFZEHNTE WOCHE

Als sie noch verheiratet gewesen waren, hatte Doreen Jack immer wieder im Polizeirevier besucht, das nur knapp einen Kilometer von ihrem Haus entfernt war. Manchmal brachten sie und der kleine Robbie Roastbeef-Sandwiches für die ganze Truppe, und die Polizisten zeigten dem Jungen dann ihre Waffen, was Doreen gar nicht recht war, Robbie aber äußerst spannend fand.

Seit der Scheidung vor sechs Jahren hatte Doreen keinen Fuß mehr ins Polizeirevier gesetzt. Deshalb drehten sich nun alle zu ihr um, als sie am Montagmorgen am Empfangstisch auftauchte.

»Hallo, Ray«, sagte sie und befreite sich von ihrem dicken Schal.

»Hallo, Doreen!«, erwiderte Ray übertrieben schwungvoll. »Wie ist es dir ergangen? Du siehst toll aus!«

»Danke.« Doreen trug einen alten roten Wintermantel und war vollkommen ungeschminkt. Sie wusste, dass sie nicht toll aussah. »Könntest du Jack sagen, dass ich …«

»Komm rein«, sagte Jack, der auf einmal in seiner Bürotür stand. Das Revier war so klein, dass dem Polizeichef der Auftritt seiner Exfrau nicht entgehen konnte. Doreen lächelte angespannt, ging zu ihm und nickte Dyson und zwei Männern zu, die sie nicht kannte. Jack schloss die Tür hinter ihr.

»Mel wollte nicht, dass ich herkomme«, sagte Doreen als Erstes.

»Ähm … okay.«

»Aber ich hab mir Sorgen um dich gemacht. Wie schlimm ist die Verletzung?«

»Nicht der Rede wert.« Jack berührte das große Pflaster an seiner Schläfe. Direkt unterhalb verschorfte eine kleine Platzwunde. Bei dem Gerangel vor der Kirche letzte Woche war Jack von einem Schild getroffen worden – versehentlich, wie man dann festgestellt hatte –, doch er war gestürzt und dabei von den Fernsehleuten gefilmt worden. Das Bild vom ranghöchsten Polizisten der Stadt auf allen vieren hatte eine derartige Verunsicherung ausgelöst, dass der Gouverneur sechs Leute von der Staatspolizei für einen unbestimmten Zeitraum nach Coldwater abkommandiert hatte. Zwei von ihnen – die Männer, die Doreen nicht kannte – saßen jetzt vor Jacks Büro.

»Was hast du denn bloß in diesem Getümmel gemacht?«, fragte Doreen.

»Ich hab versucht es aufzulösen. Und dann war da so ein Junge, der erinnerte mich an …«

»Ja?«

»Ist egal.«

»An Robbie?«

»Spielt keine Rolle. Jedenfalls wollte ich ihm helfen, was natürlich idiotisch war. Aber es geht mir gut. Mein Stolz wurde schlimmer getroffen als mein Kopf.«

Doreen bemerkte ein gerahmtes Foto auf Jacks Schreibtisch; darauf waren sie beide mit Robbie als Teenager abgebildet. Als das Bild entstand, hatten sie eine Bootsfahrt gemacht und trugen alle drei orangefarbene Rettungswesten.

»Ich hab alle Telefone entfernt, Jack.«

»Was?«

»Ich hab sie alle aus dem Haus geschafft. Ich will das nicht mehr.«

»Du willst nicht mehr mit Robbie sprechen?«

Doreen nickte.

»Das versteh ich nicht.«

Sie holte tief Luft.

»Es macht mich nicht glücklich. Im Gegenteil – ich habe ihn durch diese Gespräche nur noch mehr vermisst.«

Sie warf wieder einen Blick auf das Foto und lachte, obwohl ihr Tränen in die Augen traten.

»Was ist?«, fragte Jack.

»Schau nur, was wir da anhaben.«

»Was denn?«

»Westen, die uns das Leben retten sollen.«

Doreen wusste nichts davon, dass Jack am vorherigen Freitag mit Robbie gesprochen hatte.

»Geht es dir gut, Dad?«

Jack nahm an, dass Robbie auf seine Verletzung anspielte, und erzählte ihm von den Demonstranten.

»Ich weiß, Dad … du bist super.«

»Die Leute wissen nicht, was sie von den Anrufen halten sollen, Robbie.«

»Das ist alles cool. Es geht vollkommen klar.«

Jack zuckte unwillkürlich zusammen. So hatte Robbie zu Lebzeiten gesprochen, aber Jack hatte jetzt mit einer anderen Ausdrucksweise gerechnet.

»Robbie …«

»Wenn Menschen nicht an etwas glauben können, sind sie verloren.«

»Ja. Das mag wohl sein.«

Ein kurzes Schweigen trat ein. *»Alles ist cool.«*

»Hör mal, Junge – was meinst du damit, wenn du sagst ›das Ende ist nicht das Ende‹?«

Jetzt entstand ein längeres Schweigen.

»Das Ende ist nicht das Ende.«

»Meinst du das auf das Leben bezogen? Es waren nämlich Freunde von dir bei uns – Zeke und Henry. Die beiden meinten, dieser Satz habe etwas mit einer Band zu tun. Ist das ein Song-Zitat?«

»Ich liebe dich, Dad.«

»Ich liebe dich auch, Junge.«

»Dad?«

»Robbie?«

»Durch Zweifel … wirst du ihn finden.«

»Was willst du damit sagen?«

Die Verbindung brach ab.

Dieses Gespräch war Jack das ganze Wochenende lang durch den Kopf gegangen. Er dachte auch jetzt daran, als Doreen ihm gegenübersaß und erklärte, weshalb sie keine Gespräche mehr mit ihrem toten Sohn führen wollte. Sie tupfte sich die Augen mit einem Taschentuch ab.

»Ich fand einfach, du solltest das wissen«, sagte sie. »Ich will dir damit nichts wegnehmen, weißt du?«

Jack betrachtete Doreens Gesicht. Kleine Fältchen um die Augen und ein paar Altersflecken waren hinzugekommen. So viele Jahre waren vergangen, seit sie sich kennengelernt, geheiratet und dann in Coldwater Fuß gefasst hatten. Jack konnte sich kaum noch daran erinnern, was sie einst füreinander empfunden hatten. Wenn die Liebe in einer Ehe austrocknet, werden die Kinder Mörtel für die Ziegel. Wenn die Kinder weggehen, sitzen die Ziegel zu dicht aufeinander.

Und wenn Kinder sterben, stürzt die Mauer ein.

»Das ist schon in Ordnung«, sagte Jack. »Er hat ja dich angerufen, nicht mich.«

*

Sully schrieb DETAILS? als Überschrift auf seinen Notizblock und überflog die Namensliste: Tess Rafferty, Katherine Yellin, Doreen (Sellers) Franklin, Anesh Barua, Eddie Doukens, Jay James, Elias Rowe. Kelly Podesto war durchgestrichen.

Er klopfte rhythmisch mit seinem Stift auf den Tisch.

»Was machen die Ermittlungen?«

Liz schaute von ihrem Schreibtisch herüber. Neben ihr saß Jules auf einem Hocker und malte einen Cartoon-Elefanten aus.

»Ahhhh.« Sully lehnte sich zurück. »Ich versuche dahinterzukommen.«

»Wohinter?«

»Wie jemand so viele Details über diese Leute wissen kann.«

»Über die Verstorbenen?«

Jules schaute auf.

»Darf ich um Diskretion bitten«, sagte Sully.

»Tut mir leid.«

»Ich weiß, was ›verstorben‹ ist«, verkündete Jules. »Meine Mami ist das auch.«

Er legte den blauen Malstift weg und griff nach einem roten.

»Hör mal, Jules …«, begann Liz.

»Mami kann aber immer noch reden. Sie ruft mich bald an.«

Liz seufzte und ging zu Sully hinüber, für den es immer schmerzlich war, ihren mühsamen Gang zu sehen. Er fragte sich, ob man ihr nicht irgendwie helfen könne. Sie war doch noch so jung. Vielleicht würde irgendwann in der näheren Zukunft noch ein Heilmittel entdeckt.

»Tut mir wirklich leid«, sagte Liz, als sie sich zu Sully setzte.

»Macht nichts.«

»Diese Details. Was ist mit den Nachrufen?«

»Was soll mit denen sein?«

»Die Person, die sie geschrieben hat, weiß sicher viel über die Verstorbenen, nicht wahr?«

»Darüber bin ich längst im Bilde. Es gibt da eine Frau …«

»Maria Nicolini.«

»Du kennst Maria?«

»Wer kennt Maria nicht?«

»Sie schreibt die Nachrufe. Sie muss jede Menge Material haben.«

»Bestimmt. Und?«

»Und was?« Sully grinste schief. »Maria? Wenn diese Frau hinter den Stimmen steckt, fress ich einen Besen.«

Liz schüttelte den Kopf. »Nein. Maria würde niemals irgendetwas Unrechtes tun. Außer den Leuten das Ohr abkauen.«

»Wie ich schon sagte.«

»Aber wenn sie all dieses Material hat – wer kommt da noch dran?«

»Niemand. Sie hat diese Akten in ihrem Büro.«

»Sicher?«

»Worauf willst du hinaus?«

Liz schaute zu Jules hinüber, der bereits wieder ins Malen vertieft war.

»Ich hab während meines Studiums auch einen Kurs in Journalismus belegt. Damals hat man mir beigebracht, dass man sein Material immer gesichert haben muss, falls jemand nachfragt. ›Alle Notizen und Rechercheergebnisse aufheben‹, hieß es immer.«

»Moment mal.« Sully warf ihr einen scharfen Blick zu. »Die Zeitung? Willst du damit sagen, dass jemand über das Material verfügt und diese ganze Sache von der *Zeitung* aus steuert?«

»Von deinem Arbeitsplatz aus«, erwiderte Liz.

*

Hätte Jeff Jacoby gewusst, wie anstrengend es war, Bürgermeister zu sein, hätte er niemals für dieses Amt kandidiert. Er hatte das auch nur getan, weil er Machtpositionen gewöhnt war und keine Mühe damit hatte – er war Bankpräsident, Vorsitzender der Handelskammer und Mitglied des Vorstands vom Country Club in Pinion Lake. Damals hatte er sich gesagt, dass es ja wohl nicht so schwer sein könne, Bürgermeister einer Kleinstadt wie Coldwater zu sein und dass man das gut und gerne nebenher erledigen könne (denn viel Geld brachte der Job ohnehin nicht ein).

Doch woher hätte er wissen sollen, dass er in seiner Amtszeit nun ausgerechnet mit der sensationellsten Story konfrontiert würde, die sein County jemals erlebt hatte? Und nun, da Coldwater im internationalen Rampenlicht stand, würde Jeff ganz bestimmt nicht klein beigeben – und gewiss nicht wegen eines jungen Mädchens, das auch gerne einmal berühmt sein wollte.

Was wir bräuchten, wäre ein Beweis, hatte Lance, der Producer, gesagt. Deshalb hatte Jeff nun am Mittwoch die beiden Producer, Lance und Clint, sowie den Polizeichef Jack Sellers (denn für Jeffs Plan war Polizeischutz vonnöten) und die entscheidende Person, Katherine Yellin, zum Lunch in Frieda's Diner eingeladen. Als Jeff Katherine wegen des Treffens anrief, sagte sie zurückhaltend, das müsse sie erst mit ihrer »Freundin«, der TV-Reporterin Amy Penn, abklären. Die wiederum sagte, sie müsse es mit ihrem Vorgesetzten, dem Nachrichtenchef Phil Boyd, abklären. Der musste es mit der Fernsehanstalt abklären, die – wie Jeff erfreut feststellte – auch die Talkshow sendete, die Lance und Clint nach Coldwater geführt hatte.

Dann verstand Jeff sehr schnell, dass die Medien immer auf zweierlei scharf waren: als Erste an die Story ranzukommen *und* sicherzustellen, dass die Konkurrenz *nicht* drankam.

Mit diesen Wünschen konnte Jeff umgehen. Im Bankgeschäft wusste man um sein diplomatisches Geschick, was er hier nun unter Beweis stellte, indem er Katherine, Jack, Amy, Phil, Lance und Clint an einen Tisch brachte. Ihm fiel auf, dass alle Anwesenden ihre Handys griffbereit hatten, und er warf einen Blick auf Katherines rosafarbenes Modell. Das Handy, mit dem für sie alles begonnen hatte.

Nachdem Frieda Eiswasser gebracht hatte, begann Jeff: »Danke, dass Sie heute alle hergekommen sind …«

»Kann ich mal was fragen?«, fiel Katherine ihm ins Wort. »Wieso mussten wir uns eigentlich hier treffen? Hier wimmelt es ja nur so von Leuten.«

Tatsächlich war jeder einzelne Platz im Diner besetzt, und obwohl die Gruppe weit hinten saß, wurde sie von Gästen angestarrt und von Zeitungsreportern fotografiert. Was genau Jeffs Absicht gewesen war.

»Ich dachte, wir unterstützen ein einheimisches Unternehmen«, antwortete er mit einem gewinnenden Lächeln.

»Frieda kommt gut ohne uns aus«, knurrte Jack.

Jeff sah den Polizeichef an, dessen Schläfe noch immer verpflastert war. »Da haben Sie wohl recht, Jack«, sagte er. »Aber da wir nun schon einmal hier sind, würde ich jetzt gerne darüber sprechen, *warum* wir hier sind.«

Und dann offenbarte er seinen Plan, basierend auf diesen Faktoren:

Erstens: Katherine hatte die Absicht, der gesamten Welt einen Anruf vom Himmel vorzuführen.

Zweitens: Der Fernsehsender musste sicherstellen, dass der Anruf auch wirklich echt war.

Drittens: Die anderen »Auserwählten« fürchteten, durch Kelly Podestos Lüge in Misskredit gebracht zu werden.

Viertens: Channel 9 hatte Katherine bislang exklusiv vereinnahmt.

Fünftens: Weihnachten stand vor der Tür.

Diese Faktoren hatte Jeff kombiniert und einen Plan ersonnen, den er als »Win-win-Idee« bezeichnete. Wenn Katherine ihren Anruf von ihrer verstorbenen Schwester vor den Augen der ganzen Stadt entgegennahm und dabei für die überregionale Talkshow gefilmt wurde, würden sämtliche Zweifel über die Echtheit des Wunders von Coldwater zerstreut. Der Ruf der anderen »Auserwählten« würde wiederhergestellt, und die Sache wäre überdies ein echter Weihnachts-Knaller. Und da die Talkshow von derselben Fernsehanstalt gesendet wurde wie *Nine Action News* aus Alpena (an dieser Stelle gab sich Jeff Fantasien von einer leitenden Stellung beim Fernsehen hin) – läge es da nicht nahe, dass Phil und Amy bei der Talkshow mit einsteigen würden? Nannte man so etwas nicht »Cross-Promotion«?

»Könnten wir die Story für unseren Markt trotzdem weiter exklusiv bringen?«, fragte Phil.

»Damit haben wir kein Problem«, antwortete Lance.

»Und Amy könnte weiterhin berichten wie gehabt?«

»Sicher«, sagte Clint.

»Wo sollten wir die ganze Sache idealerweise veranstalten?«

»Wie wäre es mit der historischen Apfelmühle?«, schlug Jeff vor.

»Draußen?«

»Warum nicht?«

»Gibt Schwierigkeiten mit dem Wetter.«

»Dann vielleicht in der Bank?«

»Aber so was will man doch nicht in einer Bank sehen.«

»Die Kirchen kämen auch in Frage.«

»Das könnte gehen.«

»Welche Kirche?«

»St. Vincent?«

»Harvest of Hope?«

»Oder in der Highschool?«

»Die Sporthalle wäre eine Option …«

»Da haben wir ja auch schon die Versammlung …«

»STOP! AUFHÖREN! DAS DÜRFT IHR NICHT! ES IST UNRECHT!«

Dieser Aufschrei sorgte schlagartig für Stille im Diner. Lance und Clint glotzten verblüfft. Jeff blieb der Mund offen stehen. Man hätte vermuten können, dass die Protestäußerung von Katherine stammte, die nicht vor den Augen der gesamten Welt einen Anruf von ihrer toten Schwester empfangen wollte. Oder von Jack, der bei der Vorstellung, sich schon wieder einer riesigen Menschenmenge stellen zu müssen, nahezu in Panik geriet.

Doch die Stimme, die »STOP!« gebrüllt hatte, gehörte zu der Frau, die in gewisser Weise für die gesamte Entwicklung gesorgt hatte.

Amy Penn.

»Was soll das?«, knurrte Phil leise.

Amy starrte vor sich hin wie in Trance.

Sie hatte nicht einmal gemerkt, dass die Worte aus ihrem Mund gekommen waren.

*

Elias Rowe sah zu, wie die kleinen Wellen ans Ufer schlugen. Er liebte es, auf die Great Lakes zu blicken und stundenlang der Bewegung des Wassers zuzusehen. Ein Freund, der in Miami lebte, hatte einmal scherzhaft zu ihm gesagt: »Ein See wird nicht zum Meer, egal, wie lange du draufstarrst.« Aber für Elias, der als Kind im Sommer hier geschwommen und gepaddelt war, kam ein Besuch am See einer Pilgerfahrt gleich.

Es war Freitagmorgen, und Elias war unterwegs Richtung Norden. Er hatte kurz Halt gemacht, um die Stille am Wasser zu genießen. Am Rande des Sees hatten sich bereits kleine Eisflächen gebildet; der Winter war im Vormarsch.

Elias steckte die Hände in die Taschen seiner Weste.

Er spürte, wie sein Handy vibrierte.

Das Gerät, das er sich widerstrebend in diesem Laden in Coldwater gekauft hatte. Sully und er hatten mit dem »Experiment« vor fünf Tagen begonnen. Sully hatte niemandem seine neue Nummer gegeben. Er schaute aufs Display.

Die Nummer des Anrufers war unterdrückt.

Elias atmete hastig aus und ein wie jemand, der sich auf einen Sprung ins Wasser vorbereitet.

Dann nahm er das Gespräch an und fragte: »Hallo?«

Drei Minuten später wählte er mit zitternden Händen eine Nummer, die er sich auf einem Zettel notiert hatte.

»Sie hatten recht«, flüsterte er, als Sully sich meldete. »Er hat mich gerade angerufen.«

»Wer?«

»Nick.«

*

Pastor Warren stand an diesem Abend vor einem vollbesetzten Gotteshaus. Zu diesem Bibelgespräch wären vor einigen Monaten vielleicht sieben Personen erschienen. Nun waren es mindestens fünfhundert.

»Heute Abend möchte ich über Manna sprechen«, begann der Pastor. »Ist allen bekannt, was Manna ist?«

»Essen vom Himmel«, rief jemand.

»Eine Speise von Gott«, korrigierte der Pastor. »Aber ja, sie fiel tatsächlich vom Himmel. Jeden Morgen. Während die Kinder Israels durch die Wüste wanderten.«

»Herr Pastor?«

Jemand hob die Hand. Warren seufzte. Ihm war ein wenig schwindlig, und er hatte gehofft, die Bibelstunde zügig hinter sich bringen zu können.

»Ja, junger Mann?«

»Braucht die Seele im Himmel auch Nahrung?«

Der Pastor blinzelte. »Ich … das weiß ich nicht.«

»Ich habe Tess gefragt. Sie sagt, darüber spricht ihre Mutter nie.«

»Katherine hat das auch nie erwähnt«, warf jemand anderes ein.

»Ich bin mit Anesh Barua befreundet«, meldete sich eine Frau mittleren Alters zu Wort. »Ich könnte ihn bitten, seine Tochter zu fragen.«

»Woran ist sie gestorben?«, fragte jemand aus der Gemeinde.

»An Leukämie. Sie war erst achtundzwanzig.«

»Wann haben Sie zuletzt mit ihm geredet?«

»Ich bitte um *Ruhe!*«, rief Warren.

Die Leute verstummten. Warren brach der Schweiß aus, und sein Hals fühlte sich wund an. Bekam er eine Grippe? In letzter Zeit hatte er das Bibelgespräch Joshua, seinem jungen Diakon, übertragen. Aber an diesem Abend hatte Warren aus irgendeinem Grund den Wunsch gehabt, selbst vor seine Gemeinde zu treten.

Nachmittags hatte man ihm vom Plan des Bürgermeisters berichtet: Das Fernsehen wollte filmen, wie Katherine Yellin mit ihrer toten Schwester sprach, so dass die ganze Welt diese Szene miterleben konnte.

Alles in Warren schrie, dass dieser Plan nicht richtig, dass er sogar gotteslästerlich sei und dass Gott sie bestimmt alle dafür bestrafen würde. Er hatte versucht, mit Jeff Jacoby zu sprechen, hatte aber nur zu hören bekommen, der Bürgermeister habe keinen Termin mehr frei. Dann hatte der Pastor versucht, Katherine anzurufen, sie aber nicht erreicht. Gewiss, die Bibel rief zur Demut auf, aber etwas in Pastor Warren brannte und loderte, und er kam sich vor, als habe man ihm ins Gesicht geschlagen. Hatte er nicht so viel Achtung verdient, dass man ihn wenigstens anhörte? Was war aus all diesen Menschen geworden, die er zu kennen geglaubt hatte? Katherine, die ein frommes Mitglied der Gemeinde gewesen war? Jeff Jacoby, der sich über Anregungen immer erfreut gezeigt hatte? Pater Carroll? Die anderen Geistlichen? Sie alle schienen ihn zurückzulassen, angezogen von einem Licht, das nicht von Gott gesandt wurde, dessen war Pastor Warren gewiss. Sogar die gütige Mrs Pulte hatte er wegen dieses Irrsinns verloren, und freiwillige Helfer hatten in ihrem Büro ein Durcheinander angerichtet. Das geordnete Leben, das der Pastor einst gekannt hatte, war vollkommen aus den Fugen geraten. Nicht einmal ein schlichtes Bibelgespräch verlief noch wunschgemäß. *Konzentrieren. Bitte, Herr, hilf mir, dass ich mich konzentrieren kann.*

»Also … Manna«, sagte der Pastor. »Wir wollen lesen …« Er blinzelte und wischte sich den Schweiß von der Stirn. »… Zweites Buch Mose, Kapitel sechzehn, Vers sechsundzwanzig …«

Konzentrieren.

»Gott spricht durch Moses: ›Sechs Tage sollt ihr sammeln; aber der siebente Tag ist der Sabbat, an dem wird nichts da sein.‹«

Er blickte auf. »Weiß jemand, was dann geschehen ist?«

Eine kleine alte Frau hob die Hand.

»Sie sind dennoch ausgezogen, um Manna zu sammeln?«

»Richtig. In Vers siebenundzwanzig lesen wir: ›Aber am siebenten Tage gingen etliche vom Volk hinaus, um zu sammeln, und fanden nichts.‹«

Der Pastor wischte sich mit einem Taschentuch die Stirn. »Das Volk hatte etwas Wunderbares bekommen. Eine Speise vom Himmel. Sie schmeckte gut und machte satt. Es war die perfekte Nahrung. Wer weiß, vielleicht hatte sie ja nicht einmal allzu viele Kalorien.«

Ein paar Leute lachten leise. Warren war schwindlig, und sein Herz raste. *Weitermachen. Weitermachen.*

»Doch was geschah? Einige Menschen vertrauten Gottes Wort noch immer nicht. Sie gingen hinaus am Sabbat – obwohl Der Herr ihnen geboten hatte, das nicht zu tun. Vergesst nicht, das Manna war ein Wunder. Ein *wahres* Wunder!«

Ruhig ein- und ausatmen, sagte er sich. *Die Bibelstunde durchhalten.*

»Obwohl diese Menschen so eine wunderbare Gabe von Gott erhalten hatten, wollten sie immer noch mehr.«

Einatmen. Ausatmen.

»Und was haben sie deshalb bekommen?«, fragte der Pastor.

»Nichts?«, sagte jemand.

»Schlimmer noch. Gott zürnte ihnen.«

Der Pastor hob den Kopf. Das Licht erschien ihm über die Maßen hell.

»Gott wurde *zornig!* Wunder darf man nicht verlangen. Wunder darf man nicht erwarten! Was hier in Coldwater geschieht, liebe Gemeinde, ist nicht recht.«

Die Leute begannen zu murmeln.

»Es ist nicht recht!«, wiederholte der Pastor.

Das Murmeln wurde lauter.

»Brüder und Schwestern, wisst ihr, was das Wort *Manna* eigentlich bedeutet?«

Die Leute blickten um sich.

»Weiß jemand, was dieses Wort bedeutet?«

Keine Antwort. Der Pastor atmete aus.

»Es bedeutet … ›Was ist das?‹.«

Der Kirchenraum begann sich vor seinen Augen zu drehen. Warrens Stimme zitterte, als er wiederholte: »Was ist das?«

Dann brach der Pastor zusammen.

SECHZEHNTE WOCHE

Alexander Graham Bell erfand das Telefon, aber die Begrüßungsformel »Hello« geht zurück auf Thomas Edison. Bell hatte ursprünglich »Ahoy!« als Telefongruß vorgesehen, doch 1878 schlug sein Konkurrent Edison ein bislang selten benutztes, aber klar verständliches Wort vor – »Hello« –, das dann zur telefonischen Standardbegrüßung wurde.

Edison trug durch die Erfindung des Kohlegriesmikrofons für Fernsprechgeräte wesentlich zur Verbesserung der akustischen Übermittlung bei, sorgte damit jedoch nicht für so großes Aufsehen wie Bell mit seiner Erfindung – bis Edison in den 1920er Jahren im Interview mit einer Zeitschrift erwähnte, er arbeite an einem »Geistertelefon«, einem Gerät, mithilfe dessen Menschen in Zukunft mit Toten sprechen könnten.

»Ich glaube daran, dass das Leben ebenso unzerstörbar ist wie die Materie«, sagte er. »Wenn es in einer anderen Existenzform Persönlichkeiten gibt, die mit uns in Verbindung treten möchten, würde ihnen das durch dieses Gerät erleichtert.«

Als Reaktion auf den Bericht erhielt der Verleger sechshundert Briefe und zahllose Anfragen zu diesem Gerät. Edison ergänzte später, es sei ihm nicht ganz ernst gewesen mit dem Projekt, aber es gibt bis zum heutigen Tag Menschen, die sich bemühen, dieser mysteriösen Erfindung auf die Spur zu kommen.

Doch die Hysterie, die entstand, als bekannt wurde, dass im Zuge einer Fernsehsendung in Coldwater in Michigan zum ersten Mal ein Anruf vom Himmel öffentlich zu erleben sein würde, übertraf die Reaktion auf Edisons Äußerung von damals um ein Vielfaches.

Die Straßen nach Coldwater waren nicht mehr passierbar. Der Gouverneur schickte eine Hundertschaft der Staatspolizei, so dass im Abstand eines Kilometers an der Route 8 und alle paar hundert Meter an der Lake Street ein Polizist postiert war. Die Leute trafen mit Wohnwagen, Bussen und Wohnmobilen in der Stadt ein. Wie ein Meteoritenschauer, eine Sonnenfinsternis oder eine Jahrtausendwende zog diese Veranstaltung Neugierige und Pilger und all jene an, die einfach nur Teil eines historischen Ereignisses sein wollten. Religiöse Eiferer, die das Ganze als Sakrileg betrachteten, waren ebenso zugegen wie Atheisten, die es für gefährlichen Wahnsinn hielten.

Die Sendung war für den Freitag drei Tage vor Weihnachten um ein Uhr mittags angesetzt. Man hatte die Bühne auf dem Footballfeld der Highschool aufgebaut, weil die Menschenmassen in keinem Gebäude untergebracht werden konnten. Polizeichef Jack Sellers hatte sich öffentlich gegen die Veranstaltung ausgesprochen und darauf hingewiesen, dass in einem geschlossenen Gebäude feuerpolizeilich und in jeder Hinsicht das Sicherheitsrisiko viel zu groß sei.

Amy Penn würde nicht für den Sender berichten; sie war nach Hause geschickt worden, und Phil Boyd hatte sich für ihre Unprofessionalität entschuldigt. Es sei ihm vollkommen unverständlich, was in sie gefahren sei, als sie plötzlich »STOP!« geschrien und sich geweigert hatte, weiter über das Thema zu sprechen, das sie schon seit Monaten bearbeitete. »Vermutlich ein Erschöpfungszustand«, hatte Phil erklärt. »Wenn Menschen erschöpft sind, kommt es zu den seltsamsten Reaktionen.« Amy wurde durch die prominenteste Moderatorin des Senders ersetzt.

Die gesamte Planung hing natürlich von Katherine Yellin ab, die sich am Freitag zuvor einen Tag Bedenkzeit erbeten hatte. Nachdem sie an jenem Tag morgens stundenlang am Fußende ihres Bettes gebetet hatte, klingelte endlich das rosa Handy.

»Bist du glücklich heute, Schwesterchen?«

Diane.

Erleichtert schüttete Katherine der Schwester ihr Herz aus, berichtete von ihrer Enttäuschung, von den Zweiflern und den Ungläubigen.

»Wirst du vor all denen mit mir sprechen, Diane? Damit sie endlich verstehen, dass es wirklich wahr ist? Und dass ich als Erste einen Anruf vom Himmel bekommen habe?«

Rauschen.

»Wann?«

»Sie wollen das am nächsten Freitag machen. Ich weiß nicht. Diese Männer. Ist das gut oder schlecht, Diane? Ich fühl mich so verwirrt.«

»Was möchtest du denn selbst, Kath?«

Katherine lächelte unter Tränen. Sogar vom Himmel aus kümmerte sich Diane noch um ihre kleine Schwester.

»Ich will einfach nur, dass die Leute mir *glauben.*«

Das Rauschen wurde lauter.

»Diane? … Diane, bist du noch da?«

Schließlich antwortete ihre Schwester: *»Ich bin immer für dich da, Kath.«*

»Und das warst du auch immer.«

»Freitag.«

Dann brach die Verbindung ab.

*

In den Räumen der *Northern Michigan Gazette* ging es so hektisch zu wie nie zuvor. In den letzten Wochen hatte sich der Umfang der

Zeitung verdoppelt – hauptsächlich durch Werbeanzeigen, die auf die auswärtigen Gäste abzielten. Ron Jennings hatte zusätzlich freie Mitarbeiter geheuert, und die beiden fest angestellten Reporter, der sechsundsechzigjährige Elwood Jupes (der schon seit Jahrzehnten für die Zeitung tätig war) und die vierundzwanzigjährige Rebecca Chu (die ihn ersetzen sollte, wenn er in den Ruhestand ging) schrieben pro Ausgabe mindestens fünf Artikel.

In den zwei Monaten, seit Sully für die *Gazette* arbeitete, hatte er noch mit niemandem aus der Redaktion zu tun gehabt. Er hatte das sogar ganz bewusst vermieden, weil er davon ausging, dass man ihm Fragen über seine Vergangenheit stellen würde, die er nicht beantworten wollte.

Doch nun war es ihm recht, dass Ron Jennings sämtliche Mitarbeiter zu einer Sitzung einbestellt hatte. Denn Liz' Mutmaßung, dass jemand aus der Redaktion Zugang zu Marias Material über die Verstorbenen haben mochte, erschien Sully plausibel. Und da Journalisten sich jederzeit weitere Informationen beschaffen konnten, lag die Vermutung nahe, dass der ganze Schwindel hier seinen Ursprung hatte.

»Dann wollen wir mal loslegen, Leute«, sagte Ron Jennings zu den versammelten Mitarbeitern. Der Chef war sichtlich bestens gelaunt. Er trat zu einem Whiteboard und klopfte mit dem Stift dagegen.

»Das wird die wichtigste Woche in der Geschichte dieser Zeitung …«

Nach der Sitzung sorgte Sully dafür, dass er unauffällig in die Nähe von Elwood Jupes kam. Der weißhaarige Reporter hatte eine Boxernase und ein Doppelkinn, das über seinen zugeknöpften Kragen mit der festgezurrten Krawatte quoll. Jupes beäugte Sully durch seine Hornbrille und streckte ihm dann die Hand hin.

»Sie sind im Anzeigenvertrieb, oder? Ich bin Elwood.«

»Sullivan Harding.«

»Mhm.«

Sully zögerte. Was hatte diese Reaktion zu bedeuten?

»Wie lang sind Sie schon bei der *Gazette?*«, fragte Elwood.

»Erst seit ein paar Monaten. Und Sie?«

Elwood gluckste. »Da waren Sie wahrscheinlich noch nicht mal geboren, was?«

»Und was halten Sie von dem Ganzen? Den Himmelsanrufen, meine ich.«

»Das ist die verrückteste Story, die ich jemals hatte.«

»Halten Sie das alles für gut?«

»Gut?« Elwood verengte die Augen. »Tja. Schauen wir mal. Die Leute benehmen sich seitdem besser, was? Seitdem das alles angefangen hat, gab es keinen einzigen Ladendiebstahl mehr. Und wenn man die Pfarrer so hört, dann scheinen die Kirchen ja bis auf den letzten Platz besetzt zu sein. Die Leute beten wieder, was das Zeug hält. Also, was meinen Sie denn, Mr Harding? Ist das gut oder was?«

Wenn er noch ein einziges Mal »Was« sagt, schlage ich ihn, dachte Sully.

»Sie müssen bestimmt viel darüber schreiben«, sagte er.

»Am laufenden Band.« Elwood seufzte. »Ich komm kaum noch zu was anderem – außer den Spielen der Hawks am Freitagabend. Man bleibt ja schließlich Footballfan, was? Haben aber dieses Jahr nicht allzu gut abgeschnitten. Nur drei Siege.«

Sully wechselte das Thema. »Haben Sie eigentlich jemals diesen Elias Rowe aufgespürt? War das nicht einer von den ersten Bekennern?«

Elwood schaute nach links und rechts. Dann beugte er sich vor.

»Der war diese Woche mal in der Stadt. Ist von ein paar Leuten gesehen worden.«

»Warum versteckt er sich?«

»Warum? Vielleicht weil er nichts zu tun haben will mit der Person, die ihn anruft? Da denkt keiner dran. Aber ich.«

Sully spürte, wie er unwillkürlich die Hände zu Fäusten ballte. »Und wer ruft ihn an?«

»Kann ich leider nicht sagen. Ich muss meine Quellen schützen.«

Sully zwang sich zu einem Lächeln. »Na, kommen Sie schon. Wir arbeiten doch für dieselbe Seite, was?«

»Ganz und gar nicht«, erwiderte Elwood. »Nachrichten und Geld sind nie auf derselben Seite.«

Er klopfte Sully scherzhaft auf den Arm. Sully überlegte rasch, wie er das Gespräch fortsetzen könnte; er musste noch so vieles in Erfahrung bringen.

»Da wir grade vom Geschäft sprechen – heute muss ich zu einem Kunden, dem Bestattungsinstitut Davidson & Söhne. Kennen Sie das?«

»Ob ich das kenne? Ich bin sechsundsechzig Jahre alt. Was glauben Sie wohl, bei wie vielen Beerdigungen ich schon war? Außerdem ist der Besitzer ein alter Freund von mir.«

Na super, dachte Sully. *Dieser Typ hier und Horace. Die beiden passen zueinander wie die Faust aufs Auge.*

»Als ich beim letzten Mal dort war«, fuhr Sully fort, »habe ich mich mit einer Frau namens Maria unterhalten. Sie hat mir erzählt, dass sie für die *Gazette* …«

»… die Nachrufe schreibt. Ganz recht.« Elwood verzog das Gesicht. »Ich hab das noch nie gut gefunden. Man nimmt Geld für Anzeigen von einem Kunden und lässt sich von dem auch noch Artikel schreiben? Was soll das denn?«

»Ja, ich fand das auch sonderbar«, sagte Sully. »Woher wissen wir denn, ob das, was sie schreibt, auch korrekt ist? Überprüft jemand die Fakten?«

Elwood räusperte sich und betrachtete Sully forschend.

»Das interessiert Sie wohl sehr, was?«

Sully zuckte die Achseln.

»Warum eigentlich?«, fragte Elwood.

»Ach, nicht so wichtig.«

Elwood rieb sich das Kinn.

»Glauben Sie an den Himmel, Mr Harding?«

Sully blickte zu Boden. Die Antwort lautete »nein«, doch er blinzelte nur und schaute auf.

»Weshalb?«

»Nur so. Weil sich die Menschen diese Frage schon seit ihrer Entstehung stellen. Ob es den Himmel gibt oder nicht, meine ich. Zum Ende der Woche hin kriegen wir vielleicht den Beweis dafür. Das wäre wohl der heißeste Knüller aller Zeiten, was?«

Sully rührte sich nicht.

»Falls die Geschichte wahr ist«, sagte er dann.

»Hmh«, machte Elwood erneut. Er versuchte sichtlich, sich ein Grinsen zu verkneifen, und Sully beschloss, einen erneuten Vorstoß zu wagen.

»Wer ist Nick Jos…«

Jemand schlug Sully auf die Schulter.

»Haltet ihr ein Schwätzchen, Jungs?«, polterte Ron Jennings. »Gerne mal in einer anderen Woche, ja? Wir haben hier nämlich alle Hände voll zu tun. Hier ist Ihre Kundenliste für heute, Sully. Und los geht's.«

Während er von Ron förmlich weggezogen wurde, warf Sully einen raschen Blick über seine Schulter und sah, wie Elwood Jupes zu seinem Schreibtisch zurückkehrte. Ron geleitete Sully zur Tür, redete ohne Unterlass auf ihn ein und wies ihn darauf hin, dass die Anzeigengebühren in dieser Woche doppelt so hoch seien wie gewöhnlich, weil die *Gazette* die höchste Auflage aller Zeiten erreichen würde.

»Sie müssen allen klarmachen, dass sie diese Chance nur einmal im Leben bekommen«, schärfte Ron Sully ein und öffnete ihm die Tür. »Sie werden die Kröte schlucken und zahlen, da bin ich mir ganz sicher.«

Und ehe er sich's versah, stand Sully draußen im Schnee. Er atmete aus und versuchte, seinen Kopf klar zu bekommen. Was war da gerade passiert? War die Spur nun heiß oder kälter denn je? Weiter hinten in der Straße spuckte ein Bus gerade weitere Menschenscharen aus. Kirchenglocken läuteten.

»Harding!«

Sully fuhr herum. Elwood Jupes steckte den Kopf durch die Tür und grinste.

»*Was?*«, fragte Sully.

»Als ich bei dem Footballspiel an der Highschool vor ein paar Monaten Ihren Namen gerufen hab, da haben Sie sich nicht umgedreht. Warum eigentlich?«

Sully schluckte.

»Sie waren das?«

Elwood schnalzte mit der Zunge.

»Ihnen ist übel mitgespielt worden, Mann. Viele von uns wissen das. Und scheren Sie sich nicht um den Idioten, der ›Geronimo‹ geschrien hat. Der war da schon jenseits von besoffen.«

Elwood schloss die Tür.

Die *Gazette* hatte über das Flugzeugunglück berichtet. EHEMALIGER EINWOHNER VON COLDWATER AN FLUGZEUGABSTURZ BETEILIGT hatte die Schlagzeile gelautet. Elwood Jupes hatte den Artikel geschrieben und sich dabei im Wesentlichen an den Informationen aus dem Bericht der Nachrichtenagentur AP orientiert – aber Elwood hatte damals auch mit Sullys Vater telefoniert und eine Aussage von ihm im Text zitiert.

»Ich kenne meinen Sohn«, hatte Fred Harding gesagt. »Er ist ein verdammt guter Pilot. Da hat im Tower jemand etwas verpfuscht – anders kann es nicht gewesen sein. Und ich hoffe, man wird der Sache auf den Grund gehen.«

Doch dazu kam es nicht. Elliot Gray war tot, und man wusste über ihn nur, dass er die Stelle als Towerlotse knapp ein Jahr vorher angetreten und davor in drei anderen Bundesstaaten vergleichbare Tätigkeiten ausgeübt hatte. Die Bandaufzeichnungen vom Funkverkehr waren entweder nicht vorhanden oder so verzerrt, dass man nachträglich nichts mehr feststellen konnte. Zuerst kam der Verdacht auf, dass Elliot Gray die Bänder womöglich vorsätzlich unbrauchbar gemacht hatte. Doch dafür hätte er Zeit und entsprechende Kenntnisse benötigt, und nachdem er kurz nach dem Absturz bei dem Autounfall umgekommen war, schloss man diese Möglichkeit bald aus. Offenbar hatten einfach die Geräte im Tower versagt, lautete die offizielle Version. Niemand hielt sich noch dort auf, weil alle nach draußen rannten, um sich des Piloten der Cessna anzunehmen, die auf dem Gras neben der Landebahn zum Halten gekommen war, nachdem sie zuvor noch einen Telefonmast gestreift hatte.

Der Rumpf der Maschine war verbeult, und sie hatte einen Teil des Seitenruders verloren – der vermutlich in den Motor von Sullys Flugzeug geraten war und den Absturz verursacht hatte. Der Pilot der Cessna sagte aus, er habe die F/A 18 Hornet von Sully nirgendwo gesehen und vom Tower die Ansage *Landung frei Piste 27* bekommen – diese Aussage hatte auch Sully gemacht. Zunächst hatte man dieser Tatsache noch Bedeutung beigemessen – bis die Ergebnisse von Sullys Bluttest bekannt wurden.

Auch darüber hatte die *Gazette* berichtet.

Sully hatte all diese Artikel nicht gelesen. Aber jeden Abend hatte er in seiner Gefängniszelle darüber nachgedacht, wie die Worte *Landung frei Piste 27* und eine Stimme über Funk – dem die Erfindung des Telefons vorausging – sein Leben für immer verändert hatten.

*

Pancakes hatte Jack viele Jahre nicht mehr gebacken, aber er gewöhnte sich rasch wieder daran – spätestens nach dem neunten Stapel. Er arbeitete mit drei Pfannen, und sobald wieder ein Berg fertig war, holte Tess ihn ab und verteilte die Pancakes an die Leute im Wohnzimmer.

Seit Thanksgiving war Ruths Haus zu einer Art Herberge geworden, in der ständig Gäste (Tess verbat sich das Wort »Pilger«) auf dem Fußboden hockten, die hören wollten, was Ruth vom Himmel berichtete und welche Ratschläge sie ihrer Tochter gab. Zur Küche hatte jedoch niemand Zutritt (außer Samantha, Lulu und Jack Sellers), und wenn das Telefon an der Wand klingelte, dehnte Tess das Kabel so weit, dass sie sich damit in die Speisekammer zurückziehen konnte, um in Ruhe zu telefonieren.

Jack schaute seit einer Woche jeden Morgen auf dem Weg zur Arbeit bei Tess vorbei. Angesichts dieses ganzen Irrsinns mit den Demonstranten und den Medien tat es ihm gut, sich eine Stunde in einer behaglichen altmodischen Küche aufzuhalten. Es gefiel ihm, dass Tess nie den Fernseher eingeschaltet hatte, dass es immer angenehm nach Essen roch und dass oft Kinder bei ihr herumwuselten.

Doch am besten gefiel es Jack, in Tess' Nähe zu sein. Er musste sich unentwegt dazu zwingen, den Blick von ihr abzuwenden, um seine Gefühle nicht zu verraten. Es beeindruckte ihn auch, wie diskret sie mit den Anrufen ihrer Mutter umging und wie intensiv sie sich damit beschäftigte. Tess hatte Mühe damit, sie zu begreifen – und so erging es Jack auch mit den Anrufen von Robbie. Tess scheute die Öffentlichkeit.

Weshalb Jack auch versuchte, ihr die Teilnahme an der Sendung auszureden.

»Wieso willst du dir dieses Desaster freiwillig antun?«, fragte er.

Tess überlegte einen Moment. Dann bedeutete sie Jack, ihr in die Speisekammer zu folgen.

»Ich weiß«, flüsterte sie und schloss die Tür hinter ihnen. »Aber als ich meine Mutter gefragt habe, sagte sie ›Erzähl es allen‹. Und ich glaube, sie möchte, dass ich den Menschen berichte.«

»Du meinst, wenn du das nicht tust …«

»Mache ich etwas falsch.«

»Du meinst, du begehst dann eine Sünde?«

»So ähnlich.«

»Hat Pater Carroll dir das gesagt?«

Tess nickte. »Woher weißt du das?«

»Schau, ich geh zur Kirche, aber …«

»Was Katherine macht, würde ich niemals tun.«

»Sicher, das ist ja auch verrückt …«

»Aber wenn ich gefragt werde, ob ich durch diese Anrufe etwas gelernt habe – ist es da recht, das für mich zu behalten?«

Jack beantwortete die Frage nicht. Stattdessen sagte er: »Diese ganzen anderen Leute werden aber auch da sein.«

Tess warf ihm einen Blick zu. »Nur du nicht.«

Jack schaute beiseite. »Meine Exfrau hat die Gespräche mit Robbie abgebrochen. Es mache sie zu traurig, hat sie gesagt.«

»Und du?«

»Mich macht es nicht traurig. Ich freue mich, seine Stimme zu hören. Aber ich habe …«

»Was?«

»Ich weiß nicht.«

»Zweifel?«

»Mag sein.«

»Durch Zweifel findest du Gott.«

Jack starrte Tess an. Hatte Robbie nicht etwas Ähnliches gesagt?

»Tut das noch weh?«, fragte sie leise und berührte sachte seine Wunde. Es kam ihm vor, als schmelze seine Haut unter dieser Berührung.

»Nee«, sagte er und schluckte.

»Scheint aber gut zu verheilen.«

»Ja.«

Tess stand jetzt dicht vor ihm.

»Wieso machst du dir solche Sorgen wegen dieser Sendung?«

»Weil ... ich dich dort nicht beschützen kann.«

Die Worte waren heraus, bevor Jack überhaupt merkte, dass er sie ausgesprochen hatte. Tess lächelte. Sie schien dem Nachklang der Worte zu lauschen.

»Das ist aber lieb von dir.«

Und dann küsste sie ihn. Einmal und sehr behutsam. Dann fuhren beide erschrocken zurück und sagten gleichzeitig »Entschuldigung«. Tess blickte zu Boden und ging aus der Kammer. Sofort rief einer der Gäste ihren Namen.

Jack blieb noch einen Moment in der Kammer stehen. Und spürte dem Gefühl nach, dass sich in seinem Leben gerade etwas verändert hatte.

*

Die Bücherei von Coldwater war normalerweise kein Ort, an dem sich viele Menschen einfanden, doch inzwischen herrschte auch dort reger Betrieb. Besucher sahen sich Bücher und Archivmaterial über die Stadtgeschichte an. Journalisten machten Recherchen für ihre Reportagen. Wieder andere fragten nach Landkarten. Liz als einzige Bibliothekarin hatte alle Hände voll zu tun.

Doch nach sechs Uhr abends schaltete sie die Außenbeleuchtung ab und gestattete nur noch Sully, sich für seine Nachforschungen in der Bücherei aufzuhalten.

Am Dienstagabend, drei Tage vor der Sendung, kam er in Begleitung eines weiteren Mannes durch die Hintertür. Der Mann war breitschultrig und trug eine Wachsjacke und eine Wollmütze.

»Hi«, sagte Sully zu Liz, ohne seinen Begleiter vorzustellen.

»Hey«, sagte Liz.

»Wir setzen uns hier drüben hin.«

Die beiden Männer ließen sich in der Ecke neben dem Computer nieder. Sully zog seinen Notizblock hervor, und Elias Rowe begann ruhig und geordnet von seinem Telefongespräch mit Nick Joseph zu berichten.

»Wohin sind Sie denn verschwunden, Elias?«, hatte Nick als Erstes gefragt.

»Lassen Sie mich zufrieden«, hatte Elias geantwortet.

»Sie müssen etwas für mich tun.«

»Gar nichts muss ich tun. Weshalb rufen Sie mich an?«

»Sie müssen sich um etwas kümmern.«

»Um was denn?«

»Sie müssen sich um Nick kümmern.«

»Das hatte ich versucht. Ich habe Ihnen immer wieder neue Chancen gegeben.«

Sully unterbrach seine Notizen. »Was hat er darauf erwidert?«

»Nichts«, sagte Elias.

»Haben Sie ihm die Fragen gestellt, die wir besprochen hatten?«

»Ich hab es versucht.« Elias und Sully hatten einige Fragen vorbereitet, von denen sie sich Aufschluss über die Anrufe erhofften. Eine lautete: »Woher rufen Sie an?«

»Sie wissen doch, woher«, hatte Nick geantwortet.

»Er hat also nicht ein einziges Mal ›Himmel‹ gesagt?«, wollte Sully wissen.

»Nein. Obwohl ich zweimal gefragt habe.«

»Und haben Sie ihn nach seinen Kollegen gefragt?«

»Ja. Ich hab gesagt: Erinnern Sie sich noch an die anderen aus Ihrer Truppe? Wie hießen die gleich wieder? Darauf kam gar nichts mehr. Nur Rauschen.«

Wieso hatte Nick Joseph auf diese Frage keine Antwort gegeben?, fragte sich Sully. Das hätte ihm doch leichtfallen müssen. Und wie war es ihm möglich gewesen, Elias unter einer vollkommen neuen Nummer anzurufen – auf einem Handy, das Elias erst kurz zuvor bei Jason gekauft hatte?

Sully stützte das Kinn in die Hand. »Wie ging es weiter?«

»Ich hab ihn gefragt: ›Wie sieht Gott denn aus?‹ – genau wie wir beide besprochen hatten. Zuerst hab ich wieder nur Rauschen gehört. Dann hat er noch mal seinen Namen gesagt. ›Nick.‹ Und dann …«

Elias hielt inne.

»Was war dann?«

»Bevor ich weitersprechen konnte, sagte er: ›Tun Sie das, was richtig ist, Elias.‹ Wissen Sie, das hat mich irgendwie angerührt«, fuhr Elias fort, und Tränen stiegen ihm in die Augen. »Der Typ war eigentlich ein echter Arsch, eine Zumutung, wissen Sie? Er hat immer nur alle Leute ausgenutzt. Aber nachdem ich gehört hatte, dass er tot ist, hatte ich immer …«

»Was denn?«

»Ich hatte immer ein schlechtes Gefühl. So als hätte ich etwas falsch gemacht.«

»Aber Sie ko…«

»OH GOTT!«, schrie Liz plötzlich.

Sully fuhr herum. »Was ist?«

»Da drüben ist jemand!«

»Wo?«

»Am Fenster!«

Sully raste hinüber, doch da war niemand mehr zu sehen.

»Tut mir leid«, sagte Liz keuchend. »Ich hab mich so erschrocken. Da waren plötzlich zwei Hände an der Scheibe …«

Doch Sully war schon hinausgestürmt. Er sah gerade noch einen blauen Wagen wegfahren und lief wieder in die Bücherei zurück.

»War es ein Mann oder eine Frau?«, fragte er Liz.

»Ein Mann.«

»Alt oder jung?«

»Konnte ich nicht erkennen.«

Liz blickte unter sich. »Ich wollte mich nicht so kindisch aufführen.«

»Kein Problem.« Sully blickte wieder zum Fenster. Dann sah er Elias an.

»Sind Sie Elwood Jupes schon mal begegnet?«, fragte er.

*

An diesem Abend saß Katherine in einem Frotteebademantel an ihrem Küchentresen, trank ein Glas Cranberrysaft und betrachtete ein gerahmtes Foto. Diane und sie waren darauf abgebildet, wie sie in Badeanzügen an einem Strand standen und gemeinsam die Siegesmedaille von einem Wettbewerb für Tandemschwimmen im Lake Michigan hochhielten. Beide waren damals braungebrannt und durchtrainiert gewesen.

»Wir sind ein super Team, Schwesterchen«, hatte Diane gesagt.

»Du bist aber schneller als ich«, hatte Katherine erwidert.

»Ach, Quatsch! Wir haben nur deinetwegen den ersten Platz gemacht.«

Katherine wusste, dass das nicht stimmte. Diane stellte als Schwimmerin jedes Mädchen aus Coldwater in den Schatten. Doch sie wollte das Selbstvertrauen ihrer kleinen Schwester stärken. Auch das fehlte Katherine furchtbar. Manchmal vermisst man nach dem Verlust eines geliebten Menschen vor allem die Gefühle, die man durch ihn empfinden konnte.

»Würde es dich stören, wenn ich mich zu dir setze?«

Katherine blickte auf und sah Amy am Fuß der Treppe stehen, in einem Sweatshirt von der Yale University und weiten blauen Jogginghosen.

»Nein, natürlich nicht. Nur zu, setz dich.«

»Danke.«

Amy ließ sich auf einem Hocker am Küchentresen nieder.

»Warst du in Yale?«, fragte Katherine.

»Nee. Aber ein ehemaliger Freund von mir. Das ist alles, was mir von ihm geblieben ist.«

»Tja.« Katherine starrte in ihr Saftglas. »Immerhin mehr, als mein Ex mir hinterlassen hat.« Sie blickte auf. »Möchtest du vielleicht ein Glas Wein?«

»Du kannst dir gar nicht vorstellen, wie sehr«, antwortete Amy.

In den vergangenen vierundzwanzig Stunden hatte Amy mit dem Auto eine Strecke von über fünfhundert Kilometern zurückgelegt. Nachdem Phil sie von der Berichterstattung in Coldwater abgezogen hatte, war Amy nach Alpena zurückgefahren. Als sie ihr Mietshaus betrat, in dem sie mit ihrem Verlobten in zwei separaten Wohnungen lebte, stellte sie fest, dass Rick ausgezogen war. Nur ein paar Bücher, etwas Schmutzwäsche, ein

Sandwich in Frischhaltefolie im Kühlschrank und Müsliriegel im Küchenregal verwiesen noch darauf, dass er einmal hier gewohnt hatte. Und ein Zettel, auf dem stand:

Solltest du irgendwann Zeit haben,
können wir reden. R.

Die Nachricht erschien Amy wie der reinste Hohn, weil sie jetzt tatsächlich Zeit im Überfluss hatte. Sie griff nach ihrem Handy, um Rick anzurufen. Überlegte, wie sie sich entschuldigen sollte. Starrte auf das Display.

Und dabei blieb es.

Amy stieg wieder in ihren Wagen, fuhr nach Coldwater zurück, parkte an der Guningham Road und überredete zwei Polizisten, sie zu Katherines Hintertür vorzulassen.

»Ich werde das durchziehen«, sagte Amy wutentbrannt, als Katherine ihr öffnete. »Das habe ich einfach verdient. Ist mir egal, ob die mich wollen oder nicht.«

»Ich mach dir dein Bett«, erwiderte Katherine.

Sie hatte es bedauert, dass Amy nach Alpena zurückgekehrt war, denn die Reporterin war die einzige Person, zu der Katherine in diesem ganzen Durcheinander Vertrauen hatte. Nach der Szene im Diner – Amy hatte nach ihrem Aufschrei am ganzen Leib gezittert und auf nichts mehr reagiert – hatte Katherine sich Sorgen um sie gemacht. Erst am nächsten Tag, nachdem Katherine ihre Teilnahme an der Sendung bereits zugesagt hatte, war dann klar geworden, dass man Amy die Moderation weggenommen hatte. Kein Wunder – die Starmoderatorin des Senders war schon seit Wochen scharf auf den Job gewesen, und da sie die höchsten Einschaltquoten brachte, musste Phil sie bei Laune halten. Außerdem hatte Amy ihren Zweck erfüllt – ihr Zusammenbruch lieferte Phil einen willkommenen Anlass, um sie abzuservieren.

Jetzt saßen die beiden Frauen in der stillen Küche, Katherine mit ihrem Saft, Amy mit einer Flasche Wein, und unterhielten sich zum ersten Mal nicht über Telefongespräche mit dem Himmel, sondern über ihr eigenes Leben. Katherine erzählte von ihrem Exmann, Dennis, der ein Jahr nach der Scheidung nach Texas gezogen war. Rechtzeitig zur Unterhaltsverhandlung war es ihm gelungen, sich als mittellos darzustellen, so dass Katherine so gut wie leer ausgegangen war. Dass Dennis sich dann später – im selben Jahr – ein Boot gekauft hatte, hatte schließlich niemanden mehr interessiert.

»Wie schaffen Männer es bloß, mit so was durchzukommen?«, fragte Katherine Amy.

Die zuckte nur die Achseln. Ihre Beziehung mit Rick war bereits die dritte, die gescheitert war, seit Amy im Berufsleben stand. Ihr Freund aus Studienzeiten hatte sich verdrückt, als Amy ihre erste Stelle bei einem Sender in North Dakota bekommen hatte, der so weitab vom Schuss war, dass die Getreideernte dort als Topnachricht gebracht wurde. Ihr zweiter Partner mochte das Fernsehgewerbe – allerdings etwas zu gerne, wie sich herausstellen sollte, denn während Amy abends mit dem Schneiden der Sendung befasst war, fing er eine Affäre mit der zweiundzwanzigjährigen Blondine an, die gerade als Sportreporterin eingestellt worden war. Die beiden lebten jetzt in Georgia bei einem Golfplatz.

Rick war anders – hatte Amy jedenfalls geglaubt. Als selbständiger Architekt hatte er Verständnis für lange Arbeitstage und Büroquerelen. Aber offensichtlich verstand auch er nicht, dass man eine Story begleiten musste, wenn man darüber berichtete. Oder aber er hatte es bei dieser letzten Story nicht verstehen *wollen.*

»Das tut mir echt leid für dich«, sagte Katherine.

»Ich bin selbst schuld«, erwiderte Amy. »Ich habe meine Karriere immer über alles andere gestellt und hab mich dauernd unter Druck gesetzt, weil ich meiner Meinung nach nie weit genug gekommen war. Mein berufliches Fortkommen war für mich so enorm wichtig, dass ich automatisch angenommen habe, es müsse für ihn auch wichtig sein. Und dabei habe ich noch geglaubt, das sei dann Liebe.«

Sie strich mit dem Finger über ihr Weinglas. »Vielleicht redet man sich das gerne ein, wenn man in Wirklichkeit einfach nur seinen Willen durchsetzen will.«

»Na ja, aber er hat nun den Schaden«, wandte Katherine ein. »Schau dich doch an.«

Amy schloss die Augen und lächelte leicht. »Danke.«

»Weißt du, was Diane immer gesagt hat?«

»Was denn?«

»Wenn du auch nur eine einzige echte Freundschaft in deinem Leben findest, bist du reicher als die meisten Menschen. Und wenn du diese Freundschaft mit deinem Ehepartner haben kannst, ist das geradezu ein Segen.«

Sie hielt inne. Dann fügte sie hinzu: »Diane hat übrigens auch noch gesagt: Und wenn du diese Freundschaft mit deiner Schwester haben kannst, ist das auch nicht das Schlechteste. Die kann sich nämlich nicht von dir scheiden lassen.«

Amy lächelte. »Ich hatte nie Zeit für Freundschaften.«

»Nein?«

»Ich hab immer zu viel gearbeitet. Und du?«

»Zeit hätte ich schon gehabt. Aber mich mögen die Leute nicht sonderlich, weißt du?«

»Sag doch so was nicht!«

»Es stimmt aber. Ich bin ihnen zu anstrengend. Weil ich immer recht haben will. Diane hat gern zu mir gesagt: Guck doch mal, ob deine Schuhe brennen, Kath. Du hast grade wieder eine Brücke abgefackelt.«

Amy gluckste.

»Seit Dianes Tod habe ich mich mit niemandem so unterhalten können wie mit dir jetzt«, sagte Katherine. »Ich bin rumgelaufen wie in Trance und habe ständig darauf gewartet, Dianes Stimme endlich wieder zu hören. Deshalb hat es mich dann auch nicht sonderlich überrascht, als plötzlich diese Anrufe kamen. Sie war meine große Schwester, die mein Leben lang immer für mich da gewesen war, wenn ich sie brauchte. Irgendwie fand ich es naheliegend, dass sie wieder auftauchen würde.«

Amy biss sich auf die Unterlippe.

»Katherine, du bist diesen Leuten als Mensch nicht wichtig.«

»Welchen Leuten?«

»Den Fernsehleuten.« Amy seufzte. »Uns.«

Ein kurzes Schweigen entstand.

»Ich weiß«, sagte Katherine dann leise.

»Die wollen nur ihre Sensationsgeschichte.«

»Ich weiß.«

»Rick hatte recht. Wir Fernsehleute quetschen ein Thema aus, bis nichts mehr davon übrig ist, und dann verschwinden wir und hinterlassen verbrannte Erde.«

»Ist mir klar.«

Amy sah Katherine an.

»Ich gehöre auch zu denen.«

»Jetzt nicht mehr.« Katherine lächelte. »Du hast ja Stop gesagt.«

»Weil mir das alles plötzlich vollkommen absurd vorkam. Ich hatte das Gefühl, dass wir nicht mehr neutral berichten, sondern uns das Thema zurechtmanipulieren, wie es uns passt.« Amy atmete tief ein. »Aber ich war auch scharf auf deine Geschichte.«

»Ja.«

»Weil sie meine Karriere gefördert hat.«

»Ich weiß.«

»Und das trifft auf jeden Einzelnen von denen zu, die jetzt von hier berichten. Nur aus diesem Grund beschäftigen die sich mit dir. Ist dir das klar?«

»Ja.«

»Aber«, fragte Amy verwundert, »wieso lässt du das alles über dich ergehen, wenn du es doch weißt?«

Katherine lehnte sich zurück. »Am Tag von Dianes Begräbnis«, begann sie, »saß ich hier, als alles vorbei war, und starrte die Wände an. Dann bat ich Gott, mir ein Zeichen zu senden, dass Diane bei ihm geborgen war, wenn sie schon nicht bei mir sein konnte. Seit zwei Jahren habe ich das jeden Tag getan. Und dann klingelte Dianes altes rosa Handy mit dem Glitzersticker. Das ich nur behalten hatte als Erinnerung an sie.«

Amy blickte fragend.

»Verstehst du nicht? Gott hat mir geantwortet – Er hat mir meinen größten Wunsch erfüllt und mir die Stimme meiner Schwester geschickt. Und wenn Er als Gegengabe nur verlangt, dass die Menschen von seiner Existenz überzeugt werden – soll ich da vielleicht nein sagen? Mein Wissen für mich behalten? In alter Zeit standen die Menschen auf Bergen und sprachen zum Volk. Aber heutzutage …«

»Gibt es das Fernsehen, meinst du?«

»Ja. So ähnlich.«

»Aber wenn Diane am Freitag nicht anruft?«, sagte Amy langsam.

Katherine verschränkte die Hände auf dem Tresen. »Sie wird es aber tun.«

Einen Moment starrten die beiden Frauen nur auf ihre Gläser und schwiegen.

Dann murmelte Amy: »Ich habe dich belogen.«

»Inwiefern?«

»Als ich dir gesagt habe, dass ich an die Anrufe vom Himmel glaube. Das stimmt nicht. Zumindest nicht ganz.«

Katherine wiegte nachdenklich den Kopf.

»Am Freitag wird sich das vielleicht ändern.«

*

Am nächsten Tag fuhr Sully wieder um die Mittagszeit zu Davidson & Söhne und wartete ab, bis Horace zum Mittagessen weggefahren war. Dann betrat Sully rasch das Gebäude und eilte den stillen Flur entlang zu Maria Nicolinis Büro.

»Guten Tag, da bin ich schon wieder«, sagte Sully und steckte den Kopf durch die Tür. »Ist Horace da?«

»Nein, er ist zum Essen gegangen«, antwortete Maria. »Lieber Himmel, Sie haben ja vielleicht ein Pech!«

»Ich kann warten.«

»Sind Sie sicher? Er ist grade eben erst los.«

»Wir haben eine wichtige Sonderausgabe, an der er vielleicht beteiligt sein möchte.«

»Ach so. Ja, das könnte ich mir gut vorstellen.«

»Verrückt, oder? Was derzeit hier in der Stadt so alles passiert?«

»Kann man wohl sagen. Ich hab zwanzig Minuten gebraucht, um hierherzukommen. Dabei wohne ich nur anderthalb Kilomet…«

Maria verstummte, als ein leises Klingeln zu hören war, und blickte auf einen kleinen Videomonitor. »Entschuldigen Sie mich«, sagte sie und stand auf. »Ich kenne diese Leute nicht. Sie könnten eigentlich reinkommen, aber sie wissen offenbar nicht, dass die Tür nicht abgeschlossen ist.«

Eine Sekunde später war Sully alleine im Büro.

Er blickte auf Marias Aktenschublade und spürte, wie sein Herz schneller schlug. Bei diesem Besuch hatte Sully herausfinden wollen, ob jemand anderer – wie zum Beispiel Elwood Jupes – Zugang zu Marias Akten hatte. Doch nun war er unversehens selbst in die Lage geraten, sich Zugang verschaffen zu können. Sully hatte nie zuvor etwas gestohlen – dazu hatte er nie einen Anlass gehabt. Doch nun dachte er an die Sendung am Freitag und die mysteriöse Gestalt am Fenster der Bücherei und Elwoods merkwürdige Fragen und die Tatsache, dass ihm selbst Informationen fehlten.

Informationen, die Maria besaß.

Sully holte tief Luft. Die Entscheidung musste schnell getroffen werden. Er schob die Bilder in seinem Kopf beiseite – seine Eltern, Giselle und Jules mit warnend erhobenem Zeigefinger.

Und zog die Schublade auf.

Er fand die Ordner der Verstorbenen schnell – »Joseph, Nick«, »Sellers, Robert«, »Rafferty, Ruth«, »Barua, Simone« und »Yellin, Diane« –, zog sie heraus und verstaute sie in seiner Aktentasche. Als er draußen Schritte hörte, schob er die Schublade lautlos wieder zu, griff nach seiner Jacke und ging hinaus.

»Wissen Sie was?«, sagte er zu Maria, als sie ihm in Begleitung eines Paars auf dem Flur entgegenkam. »Ich erledige doch erst noch zwei andere Kunden und komme dann in ein paar Stunden wieder.«

»Ist gut«, sagte Maria. »Macht es Ihnen auch nichts aus?«

»Nein, kein Problem. Ich hab zurzeit wirklich viel zu tun.«

»Das sind Mr und Mrs Albergo. Mr Harding.«

Alle drei nickten sich zu.

»Herzliches Beileid«, sagte Mrs Albergo zu Sully.

»Oh, nein«, stotterte Sully, »ich bin aus geschäftlichen Gründen hier, nicht weil …«

Die Eheleute warfen sich einen Blick zu.

»Mr Harding hat seine Frau auch verloren«, erklärte Maria, »aber das ist schon etwas länger her.«

Sully sah sie an. »Ja. Ja, das ist wahr.«

»Wir sind wegen meines Vaters hier«, sagte Mrs Albergo leise. »Er ist sehr krank. Knochenmarkkrebs.«

»Das ist schlimm«, erwiderte Sully.

»Sehr schlimm«, fügte Maria hinzu.

»Ihm bleibt nicht mehr viel Zeit. Wir hoffen, dass wir vielleicht eine größere Chance haben, wieder von ihm zu hören, wenn wir ihn nach seinem Ableben hier in Coldwater bestatten lassen.«

Sully nickte knapp und verkniff sich eine zynische Bemerkung.

Dann sagte Mr Albergo: »Könnte ich Sie vielleicht etwas fragen?«

»Ja?«

»Ihre Frau. Hat sie …« Er deutete nach oben. »Sie wissen schon … sich bei Ihnen …?«

»Nein.« Sully schluckte und sah Maria an. »Offenbar passiert das nicht bei jedem.«

Mr Albergo ließ die Hand sinken, und ein unbehagliches Schweigen trat ein.

»Ich muss los«, murmelte Sully.

Auf dem Parkplatz reagierte Sully seine Wut ab, indem er fünfmal nacheinander aufs Dach seines Autos schlug. *Niemals hat man Ruhe!* Jede Stunde jedes verdammten Tages brachte irgendeine Erinnerung mit sich, einen weiteren Stich ins Herz. Er feuerte seine Aktentasche mit den gestohlenen Informationen auf den Rücksitz. Als er die Fahrertür aufriss, bemerkte er einen blauen Ford Fiesta auf dem Parkplatz des Bestattungsinstituts.

Jemand saß darin und beobachtete Sully.

*

Pastor Warren hörte das Murmeln der Nachrichten aus dem Fernseher in seinem Krankenzimmer, tastete nach der Fernbedienung und sorgte für Stille. Keine Nachrichten mehr. Was er an Nachrichten gehört hatte, reichte ihm mindestens für ein ganzes Jahr.

Ein leichter Herzinfarkt, hatten die Ärzte gesagt. Er würde wieder auf die Beine kommen, aber in seinem Alter solle er besser ein paar Tage unter Beobachtung bleiben. *Nur um sicherzugehen.*

Warren sah sich in dem kahlen, unpersönlichen Raum um – ein Rolltisch aus Metall, ein brauner Ledersessel – und dachte daran, wie sehr er seine Gemeinde erschreckt hatte, als er auf der Kanzel zusammenbrach und man den Notarzt rufen musste. Ein Zitat aus der Bibel kam ihm in den Sinn: *Kommet her zu mir alle, die ihr mühselig und beladen seid; ich will euch erquicken.* Der Pastor hatte sein Leben in Gottes Hände gelegt und erwartete – in gewisser Weise hoffte er sogar –, dass Der Herr ihn bald zu sich holen würde.

Im Laufe dieses Tages war Pater Carroll zu Besuch gekommen, und die beiden Geistlichen hatten sich über das Alter und über gesundheitliche Fragen unterhalten. Am Ende kamen sie auf die bevorstehende Sendung zu sprechen.

»Der Sender hat mich gebeten, zur Verfügung zu stehen«, sagte Pater Carroll. »Ich denke auch, das wäre gut für die Kirche.«

»Mag sein.«

»Glauben Sie, dass sie es möglich macht?«

»Wer?«

»Katherine Yellin. Kann sie wirklich bewirken, dass sie

sozusagen auf Kommando von ihrer Schwester angerufen wird?«

Pastor Warren betrachtete das Gesicht des Priesters, in der Hoffnung, dort einen Ausdruck zu entdecken, den er aber nicht sah.

»Wäre das nicht ohnehin das Werk Gottes?«

Pater Carroll wandte den Blick ab. »Doch, gewiss.«

Ein paar Minuten später brach er auf. Das Gespräch hatte Warren erschöpft.

»Sie haben noch einen Besucher, Herr Pastor«, verkündete die Krankenschwester, die gerade mit einem Ersatzbeutel für den Tropf hereinkam.

»Wie bitte?«

»Sie bekommen Besuch. Ist schon unterwegs nach oben.«

Warren zog seine Bettdecke höher. Wer denn jetzt noch? Mrs Pulte vielleicht? Oder einer der anderen Geistlichen aus der Stadt? Die Krankenschwester ging hinaus, und der Pastor sah ihr nach.

Dann blieb ihm der Mund offen stehen.

Elias Rowe betrat den Raum.

*

Alexander Graham Bell wurde ein berühmter Mann, doch sein Geschäftspartner Thomas Watson, der Empfänger des ersten Telefonanrufs der Welt, fand keinen entsprechenden Platz in der Geschichtsschreibung. Watson, der unverzichtbar gewesen war für den Erfinder, arbeitete nach Erfindung des Telefons nur noch fünf Jahre für Bell. Dann wandte er sich anderen Interessen zu, was er sich durch seinen finanziellen Anteil am Patent des Telefons leisten konnte. Er fuhr lange in die Flitterwochen nach Europa, investierte in eine Werft und versuchte sich als Shakespeare-Schauspieler.

Achtunddreißig Jahre nach ihrem ersten Telefongespräch

unterhielten sich Watson und Bell wieder mittels dieses Mediums – diesmal allerdings nicht über wenige Meter Entfernung, sondern über eine Strecke von fast fünftausend Kilometern: Der eine befand sich in New York, der andere in San Francisco. Es war das erste Ferngespräch von der Ost- zur Westküste der Vereinigten Staaten, und Bell begann es mit den gleichen Worten wie so viele Jahre zuvor: »Komm zu mir.«

Worauf Watson diesmal antwortete: »Jetzt würde ich eine ganze Woche brauchen, um zu dir zu kommen.«

Die Zeit verschwindet heimlich und lautlos.

*

Pastor Warren betrachtete Elias Rowe, den er monatelang nicht gesehen hatte. Der Pastor hatte Elias schon als Jugendlichen gekannt; er war immer zurückhaltend und hilfreich und geschickt im Umgang mit Werkzeug gewesen. Damals hatte Elias beim Umbau der Kirchenküche und beim Verlegen von Teppichboden im Altarraum geholfen, und seither hatte Elias keinen Sonntagsgottesdienst versäumt – bis zu jenem Tag, als Katherine verkündet hatte *Ich bin eines Wunders teilhaftig geworden!* und Elias ihre Aussage bestätigt hatte.

»Ich möchte Sie um Vergebung bitten, Herr Pastor«, sagte Elias und ließ sich auf einem Hocker neben dem Bett nieder.

»Sie haben nichts getan, wofür Vergebung nötig wäre.«

»Ich habe Ihren Gottesdienst gestört.«

»Das hatte Katherine bereits vor Ihnen getan.«

»Das mag sein. Aber Sie sollen wissen, dass ich auch alleine sehr viel gebetet habe.«

»Gott hört Sie, wo immer Sie auch sind. Aber wir in der Gemeinde vermissen Sie.«

»Herr Pastor?«

»Mmh?«

»Kann ich noch einen Besucher hereinrufen?«

»Jetzt, hier?«

»Ja.«

»Bitte.«

Elias machte eine Handbewegung, und Sully kam herein. Elias stellte die beiden vor.

»Denn es ist so, Herr Pastor: Ich möchte noch wegen etwas anderem um Vergebung bitten.«

Warren zog die Augenbrauen hoch. »Worum handelt es sich denn?«

An diesem Nachmittag hatten sich Sully und Elias in Sullys Wohnung getroffen und gemeinsam den Ordner von Nick Josephs Nachruf durchgesehen. Sie fanden Marias Abschriften von Gesprächen mit Angehörigen – Nicks jüngerem Bruder Joe und seiner älteren Schwester Patty (die Eltern waren bereits verstorben). Von den üblichen biografischen Details abgesehen, hatte die Schwester auch über einen »kleinen Nick« gesprochen:

> Was Nick bestimmt am allertraurigsten machen würde, wäre nicht zu wissen, was aus dem kleinen Nick werden soll. Seine Mutter ist nicht zu gebrauchen … die kommt bestimmt nicht mal zur Beerdigung … Als er ihr kein Geld mehr geschickt hat, ist die völlig durchgedreht. Sie ist umgezogen und hat ihm nicht mal ihre Adresse gegeben … Aber über den kleinen Nick dürfen Sie nichts schreiben, ja, Maria? Das muss unter uns bleiben.

Elias hatte nicht gewusst, dass Nick ein Kind – und eine Exfrau – hatte, und auch Nicks Kollegen schienen nichts davon geahnt zu haben. Wegen Nicks unsolidem Lebensstil hatten alle angenommen, dass er immer alleine gewesen war.

»Ich weiß, dass Nick der Gemeinde Ihrer Kirche angehört hat, Herr Pastor«, sagte Elias jetzt. »Und ich dachte mir, dass Sie bestimmt über die Hintergründe Bescheid wüssten, und wollte Sie in der Kirche aufsuchen. Doch dort sagte man mir, dass Sie während des Bibelgesprächs zusammengebrochen seien.«

»Ein unerwartetes Abenteuer«, bemerkte Warren trocken.

»Tut mir sehr leid für Sie.«

»Muss es aber nicht«, erwiderte der Pastor. »Der Herr hat seine Pläne. Aber was Nicks Sohn angeht …«

»Ja?«

»Ich muss gestehen, dass auch ich nichts von seiner Existenz wusste. Dabei war Nick regelmäßig bei mir. Seine Schwester Patty auch.«

»Augenblick mal – Nick hat Sie aufgesucht?«

»Er steckte in extremen finanziellen Schwierigkeiten«, antwortete Warren. »Die Kirche hat ihm ausgeholfen, soweit das möglich war.«

Elias rieb sich die Stirn. »Ich war schuld an seinen Geldproblemen, Herr Pastor. Ich habe ihn entlassen.«

»Das weiß ich.«

Elias blickte beschämt zu Boden. »Ich bekomme Anrufe von ihm.«

»Von wem?«

»Von Nick. Er ist derjenige, der … Sie wissen schon. Der mich aus dem Himmel anruft. Oder woher auch immer. Er ist wütend, und er will, dass ich etwas für Nick tue. Zuerst dachte ich, er meine sich selbst. Aber jetzt denke ich, es geht um seinen Sohn.«

Der Pastor betrachtete Elias forschend. »Sind Sie deshalb verschwunden?«

»Ich hatte Angst, Herr Pastor. Es tut mir wirklich leid. Ich wusste nicht, dass Nick ein Kind hatte …«

»Schon gut, Elias …«

»Ich hätte ihn niemals entlassen, wenn …«

»Das ist nicht Ihre …«

»Was er auch verpfuscht hätte …«

»Sie sollten sich nicht …«

»Diese Anrufe. Diese Stimme. Das lässt mir keine Ruhe mehr.«

Der Pastor legte Elias die Hand auf den Arm, um ihn zu beruhigen, und sah Sully an.

»Wie denken Sie über all das, Mr Harding?«

Sully legte die Hand auf die Brust. »Ich?«

Warren nickte.

»Nun, ich möchte gewiss nicht respektlos sein, Herr Pastor, aber ich persönlich glaube nicht an den Himmel.«

»Sprechen Sie weiter.«

»Ich bin überzeugt davon, dass es eine Person gibt, die diese Anrufe fälscht. Eine Person, die bestens über die Verstorbenen informiert ist. Wenn nicht einmal Sie, Herr Pastor, über Nicks Sohn im Bilde waren, kann es nicht allzu viele Leute geben, die von ihm wussten, nicht wahr? Aber diese Stimme, mit der Elias spricht – die weiß Bescheid. Also ist es entweder tatsächlich Nick Joseph selbst –, aber er konnte einige simple Fragen nicht beantworten, was für den echten Nick kein Problem gewesen wäre. Oder aber es ist ganz einfach jemand, der Zugang zu jeder Menge Informationen hat.«

Pastor Warren ließ sich auf sein Kissen zurücksinken und blickte auf die Infusionsnadel, die mit Pflaster auf seiner Hand befestigt war. *Kommet her zu mir alle, die ihr mühselig und beladen seid.*

»Elias …«

Warren bewegte die Finger, und Elias nahm seine Hand.

»Sie wussten nichts von Nicks Kind. Gott wird Ihnen vergeben. Gibt es denn eine Möglichkeit, dem Jungen zu helfen?«

Elias nickte, und eine Träne rann ihm übers Gesicht.

»Mr Harding?«

Sully richtete sich auf.

»Ich glaube an den Himmel«, sagte der Pastor. »Und ich glaube auch daran, dass Gott uns Berührung mit dem Himmel gewährt.«

»Verstehe.«

»Aber nicht auf diese Weise.«

Sully blinzelte. Ein Mann Gottes pflichtete ihm bei?

»Was denken Sie denn, wer so etwas machen würde?«, fragte Warren.

Sully räusperte sich. »Es gibt jemanden bei der Zeitung, der Zugang zu speziellen Informationen hat.«

Der Pastor nickte langsam. »Zeitungen«, flüsterte er, »haben viel Macht.« Er schloss die Augen. »Das wissen Sie ja aus erster Hand, nicht wahr?«

Sully zuckte innerlich zusammen. Pastor Warren war also auch im Bilde über Sullys Vergangenheit.

»Ja. Das stimmt«, bestätigte Sully.

*

Im Norden von Michigan bricht die Nacht im Winter früh herein. Um fünf Uhr war es dunkel in Coldwater. Auf dem Footballfeld, im grellen Licht gigantischer Scheinwerfer, inspizierte Jeff Jacoby die Bühne. Die Produzenten hatten recht behalten: Mit Geld konnte man wirklich alles bewerkstelligen. Die Bühne war von einem großen weißen Dach überspannt, an Lichtgerüsten waren zahllose Scheinwerfer befestigt, tragbare Heizgeräte sorgten für Wärme, und ein glatter Holzboden war eigens aus

Detroit angeliefert worden, damit die Kameras problemlos gerollt werden konnten. Der gesamte Platz war taghell erleuchtet, die weiter entfernten Teile der Tribüne hatte man abgesperrt, die nähergelegenen überdacht. Links und rechts der Bühne waren riesige Monitore angebracht. Niemals zuvor hatte es in Coldwater eine so große Veranstaltung gegeben, was Jacoby mit Stolz erfüllte – in den sich allerdings auch Besorgnis mischte.

Der Zeitplan stand fest. Um Punkt ein Uhr, wenn die Liveübertragung begann, würden die »Auserwählten« auf der Bühne sitzen und von der Moderatorin interviewt werden. Außerdem sollten sie Fragen aus dem Publikum und per Internet eingegangene Fragen aus dem ganzen Land beantworten. Dieses Programm würde ablaufen, während Katherine auf ihren Anruf von Diane wartete und dabei ununterbrochen gefilmt wurde. Ihr lachsrosa Samsung-Handy war von der Technik bereits mit Lautsprechern verbunden und getestet worden.

Wenn sich eine Stimme vom Himmel meldete, würde man sie deutlich hören können.

Natürlich beschäftigte Jeff vor allem eine Frage: Was, wenn Katherine nun gar keinen Anruf bekam? Sie hatte zwar allen versichert, dass es so sein würde, aber es gab keine Garantie dafür. Um die Sendung abwechslungsreich zu gestalten, hatten die Produzenten zusätzlich diverse »Experten« eingeladen: Hellseher, die regelmäßig mit Verstorbenen sprachen. Parapsychologen, die Geisterstimmen in Radiosendern entdeckt hatten. Eine Frau, die eine Nahtoderfahrung gehabt hatte und nun behauptete, die Geister der Toten sehen zu können, sogar während sie interviewt wurde.

Nachdem Jeff stundenlang den Vorbereitungen zur Sendung zugesehen hatte, fragte er sich nicht mehr, wie das Wunder von Coldwater geschehen konnte, sondern nur noch, wieso es nicht schon früher passiert war. Anesh Barua hatte in einem Vorbereitungs-Interview gesagt, seine Tochter hätte ihm das »endlose Licht« im Himmel beschrieben. Eddie Doukens' Exfrau hatte gesagt, im Himmel sei es »wie in unserem ersten gemeinsamen Haus, wenn die Kinder fröhlich spielten«. Tess Rafferty berichtete, ihre Mutter Ruth habe ihr versichert, der Himmel sei ein Ort, an dem »alles vergeben« sei und an dem es »kein Grauen der Nacht und keine Pfeile, die des Tages fliegen« mehr gäbe.

Das waren beeindruckende Aussagen. Dennoch konnte Jeff von seinen Sorgen nicht ablassen. Doch als er Lance beiseitenahm und fragte: »Was ist, wenn Katherine nun drei oder vier Stunden auf den Anruf warten muss?«, grinste der Producer nur.

»Das können wir nur hoffen.«

»Wie? Das verstehe ich nicht.«

»Nein«, sagte Lance trocken. »Woher auch.«

Lance wusste, dass es eher von Vorteil sein würde, wenn die Sendung lange dauerte. Das brachte mehr Werbezeit, und die wiederum brachte mehr Geld. Für den Sender waren Gespräche mit dem Himmel nichts anderes als eine Fürstenhochzeit oder die letzte Folge einer Reality-Show: Es musste sich rechnen. Das Publikumsinteresse an Coldwater war enorm; die Quoten würden hoch sein. Und solange die Leute weiterhin auf eine Stimme aus dem Jenseits warteten, blieben sie auch vor dem Fernseher.

Ob es den Himmel nun gab oder nicht, spielte für die Bilanzen keine Rolle.

*

In dem Traum saß Sully im Cockpit. Das Flugzeug ruckelte, die Messgeräte versagten, Sully bereitete den Schleudersitz vor – und der Himmel wurde schwarz. Als Sully nach rechts blickte, sah er das Gesicht von Elwood Jupes außen am Fenster.

Sully fuhr keuchend aus dem Schlaf hoch.

Dieses Erlebnis am Donnerstagmorgen – dem Tag vor der Sendung – bestärkte Sully darin, seine Ermittlungen voranzutreiben. Er fuhr zur *Gazette* und spähte auf dem Parkplatz in den blauen Ford Fiesta, der – wie Sully inzwischen erfahren hatte – Elwood Jupes gehörte. Auf dem Rücksitz standen diverse Kartons, darunter auch einige von einem Radio- und Elektrogeschäft.

Sully ging zu seinem Schreibtisch und tat, als sei er mit seinen Papieren beschäftigt. Mehrmals bemerkte er, dass Elwood ihn anstarrte. Um halb elf verließ der Reporter das Gebäude, und wenige Sekunden später tat Sully es ihm gleich.

Dann folgte er dem blauen Wagen in sicherer Entfernung. Als der Fiesta in die Lake Street einbog, blieb Sully ihm auf den Fersen.

Bis Elwood hatte vor dem Bestattungsinstitut von Davidson & Söhne anhielt.

Sully wartete über eine Stunde im Wagen. Dann fuhr der Fiesta an ihm vorbei, und Sully folgte ihm die Cuthbert Road entlang. Dort parkte Elwood vor dem Haus von Tess Rafferty und ging hinein.

Eine halbe Stunde später tauchte er wieder auf und fuhr zum Footballfeld. Nachdem Elwood ausgestiegen war, wartete Sully eine Minute. Dann stieg auch er aus und versteckte sich hinter den Ü-Wagen des Senders. Sully konnte beobachten, wie Elwood die Bühne, die Beleuchtung, die PA betrachtete und überall seinen Presseausweis vorzeigte, wenn er angesprochen wurde. Nach einer Stunde kehrte er zu seinem Wagen zurück und schlug wieder den Weg zur *Gazette* ein.

Sully fuhr zur Bücherei. Etliche Leute standen vor Liz' Schreibtisch an, doch Sully winkte die Bibliothekarin zu sich ins Hinterzimmer.

»Elwood Jupes«, sagte er.

»Der Zeitungsreporter?«

»Wäre es möglich, dass der noch irgendwas anderes ist?«

»Was meinst du damit?«

»Könnte er irgendein Motiv haben, diese Anrufe zu fälschen?«

»Weiß nicht. Seine Tochter vielleicht?«

»Was ist mit der?«

»Hat sich vor ein paar Jahren das Leben genommen. Ist von der Brücke gefahren. Furchtbare Geschichte.«

»Warum hat sie das getan?«

Liz schüttelte den Kopf. »Warum tut das überhaupt jemand?«

»Hast du Material darüber?«

»Warte kurz.«

Liz ging hinaus. Nach zehn Minuten kehrte sie mit leeren Händen zurück.

»Ist verschwunden. Die gesamte Ausgabe von damals. Einfach weg.«

Die nächsten Stunden vergingen wie im Fluge. Sully fuhr sofort zum DIAL-TEK-Laden, um zu überprüfen, ob Elwood Jupes denselben Handyanbieter wie die Verstorbenen hatte. Während Jason mit der Recherche begann, kehrte Sully in die *Gazette* zurück, um die fehlende Ausgabe herauszusuchen. Als Sully sich dem Regal mit den archivierten Bänden näherte, wurde er von Elwood angesprochen.

»Zweimal an einem Tag«, bemerkte er. »Suchen Sie was Bestimmtes?«

»Einer der Werbekunden möchte ein Original von einer alten Anzeige.«

»Mhm.«

Als Sully die Ausgabe entdeckte (Liz hatte ihm das genaue Datum gesagt), warf er nur einen raschen Blick auf die Schlagzeile – POLIZEI ERMITTELT IN TÖDLICHEM UNFALL AUF BRÜCKE – und verstaute sie dann hastig in seiner Aktentasche, um zu vermeiden, dass Elwood die Zeitung zu Gesicht bekam.

Dann raste Sully zur Schule, holte Jules ab, brachte ihn zu seinen Eltern und fuhr zu seiner Wohnung, wo Elias Rowe ihn schon auf der Treppe erwartete.

In den nächsten Stunden gingen die beiden das gesamte Material durch, das ihnen inzwischen vorlag. Sie lasen Marias Abschriften der Gespräche mit Angehörigen der »Auserwählten«. Von Jason erfuhren sie, dass Elwood tatsächlich denselben Anbieter hatte wie die Leute, die Himmelsanrufe bekamen. Und die beiden studierten den Bericht über die tragische Geschichte der vierundzwanzigjährigen jungen Frau, die sich an einem Novembertag mit ihrem Wagen ins eisige Wasser des Sees gestürzt hatte.

Was sie beide zum Stutzen brachte, war der Name des Verfassers.

Der Artikel war von Elwood Jupes selbst geschrieben worden.

»Er hat über den Tod seiner eigenen Tochter berichtet?«, sagte Elias fassungslos.

»Total absonderlich.«

»Aber wie ist der Zusammenhang mit meinen Anrufen?«

»Keine Ahnung.«

»Es war hundertprozentig die Stimme von Nick Joseph.«

»Alle anderen sagen auch, sie hätten die Stimmen erkannt.«

»Das ist wirklich unheimlich«, sagte Elias.

»Irgendwer trickst da in großem Stil.«

Sie verfielen in Schweigen. Sully schaute zum Fenster hinaus; die Sonne war mittlerweile untergegangen. In weniger als vierundzwanzig Stunden würde die gesamte Welt entweder real oder virtuell in Coldwater anwesend sein, um mitzuerleben, ob das größte Mysterium der Welt offenbart werden konnte: Gibt es ein Leben nach dem Tode?

Bumm-bummp-bummp!

Sully zuckte zusammen und schaute zur Wohnungstür.

Bumm-bummp-bummp!

»Erwarten Sie jemanden?«, flüsterte Elias.

Sully schüttelte den Kopf, ging leise zur Tür und spähte durch den Spion. Was er sah, ließ ihm das Blut in den Adern gefrieren. Und er wurde von einem abscheulichen Gefühl erfasst, von dem er geglaubt hatte, es in seinem ganzen Leben nie wieder spüren zu müssen.

»Ich bin Polizeichef Sellers«, sagte der uniformierte Mann, als Sully die Tür öffnete. »Ich muss Sie bitten mitzukommen.«

*

Katherine und Amy standen auf einer Anhöhe, von der aus man das Footballfeld und die riesige Bühne überblicken konnte. Es war eisig, und Katherine zog ihren Schal fester um den Hals.

»TEST … TEST, TEST …«

Ein Tontechniker probierte die Mikrofone aus. Die Bühne erstrahlte in hellem Licht.

»Was denkst du?«, fragte Amy.

»Sieht gigantisch aus«, antwortete Katherine.

»Du kannst immer noch aussteigen.«

Katherine lächelte matt. »Das liegt jetzt nicht mehr bei mir.«

Die Stimme rief erneut: »TEST … EINS, ZWEI … TEST …«

Mindestens sechs Kameramänner filmten die Vorbereitungen. Amy fühlte einen Stich beim Gedanken daran, dass sie nicht dort unten stand und von der neuesten Entwicklung berichtete. Doch sie empfand auch eine Art Erleichterung, als sei sie von einer Prüfung befreit worden.

»Ich könnte mit denen sprechen«, schlug Katherine vor.

»Was meinst du damit?«

»Ich könnte sagen, dass ich nicht mitmache, wenn du nicht berichten darfst.«

»Aber das stimmt doch nicht.«

»Sagen könnte ich es trotzdem.«

»Wieso würdest du das für mich tun?«

»Sei doch nicht albern. Ich würde es *nur* für dich tun, für niemand anderen.«

Amy lächelte. Zum ersten Mal, seit sie Katherine kannte, konnte sie die enge Beziehung von Diane zu ihrer jüngeren Schwester nachvollziehen und verstand, weshalb Katherine den Verlust nicht verkraftete. Sie war eine treue Seele, die ihr Gegenüber eingebüßt hatte.

»Danke. Das passt schon so.«

»Hast du noch mal versucht, Rick anzurufen?«

»Er geht nicht ran und ruft nicht zurück. Der will nicht mit mir sprechen.«

Katherine blickte zu Boden.

»Alles okay?«, fragte Amy.

»Ich hatte nur grade einen Gedanken.«

»Und welchen?«

»Du kannst dein Handy nicht dazu bringen zu antworten, und ich kann meines nicht dazu bringen, sich zu melden.«

*

In dem Jahrzehnt nach der Erfindung des Telefons musste Alexander Bell sein Patent mit sechshundert Klagen verteidigen. Gegen Konkurrenzunternehmen und geldgierige Unternehmer. *Sechshundert.* Bell hatte diese dauernden Rechtsstreitigkeiten so satt, dass er sich nach Kanada zurückzog, wo er abends in einem Kanu saß, Zigarre rauchte und den Sternenhimmel betrachtete. Es bekümmerte Bell, dass man in den Prozessen herauszufinden versuchte, ob er das gestohlen hatte, was ihm am kostbarsten war – seine Ideen. Manchmal können Ermittlungen und Fragen grausamer sein als direkte Vorhaltungen.

Sully Harding musste ähnliche Fragen über sich ergehen lassen, als er im Polizeirevier Jack Sellers gegenübersaß.

»Was wissen Sie über diese Anrufe?«, fragte Jack.

»Welche Anrufe?«

»Die vom Himmel.«

»Die Leute *behaupten,* sie kämen vom Himmel«, wandte Sully ein.

»Was haben Sie damit zu tun?«

»Wie meinen Sie das?«

»Haben Sie in irgendeiner Weise damit zu tun?«

»Nein.«

»Wieso treffen Sie sich dann mit Elias Rowe?«

»Wir sind befreundet.«

»Befreundet?«

»Ja. Wir haben uns kürzlich angefreundet.«

»Bekommt er solche Anrufe?«

»Das sollten Sie ihn selbst fragen.«

»Waren Sie heute im Gebäude der *Gazette?*«

»Ich arbeite dort.«

»Sie sind Anzeigenverkäufer.«

»Richtig.«

»Wozu brauchen Sie dann alte Ausgaben der Zeitung?«

»Wieso fragen Sie mich das?«

»Weil ich erfahren möchte, was Sie mit diesen Anrufen zu tun haben.«

»Ich habe nichts mit diesen Anrufen zu tun.«

Sully drehte sich der Kopf. Elias, der verstört gewirkt hatte, war in ein anderes Büro gebracht worden. Seither hatten die beiden Männer nicht mehr miteinander gesprochen.

»Wollen Sie mich verhaften?«, fragte Sully.

»Ich stelle Ihnen nur Fragen.«

»Muss ich die beantworten?«

»Wenn Sie nicht antworten, schwächen Sie Ihre Aussage.«

»Welche?«

»Dass Sie nichts mit den Anrufen zu tun haben.«

»Ich habe wirklich nichts mit den Anrufen zu tun.«

»Wieso waren Sie beim Bestattungsinstitut Davidson?«

»Das ist ein Kunde von uns.«

»Warum waren Sie am Footballfeld?«

»Augenblick, woher wissen Sie …«

»Wieso verfolgen Sie Elwood Jupes?«

Sully lief es kalt den Rücken hinunter.

»Waren Sie schon mal inhaftiert, Mr Harding?«

»Einmal.«

»Weshalb?«

»Wegen eines Irrtums.«

»Warum haben Sie Elwood Jupes verfolgt? Was haben Sie mit den Anrufen zu tun? Was wissen Sie darüber?«

Sully schluckte; dann, wider besseres Wissen, platzte er heraus: »Es könnte sein, dass Elwood Jupes sie fälscht.«

Jack richtete sich auf und zog die Augenbrauen hoch.

»Das ist seltsam«, sagte er.

Dann stand er auf und öffnete eine Seitentür. Elwood Jupes kam herein, einen Notizblock in der Hand.

»Dasselbe sagt Mr Jupes nämlich über Sie, Mr Harding.«

Jack sah sich niemals Krimis an. Die meisten echten Polizisten tun das nicht; wenn man ohnehin in dieser Welt lebt, empfindet man das Nachgeahmte als albern. Und die Realität sieht ohnehin ganz anders aus als im Fernsehen.

Dass er mit seinem Verhör von Sullivan Harding nur im Trüben fischte, wusste Jack sehr genau. Er hatte außerdem gar kein Recht dazu, den Mann zu verhören. Aber zwei Stunden zuvor hatte er einen Anruf bekommen – von Elwood Jupes von der *Gazette.* Und als Polizeichef kennt man natürlich den einzigen Reporter der Stadt.

Elwood hatte sich eine Theorie zurechtgelegt. Dieser Harding, der inzwischen als Anzeigenvertreter für die Zeitung tätig war, steckte häufig mit Elias Rowe zusammen, der seit seiner Offenbarung lange verschwunden gewesen war. Was war da los? Was verband diese beiden Männer? Überdies hatte Harding Elwood alle möglichen Fragen gestellt. Er hatte über Nachrufe gesprochen und nach alten Ausgaben der Zeitung gesucht. Das war doch verdächtig, oder etwa nicht?

Unter anderen Umständen hätte Jack diese Frage rundweg verneint und der ganzen Angelegenheit keine Beachtung geschenkt. Doch er selbst hatte ein brennendes Interesse daran zu erfahren, ob die Anrufe tatsächlich ein Schwindel waren. Das musste geklärt werden. Zu viele Menschen waren davon betroffen. Er selbst. Doreen. Tess. Und indirekt die gesamte Stadt. Dass mit den Gefühlen der betroffenen Menschen auf diese Weise gespielt wurde, empfand Jack als kriminell auf eine Art, über die man in der Polizeischule nichts lernen konnte.

Deshalb hatte er Sully Harding unter einem dürftigen Vorwand ins Polizeirevier mitgenommen und verhört – bis deutlich wurde, dass Harding von Jupes das Gleiche vermutete wie Jupes von Harding. Was dann zu der unfreiwillig komischen Situation führte, dass beide Männer sich gegenseitig verdächtigten.

»Was haben Sie im Bestattungsinstitut gemacht?«, fragte Sully Elwood Jupes.

»Fragen über Sie gestellt. Weshalb haben Sie sich außerhalb der Öffnungszeiten in der Bücherei aufgehalten?«

»Ich habe Recherchen über Sie angestellt. Wieso waren Sie auf dem Footballfeld?«

»Weil ich überprüfen wollte, ob Sie dort gewesen waren.«

So ging das immer weiter, bis Jack sich am Kopf kratzte und sagte: »Schluss jetzt. Das reicht.« Offensichtlich hatten beide Männer nichts Konkretes gegen den anderen in der Hand.

Und das galt auch für ihn selbst.

»Tut mir leid, dass ich Sie einfach so verschleppt habe«, sagte Jack zu Sully.

»Schon gut«, erwiderte Sully mit einem Seufzer.

»Normalerweise arbeiten wir in Coldwater nicht mit solchen Methoden.«

»Aber Coldwater ist nicht mehr, was es mal war.«

»Das kann man laut sagen«, warf Elwood ein.

»Mein Sohn wartet dauernd auf einen Anruf«, entfuhr es Sully. Er blickte zu Boden. Wieso, um alles in der Welt, hatte er das jetzt gesagt?

»Von seiner verstorbenen Mutter?«, fragte Elwood.

Sully nickte.

»Das ist hart.«

»Deshalb wollte ich die ganze Sache als Schwindel entlarven«, erklärte Sully.

»Damit Ihr Sohn sich keine falschen Hoffnungen macht?«

»Ganz genau.«

»Damit er nicht darauf wartet, dass irgendein Geist anruft, der behauptet, alles sei in Ord…«

»So ist es nicht«, fiel Jack dem Reporter ins Wort. »Wenn man plötzlich jemanden hört, den man für immer verloren glaubt … das ist … eine immense Erleichterung. Als sei das Schlimme nie geschehen. Ich meine, zuerst ist es absolut merkwürdig, man starrt auf das Telefon und glaubt, das Ganze sei ein Scherz. Aber Sie würden sich wundern, wie normal es dann plötzlich ist, wieder mit dem verlorenen Menschen zu sprechen …«

Jack merkte, dass beide Männer ihn erstaunt betrachteten.

»Das hat Doreen mir so geschildert«, sagte er rasch.

»Ihre Frau?«, fragte Sully.

»Exfrau.«

Einen Moment lang herrschte Schweigen. Dann klappte Elwood seinen Notizblock zu und sah Sully an. »Tja, ich glaube beinahe, Sie sind im falschen Beruf gelandet.«

»Wie das?«

»Sie hätten Reporter werden können.«

Sully schmunzelte. »Wieso – weil ich eine grottenfalsche Theorie entwickelt habe?«

Elwood grinste. Plötzlich spürten alle drei, wie müde sie waren. Jack schaute auf seine Uhr und sagte: »Gehen wir.« Sie verließen das Büro. Draußen wartete Elias, bewacht von zwei Polizisten.

Danach stattete Jack Tess einen Besuch ab, und ein Lächeln trat auf sein Gesicht, als sie ihm die Tür öffnete.

Elwood schaute bei »Pickles« vorbei und genehmigte sich ein Bier.

Elias legte sich im Gästezimmer seines Bruders schlafen.

Sully fuhr zu seiner Wohnung und starrte immer wieder durchs Autofenster auf die gewaltigen Scheinwerfer über dem Footballfeld, die nach dem Himmel zu greifen schienen.

DER TAG DER SENDUNG

NACHRICHTEN
ABC News

MODERATOR: Guten Morgen, meine Damen und Herren. Heute, am Freitag, den zweiundzwanzigsten Dezember, steht die kleine Stadt Coldwater im Bundesstaat Michigan im Mittelpunkt des internationalen Interesses. Denn in Coldwater will man versuchen, Kontakt mit dem Himmel aufzunehmen. Alan Jeremy ist für uns vor Ort.

(*Alan im Schnee*)

ALAN: Wie Sie sehen können, hat Coldwater bereits eine Gabe von oben erhalten – über Nacht sind fast fünfzehn Zentimeter Neuschnee gefallen. Die Schneepflüge können nicht eingesetzt werden, weil überall an den Straßen Autos geparkt sind. Die Schulen und viele Geschäfte bleiben heute geschlossen. Das normale Leben in Coldwater ist zum Stillstand gekommen, während die Menschen hier und in aller Welt darauf warten, dass eine Einwohnerin der Stadt namens Katherine Yellin von ihrer verstorbenen Schwester aus dem Himmel angerufen wird.

MODERATOR: Was wissen wir über Katherine Yellin, Alan?

ALAN: Sie ist sechsundvierzig Jahre alt, geschieden, arbeitet als Immobilienmaklerin und hat zwei erwachsene Kinder. Katherine und ihre verstorbene Schwester Diane standen sich offenbar sehr nahe. Diane Yellin starb vor zwei Jahren an einem Herzwandaneurysma. Katherine behauptet, seit September regelmäßig Anrufe von ihrer verstorbenen Schwester aus dem Jenseits zu erhalten.

MODERATOR: Ebenso wie diverse andere Einwohner von Coldwater, nicht wahr, Alan?

ALAN: Ja, sechs weitere Personen, darunter die Leiterin einer Kindertagesstätte und ein Zahnarzt, berichten ebenfalls, Anrufe von ihnen nahestehenden Verstorbenen erhalten zu haben. Sie werden heute auch an der überregionalen Talkshow teilnehmen. Im Zentrum der Live-Sendung steht allerdings Katherine Yellin, die ständig gefilmt werden wird, damit ihr etwaiger Kontakt mit dem Jenseits sofort weltweit übertragen werden kann. Seit Alexander Graham Bell 1878 der Königin von England seine neuartige Erfindung vorführte, hat die Welt nicht mehr mit solcher Spannung auf einen Telefonanruf gewartet.

MODERATOR: Und dieser Anruf heute kann weitreichendere Folgen haben.

ALAN: Allerdings. Das war Alan Jeremy für ABC News aus Coldwater.

»Können wir nicht noch mehr Pflüge ranschaffen?«, schrie Lance über das Dröhnen von Schneebläsern und gewaltigen Generatoren hinweg.

»Das versuche ich doch bereits!«, schrie Jeff Jacoby zurück. »Ich habe schon in fünf anderen Städten angerufen!«

Lance schüttelte entnervt den Kopf. Sie sollten längst mit den Vorbereitungen für die Sendung begonnen haben – stattdessen waren überall freiwillige Helfer damit beschäftigt, die Bühne zu kehren und mit Handtüchern den Set trocken zu wischen. Jack Sellers war mit Dutzenden von Polizisten im Einsatz gegen den Schnee, während der Bürgermeister verzweifelt versuchte, weitere Geräte zu organisieren.

Heftige Schneefälle. Ausgerechnet an diesem Tag. Lance

drückte den Sprechknopf an seinem Funkgerät und fragte: »Clint, sind die Betreuer schon unterwegs zu den Gästen?«

Lautes Rauschen und Knistern. Dann: »Wir haben ihnen gesagt … *zrrzylp* …«

»Ich versteh dich nicht!«

»Wir … *mzyrrrp* … Uhr.«

»Wie bitte?«

»*Zrrrrp* … was?«

»Sind sie auf dem Weg zum Set, Clint?«

»… um zehn.«

»Nein! Nicht erst um zehn! Jetzt! Siehst du diese Schneemassen nicht? Die Gäste müssen jetzt sofort abgeholt werden!«

»*Zmmzzpt* … jetzt?«

»Ja, jetzt! Jetzt sofort!«

Rauschen. »*Verst*…«

Lance feuerte das Funkgerät wütend in einen Schneehaufen. Das konnte doch nicht wahr sein! In vier Stunden wollten sie aller Welt einen Anruf vom Himmel präsentieren. Und bislang funktionierten nicht einmal die Funkgeräte!

*

Sully schüttete für seinen Sohn Frosties in eine Schüssel und goss Milch darüber.

»Kann ich auch noch Zucker haben?«, fragte Jules.

»Da ist schon genug Zucker drin«, antwortete Sully.

Die beiden blickten hinaus auf die Schneeverwehungen, die wie gefrorene Sahne aussahen, und die Bäume, deren Äste schwer beladen herabhingen.

Sully trank seinen Kaffee, den er besonders stark gemacht hatte, um munter zu werden. Es kam Sully vor, als sei er noch nie in seinem Leben so entsetzlich müde gewesen. Er hatte an einer Theorie festgehalten, die sich als falsch erwiesen hatte, und nun fühlte er sich wie ein absoluter Idiot. Ein komplett erschöpfter Idiot obendrein. Wäre Jules nicht gewesen, hätte Sully den ganzen Tag lang geschlafen.

»Hör mal, Jules, heute hast du keine Schule, ich bring dich zu Oma und Opa, okay?«

»Können wir erst noch im Schnee spielen? Einen Prachtburschen machen?«

Sully lächelte. *Prachtbursche* – das war Giselles Ausdruck für einen Schneemann gewesen. »Und jetzt bauen wir einen Prachtburschen!«, hatte sie gerufen, wenn sie mit Jules an der Hand im Winter aus dem Haus gestürmt war. Sully sah seinen Sohn an und empfand einen heftigen Anflug von Schuldgefühlen, als müsse er sich unbedingt bei Jules entschuldigen. Die ganze Zeit, während Sully wie besessen Elwood, Maria, Elias und den Nachrufen nachgejagt war, hatte sein Sohn ihn unablässig weitergeliebt – was ein kleines Wunder für sich war.

»Na klar«, antwortete Sully. »Wir bauen einen Prachtburschen.«

»Super!«, sagte Jules und schob sich einen gehäuften Löffel Frosties in den Mund. Milch tropfte ihm übers Kinn, und Sully tupfte sie mit einer Serviette ab, während Jules mampfte.

»Daddy?«

»Hmh?«

»Sei nicht traurig. Mami ruft dich bestimmt noch an.«

Sully ließ die Serviette sinken.

»Lass uns jetzt den Schneemann bauen, ja?«

»Den Prachtburschen«, korrigierte Jules.

Eine Stunde später ragte neben der Veranda eine voluminöse Schneegestalt auf, die einen Stock als Nase und runde Cracker als Augen und Mund hatte. Als Sullys Vater, Fred, mit dem Wagen vorfuhr und ausstieg, lächelte er und fragte: »Ist das euer neuer Türsteher?«

»Opa!«, schrie Jules, stapfte durch den Schnee und umklammerte Freds Beine.

»Danke, dass du ihn abholst«, sagte Sully zu seinem Vater. »Jules wollte noch einen Schneemann bauen.«

»Kein Problem«, erwiderte Fred.

Sully klopfte sich den Schnee von den Handschuhen und schniefte. »Du hast ja ziemlich lang gebraucht. Viel Verkehr?«

»Zum Auswachsen. Überall wimmeln Staatspolizisten rum, ich weiß gar nicht, was die hier alle wollen. Und es gibt bestimmt auf der ganzen Welt nicht genügend Abschleppwagen, um die Falschparker hier zu entfernen.«

»Wollt ihr zu dem …«, fragte Sully.

»Zu dem was? Dieser Show?«

»So nennen sie das Spektakel?«

»Wie würdest du es denn nennen?«

»Tja, Show passt wohl schon.«

»Deine Mutter will hin.«

Sully seufzte und wies mit dem Kopf auf Jules. »Aber er soll nichts damit zu tun haben, ja?«

»Ich bleib mit ihm zuhause«, erwiderte Fred. »Sollte der Himmel mit uns sprechen wollen, hören wir das bestimmt auch bei uns.«

Sully schnaubte und erinnerte sich plötzlich wieder daran, von wem er seinen Zynismus geerbt hatte. Er zog seine Mütze tiefer in die Stirn und sagte: »Ich muss los zur Arbeit.«

»Arbeitet heute eigentlich irgendjemand?«

»Ich muss Geld einsammeln. Einen Scheck vom Bestattungsinstitut abholen.«

»Bei Davidson?«

»Ja.«

»Da geht's nicht allzu heiter zu, wie?«

»Kann man nicht gerade behaupten, nein. Und der Besitzer ist ja auch ein harter Brocken. Etwa so gesprächig wie eine Statue.«

»Sam?«

»Hm?«

»Sam Davidson? Der kleine runde Typ? Der redet eigentlich furchtbar gerne.«

Sully runzelte die Stirn. »Wer ist denn Sam? Ich meine Horace.«

»Ach so, der. Nee, der ist nicht der Besitzer. Er hat einen Anteil von der Firma gekauft, damit Sam in den Ruhestand gehen konnte.«

Sully starrte seinen Vater an.

»Wann war das?«

»Vor etwa zwei Jahren, glaube ich. Der Kerl ist mir richtig unheimlich. Wer übernimmt denn schon freiwillig ein Bestattungsunternehmen?«

»Horace kommt nicht aus Coldwater?«

»So ein Gesicht würden wir hier nicht vergessen. Nee, nee, der kommt aus einem anderen Bundesstaat. Wieso?«

Sully schaute auf den stattlichen Schneemann, der ihn mit seinen Cracker-Augen anzustarren schien.

»Ich muss los«, sagte Sully statt einer Antwort.

*

Nachdem Katherine ihr Morgengebet beendet hatte, schminkte sie sich und ging im Morgenmantel nach unten in die Küche.

»Guten Morgen«, sagte sie zu Amy.

»Morgen. Wie geht's dir heute?«

»Ich bin nervös.«

»Kann ich mir vorstellen.«

Katherine hielt Dianes Handy in der rechten Hand.

»Kann ich dir Frühstück machen?«, fragte Katherine.

»Brauchst du nicht, danke.«

»Es heißt aber, dass Frühstück …«

»… die wichtigste Mahlzeit des Tages ist?«

»Ganz genau.«

Amy lächelte. »Ich muss mit den Kalorien haushalten. In meinem Gewerbe werden fette Leute nicht gern gesehen.«

»Aber du würdest doch nie fett werden.«

»Ach, das schaff ich locker in einem Monat.«

Beide lachten.

»Weißt du, als …«

Es klingelte an der Tür.

Katherine schaute erschrocken auf ihre Uhr. »Die haben sich doch für zehn angekündigt. Es ist erst zwanzig nach neun!«

»Ich kümmere mich drum.«

»Echt?«

»Geh nur und zieh dich an. Lass dich vorher nicht blicken!«

»Danke!«

Katherine sprintete in ihr Zimmer zurück, und Amy öffnete die Haustür.

»Ja?«, sagte sie zu den drei Männern, die draußen standen.

»Wir sind von der Talkshow.«

»Katherine ist noch nicht fertig.«

»Wir müssen ihr Ansteckmikro anbringen.«

»Um zehn ist sie fertig.«

Die Männer sahen sich an. Alle drei waren jung, schwarzhaarig und trugen Anoraks mit dem Sender-Logo. Hinter ihnen an der Straße entdeckte Amy noch mehr Übertragungswagen von anderen Sendern. Kameras waren auf das Haus gerichtet, als wolle man es unter Beschuss nehmen. Amy fühlte sich plötzlich meilenweit entfernt von ihrem ehemaligen Leben.

»Können wir sie nicht jetzt gleich verkabeln?«, fragte einer der Männer. »Das wäre besser. Wir müssen Zeit einsparen wegen der Schneemassen.«

Amy verschränkte die Arme vor der Brust. »Man hat ihr den Termin um zehn genannt, also wird sie auch um zehn fertig sein. Sie können ihr jetzt nicht einfach Druck machen. Immerhin hat sie eine tragende Funktion bei dem Ganzen.«

Die drei Männer sahen so verkrampft aus, als würden sie sich auf die Zunge beißen.

»Augenblick mal, haben Sie nicht anfangs die Berichterstattung von hier gemacht?«, fragte plötzlich einer.

»Stimmt«, warf einer der anderen beiden ein. »Sie sind Amy Penn von *Nine Action News.* Ich hab alle Ihre Sendungen gesehen.«

»Katherine darf nichts mit anderen Sendern …«

»Wir haben einen Exklusivvertrag mit ihr …«

»Haben Sie das mit Lance abgesprochen?«

»Sie wissen doch wohl, welche Summen für …«

»Das ist ein Verstoß gegen …«

»Sie sollten lieber nicht …«

Amy schloss die Tür.

*

Es war eine Qual, den Buick durch die Straßen von Coldwater zu bewegen. Noch nie zuvor hatte es in der Stadt ein derartiges Verkehrschaos gegeben. Viele Straßen waren nicht geräumt worden – dort lag der Schnee kniehoch. Voll besetzte Busse krochen langsam voran, um die Tausenden von Menschen zum Footballfeld zu befördern.

Als Sully endlich beim Bestattungsinstitut ankam, war es schon halb zwölf. In anderthalb Stunden würde die Sendung beginnen. Sully stieg hastig aus dem Auto. Nach zwei Schritten rutschte er auf einer Eisfläche aus, stürzte und knallte mit dem Gesicht auf einen Schneehaufen. Mühsam rappelte er sich auf, wischte sich den kalten Matsch aus dem Gesicht und tappte zur Eingangstür.

Die Gänge waren menschenleer, und wie immer ertönte leise Musik. Sullys Hosenbeine fühlten sich kalt und nass an. Als er um die Ecke bog, sah er Maria in ihrem Büro. Sie trug bereits ihren Mantel und wollte offenbar gerade aufbrechen.

»Mr Harding!«, sagte sie. »Was ist denn mit Ihnen passiert?«

»Ausgerutscht.«

»Ach, du meine Güte. Sie bluten ja. Hier.«

Sie zog Kleenextücher aus einer Schachtel.

»Danke. Maria, sagen Sie: Wo ist Horace?«

»Ach herrje, Sie versäumen ihn doch wahrhaftig schon wieder.«

»Oh.«

»Na ja, zumindest ist er diesmal nicht in der Mittagspause.«

»Ist er am Footballfeld bei der Sendung?«

»Da will ich gerade hin. Aber wo Horace ist, weiß ich leider gar nicht.«

»Hat er es Ihnen denn nicht gesagt?«

»Das macht er freitags nie.«

»Warum nicht?«

»Freitags hat er immer frei.«

Sully hatte das Gefühl, als stecke ihm ein Hühnerei im Hals. Er konnte kaum schlucken.

»Seit wann hat er freitags immer frei?«

»Ach, schon eine ganze Weile. Mindestens seit dem Sommer.«

Freitags. Die Anrufe kommen immer freitags.

»Maria, ich möchte Sie etwas fragen. Auch wenn es vielleicht seltsam klingt.«

»Ja?«, sagte sie vorsichtig.

»Seit wann arbeitet Horace hier?«

»Ach, das weiß ich nun ganz genau. Seit April vor einem Jahr. Genau am Geburtstag meines Großvaters hat er hier angefangen.«

Vor einem Jahr im April. Einen Monat nach dem Flugzeugabsturz.

»Und woher kam er?«

»Aus irgendeinem Ort in Virginia. Er hat nie viel darüber geredet, weil … na ja, Sie kennen sich ja damit aus.«

»Wie meinen Sie das?«

»Leute vom Militär sind doch immer so verschwiegen, nicht wahr?«

Sully biss sich auf die Unterlippe.

»Und … was hat Horace beim Militär gemacht?«

»Das weiß ich nicht genau. Er hat aber mit Mr Davidson darüber geredet. Horace war in Fort soundso in Virginia.«

»Fort Belvoir vielleicht?«

»Ja. Du liebe Güte, wie kommen Sie darauf?«

Sully ballte die Hände zu Fäusten. Fort Belvoir war der Sitz des Militärgeheimdienstes der US Army. *Wanzen. Abhören von Telefonen. Das ganze Programm.*

Maria schaute auf ihre Uhr. »Oje, ich bin schon spät dran.«

»Warten Sie. Eine Frage noch.«

»Okay.«

»Diese Abschriften, die Sie für die Nachrufe von den Gesprächen mit den Angehörigen machen?«

»Ja?«

»Bekommt Horace die zu sehen?«

Maria sah verdattert aus. »Wieso fragen Sie …«

»*Liest* er diese Abschriften?«

Sullys Tonfall war so scharf, dass Maria unwillkürlich einen Schritt zurückwich.

»Also … möglich ist es jedenfalls. Aber es wäre recht sinnlos.«

»Wieso?«

»Weil er ohnehin bei all diesen Gesprächen dabei ist.«

»Was?«

»Das ist seine Firmenpolitik. Er ist bei allen Treffen dabei, spricht mit allen Leuten, bekommt Kopien von allen Papieren.«

Sullys Blick schweifte ab, als er sich an seine erste Begegnung mit Horace erinnerte. *Es war eine schöne Zeremonie.* Horace war überall dabei, las alles, war im Bilde über sämtliche Menschen, die in Coldwater bestattet wurden – auch über Nick Joseph, Ruth Rafferty und Robbie Sellers.

Und Giselle.

Er wusste Bescheid über Giselle.

Sully trat auf Maria zu.

»Wo wohnt Horace?«, flüsterte er.

»Sie machen mir Angst, Mr Harding.«

»Wo *wohnt* er?«

»Warum …«

»Bitte«, sagte Sully zwischen zusammengebissenen Zähnen hervor. »Sagen Sie mir, wo er wohnt.«

Maria starrte ihn mit großen Augen an.

»Das weiß ich nicht. Er hat es mir nie gesagt.«

*

Um zwölf Uhr mittags war jeder einzelne Sitzplatz auf der Tribüne besetzt. Durch Heizlüfter und die starken Scheinwerfer wurde es auf der Bühne so warm, dass man sogar seinen Mantel offen lassen konnte.

Jack hatte seiner Truppe Anweisungen erteilt, Absprachen mit den Statetroopers getroffen und Funkgeräte an alle zusätzlichen Hilfskräfte verteilt. Jetzt begleitete er Tess in die Schule und zum Lehrerzimmer, das als Aufenthaltsraum für die Talkshow-Gäste diente. Tess umklammerte ihre Handtasche, in der sich ein neues Handy befand, zu dem Anrufe von zuhause weitergeleitet wurden. Das war Samanthas Vorschlag gewesen – für den Fall, dass Ruth anrief, während Tess außer Haus war.

»Du kannst es dir immer noch anders überlegen«, raunte Jack ihr zu.

»Das geht schon in Ordnung«, erwiderte Tess. »Ich habe keine Angst vor Fragen.«

Das stimmte tatsächlich. Jack hatte oft miterlebt, wie Tess den Pilgern in ihrem Wohnzimmer bereitwillig Auskunft gab über alles, was sie wissen wollten.

»Ich werde die ganze Zeit auf der Bühne sein«, sagte er.

»Gut.« Tess lächelte.

Am Abend zuvor, nach der anstrengenden Situation mit Harding, dem Reporter und Elias Rowe, war Jack zu Tess gefahren, um mit ihr zu reden und sich zu entspannen. Sie hatte ihm aufmerksam zugehört und ab und an ihre langen blonden Haare hinter die Ohren gestrichen.

»Es war also kein Schwindel«, hatte sie am Ende gesagt.

»Nein. Die beiden haben sich einfach gegenseitig verdächtigt.«

Das schien Tess zu erfreuen, und Jack ging es ähnlich. Die Anrufe vom Himmel hatten damit einer ersten Überprüfung standgehalten; ihre Glaubwürdigkeit war erhalten geblieben.

Nach dem Bericht machte Tess heiße Schokolade für Jack. Sie setzten sich mit ihren Bechern auf die Couch und redeten eine Weile über die Sendung und den Massenandrang und den bevorstehenden Tag. Irgendwann war Jack eingedöst, und als er erwachte, saß er immer noch auf der Couch, aber Tess hatte ihn zugedeckt. Es war dunkel im Haus, und Jack wünschte sich unwillkürlich, die ganze Nacht hierbleiben zu können –

nur um am nächsten Morgen zu erleben, wie Tess die Treppe herunterkam. Das hätte ihm das Gefühl gegeben, sie seien ein Paar. Doch Jack wusste, dass das in der gegenwärtigen Situation unklug gewesen wäre. Und so faltete er die Decke zusammen, legte sie auf die Couch, fuhr nach Hause, nahm eine Dusche und machte sich auf zur Highschool, wo er dann auch den Rest der Nacht blieb.

Jetzt brachte er Tess zum VIP-Bereich, wo sie auf eine Frau mit einem Klemmbrett zutrat und sagte: »Hi, ich bin Tess Rafferty.«

»Prima«, erwiderte die Frau und machte einen Haken neben Tess' Namen. »Dort hinten gibt es Kaffee und Snacks. Und wir beide müssen noch ein bisschen Papierkram erledigen.«

Plötzlich dröhnte eine Männerstimme: »Guten Morgen, Tess.«

Tess drehte sich um und erblickte Pater Carroll, der einen schweren Wollmantel über seinem Habit trug und sich in Begleitung von Bischof Hibbing befand.

»Pater Carroll«, sagte Tess verblüfft. »Guten Morgen. Guten Morgen auch Ihnen, Herr Bischof.«

Tess warf Jack einen hastigen Blick zu, und er stellte sich vor. Dann trat er einen Schritt zurück und steckte die Hände in die Taschen seines Uniformparkas. »Ich hab alle Hände voll zu tun und muss jetzt los. Alles klar mit dir?«

»Ja, danke«, antwortete Tess.

»Gut. Wir sehen uns dann.«

Jack verließ das Schulgebäude. Während er auf die gigantische Bühne zuging, auf der er sich während der gesamten Sendung aufhalten würde, versuchte er angestrengt, seine persönlichen Gefühle außer Acht zu lassen und sich auf die größte logistische Herausforderung seiner gesamten Laufbahn zu konzentrieren. Menschenmassen drängten auf das Gelände; sogar auf den Hügeln hinter der Tribüne hatten sich Leute niedergelassen. *Im Schnee?*, dachte Jack. Zum Glück hatte es aufgehört zu schneien; im Moment spähte sogar die Sonne hinter den Wolken hervor. Jack fragte sich unwillkürlich, ob diese kleine Stadt wohl am nächsten Tag in besserem oder schlechterem Zustand sein würde als heute.

Als er sich der Treppe zur Bühne näherte, meldete sich sein Handy.

»Ja, hier Polizeichef Sellers«, sagte er.

»Ich bin's, Dad.«

Jack blieb abrupt stehen.

»Robbie?«

»Erzähl ihnen von mir, Dad … Sag ihnen, wo ich bin.«

*

Sully hatte Liz angerufen und sie gebeten, so schnell wie möglich in die Bücherei zu kommen. Weil mit dem Auto kein Vorwärtskommen möglich war, rannte Sully keuchend durch die verschneiten Straßen. Die kalte Luft brannte in seiner Lunge.

»Was ist passiert?«, fragte Liz, als sie ihm die Hintertür der Bücherei öffnete.

»Ich brauche eine Adresse.« Sully versuchte, wieder zu Atem zu kommen. »Muss … wissen, wo Horace wohnt.«

»Welcher Horace?«

»Vom Bestattungsinstitut.«

»Okay, okay«, sagte Liz und ging zum Computer. »Es gibt öffentliche Einträge, aber du musst mir schon erst mal was an die Hand liefern.«

Sully beugte die Knie und versuchte tief ein- und auszuatmen.

»Gib mal ›Horace‹ ein – verflucht, wie hieß er nur mit Nachnamen? Such mal nach dem Bestattungsinstitut, dann findest du ihn bestimmt.«

Liz hackte eilig in die Tasten.

»Davidson & Söhne … bla bla bla … ah, hier. Eigentümer: Horace Belfin.«

»Such nach seiner Privatadresse!«

»Ich glaube nicht … warte mal … Nein, nichts zu finden.«

Sully schaute auf seine Uhr. Es war beinahe halb eins.

»Wie können wir sonst noch rauskriegen, wo jemand in Coldwater wohnt?«

Liz machte weitere Eingaben – dann blickte sie unvermittelt auf.

»Ich weiß eine schnellere Methode«, sagte sie.

Zehn Minuten später betraten die beiden die Immobilienagentur von Coldwater. Der Empfangstisch war unbesetzt, aber weiter hinten sahen sie einen Mann an einem Schreibtisch sitzen.

»Kann ich Ihnen helfen?«, fragte Lew.

»Vielleicht«, sagte Sully und holte tief Luft. »Obwohl mein Anliegen wohl ziemlich seltsam klingt.«

»Was kann in Coldwater denn noch seltsam sein? Ich hoffe nur, Sie wollen kein Haus, in dem Sie von Ihren verstorbenen Verwandten angerufen werden können. Derlei Objekte sind mir nämlich grade ausgegangen.«

Sully warf Liz einen Blick zu.

»Sie haben Zweifel an diesen Anrufen?«, fragte er dann Lew.

Lew sah sich um, als könne jemand mithören.

»Nun, ich darf eigentlich Katherine Yellin der Großen, unserer hochgeschätzten Geschäftspartnerin, nicht widersprechen – aber, ja, das könnte man durchaus so sagen: Ich habe Zweifel an diesen Anrufen. Sie sind das Übelste, was dieser Stadt je widerfahren ist. Ehrlich gesagt halte ich das alles für einen Schwindel in großem Stil. Aber verraten Sie das bitte keinem, ja?« Er schniefte. »Gut. Sie suchen nach einem Haus?«

»Ja«, antwortete Sully. »Und zwar nach einem, mit dem bewiesen werden könnte, dass Sie recht haben.«

Lew strich sich übers Kinn.

»Reden Sie weiter«, sagte er.

*

Um fünf Minuten vor eins trat eine Frau, die mit einem fuchsienroten Mantel, schwarzem Rollkragenpullover, knielangem Rock, schwarzer Strumpfhose und hohen schwarzen Stiefeln bekleidet war, aus einem beheizten Zelt auf der Bühne. Das Publikum empfing die Moderatorin mit tosendem Applaus, während sie seelenruhig zu ihrem Platz ging. Von der anderen Seite der Bühne näherten sich jetzt Tess Rafferty, Anesh Barua, Eddie Doukens und Jay James der Stuhlreihe, die für sie aufgebaut worden war.

Schließlich erschien Katherine Yellin in einem indigoblauen Hosenanzug, den Amy mit ihr ausgesucht hatte. Das rosa Handy hielt sie in der linken Hand. Bei ihrem Anblick brach die Menschenmenge in Jubel aus und applaudierte frenetisch. Katherine wurde zu einem Sitzplatz an der Seite geführt, wo sie – eine Idee, die Lance in letzter Minute gehabt hatte – von Polizeichef Jack Sellers flankiert wurde. Jack sah noch immer verwirrt aus, weil er gerade mit seinem Sohn gesprochen hatte.

»Ich heiße Sie alle herzlich willkommen! Danke, dass Sie heute hier sind!«, rief Bürgermeister Jeff Jacoby ins Mikrofon. »Die Sendung wird gleich beginnen. Bitte vergessen Sie nicht, dass die Bilder in aller Welt zu sehen sein werden – was auch geschieht, wir sollten also alle darum bemüht sein, Coldwater im besten Licht zu zeigen!«

Er drehte sich um und gab dem weißhaarigen Priester ein Zeichen.

»Würden Sie bitte die Anwesenden segnen, bevor wir mit der Sendung beginnen, Pater Carroll?«

*

Sully schlitterte mit seinem Wagen halb auf der Fahrbahn, halb durch verschneite Vorgärten, um geparkte Autos herum, holperte über Bordsteine und wieder herunter. Er wurde kräftig durchgeschüttelt und prallte mehrmals fast gegen das Armaturenbrett. Aber ihm blieb keine andere Wahl – wäre er langsamer gefahren, wäre der Wagen unweigerlich im Schnee versunken.

Als Anhaltspunkt hatte Sully lediglich eine Adresse und eine hastig gezeichnete Straßenskizze auf einem Blatt Briefpapier. Den Akten der Makler zufolge hatte Horace vor fünfzehn Monaten ein großes Grundstück mit einem alten Farmhaus und einer Scheune am Rande von Moss Hill gekauft und auch sofort bar bezahlt. Weil die Transaktion über die Immobilienagentur von Coldwater gelaufen war, fand sich in den Unterlagen eine Kopie des Kaufvertrags, die Lew ihnen vergnügt überreicht hatte mit den Worten: »Ich habe Katherine nie geglaubt, nicht mal, als sie den Anruf hier im Büro bekam.«

Sully bog in eine passierbare Straße ein. Immer wieder sah er Horace' langes hageres Gesicht vor sich und ging in Gedanken sämtliche Gespräch mit dem Mann durch, in der Hoffnung, irgendwo auf Hinweise zu stoßen.

Es war eine schöne Zeremonie. Die Angehörigen haben es Ihnen sicher berichtet.

Ich bin einer der Angehörigen.

Natürlich.

Sully hatte ein flaues Gefühl im Magen. Als er zur Route 8 kam, die zum Glück geräumt war, trat er das Gaspedal durch. Auf der Gegenseite hatte sich ein langer Stau gebildet, aber die Spur, die aus Coldwater herausführte, war frei.

Wie geht es Ihnen, Mr Harding?
Nicht so gut.
Das verstehe ich.
Sully warf einen Blick auf seine Uhr.
Zehn nach eins.
Die Sendung hatte bereits begonnen.

*

Auf Wunsch des Königshauses erklärte sich Alexander Graham Bell bereit, Königin Victoria seine bahnbrechende Erfindung, das Telefon, vorzuführen. Das Ereignis fand am 14. Januar 1878 im Palast der Königin auf der Isle of Wight statt, zwei Jahre nachdem der Kaiser von Brasilien ausgerufen hatte: »Mein Gott! Es spricht!« Seither war das Gerät wesentlich verbessert worden, und man konnte der Königin eine eindrucksvolle Demonstration bieten. Insgesamt sollten Verbindungen zu vier verschiedenen Orten hergestellt werden, so dass Ihre Majestät eine Stimme aus einem Cottage in der Nähe hören würde, ebenso vier Sänger aus der Stadt Cowes, einen Hornbläser in Southampton und einen Organisten aus London.

Zahlreiche Reporter sollten über die Darbietung berichten. Wenn die Königin sich beeindruckt zeigen würde, war mit einem Siegeszug von Bells Erfindung zu rechnen, so viel stand fest.

Doch nur wenige Augenblicke vor Beginn der Demonstration stellte Bell fest, dass von den geplanten vier Verbindungen nur eine einzige funktionierte. In diesem Moment betrat auch bereits die Königin mit ihrem Gefolge den Raum. Bell verbeugte sich, als er der Regentin, ihrem Sohn – dem Herzog von Connaught – und ihrer Tochter, Prinzessin Beatrice, vorgestellt wurde.

Durch ihren Kammerherrn ließ die Königin verlauten, ob

Professor Bell »so gütig sein wolle, dieses Gerät, das sogenannte Telefon, bitte zu erläutern«.

Bell nahm den Hörer ab, holte tief Luft und sprach ein stummes Stoßgebet, dass die einzige verbliebene Verbindung noch vorhanden war.

*

Im Krankenhaus berührte Elias Rowe behutsam Pastor Warrens knochiges Handgelenk. Im Hintergrund hörte man leise den Fernseher.

»Die Sendung beginnt, Herr Pastor«, raunte Elias.

Warren schlug die Augen auf.

»Mmm … danke.«

Elias blickte in den Flur der Station hinaus. Dort war kaum jemand zu sehen, weil so viele Angestellte sich frei genommen hatten, um die Show vor Ort zu sehen; einige hatten sogar »religiöse Gründe« für sich ins Feld geführt. In ganz Coldwater – und auch weit darüber hinaus – hatten die Menschen das Gefühl, dass dieses Ereignis drei Tage vor Weihnachten ihr Leben so grundlegend verändern würde wie eine wichtige politische Wahl oder der Moment, in dem der erste Mensch den Mond betrat.

Elias hatte Pastor Warren aufgesucht, weil er nach dem chaotischen Erlebnis mit Sully und Elwood das Gefühl gehabt hatte, seinen Kopf klären zu müssen. Der Pastor hatte mit Elias gebetet, und nun saß Elias auf einem Stuhl neben dem Bett, und die beiden Männer sahen sich jene Sendung an, die man als Endergebnis der verrücktesten vier Monate ihres Lebens betrachten konnte.

Gerade stellte die Moderatorin »die Auserwählten« und Katherine Yellin im besonderen vor. Immer wieder sah man Bilder von Zuschauern, die sich an den Händen hielten oder mit geschlossenen Augen beteten.

»Katherine«, fragte die Moderatorin jetzt, »Sie haben Ihre Schwester Diane gebeten, heute in Kontakt mit Ihnen zu treten, nicht wahr?«

»Ja«, antwortete Katherine.

Elias fand, dass sie sehr nervös wirkte.

»Haben Sie Diane erklärt, weshalb?«

»Ja.«

»Was haben Sie ihr gesagt?«

»Wenn Der Herr der Welt zeigen wolle, dass es den Himmel wirklich gibt – ob sie es nicht bitte beweisen könne.«

»Und Diane hat gesagt, dass sie das tun will?«

Katherine nickte und warf einen Blick auf ihr Handy.

»Sie haben hier eine Liste mit Fragen, die Menschen aus aller Welt Ihnen über den Himmel gestellt haben?«

Katherine berührte das Klemmbrett auf ihrem Schoß.

»Ja.«

»Und alle Gäste unserer Sendung«, sagte die Moderatorin und wandte sich den anderen zu, »haben ihre Mobiltelefone mitgebracht, wie ich gehört habe. Können Sie uns die bitte zeigen?«

Die »Auserwählten« holten ihre Handys heraus und hielten sie hoch, was jeweils in Großaufnahme gefilmt wurde.

»Das Phänomen von Stimmen aus dem Jenseits ist nicht neu«, erklärte die Moderatorin und wandte sich in eine andere Richtung, wo sie vom Teleprompter ablas. »Wir möchten eine Expertin dazu befragen, Dr. Salome Depawzna, die Spezialistin für paranormale Kommunikation ist. Sie wird uns über Satellit aus Houston zugeschaltet. Guten Tag, Dr. Depawzna.«

Auf den riesigen Bildschirmen erschien eine grauhaarige Frau in mittleren Jahren vor dem Hintergrund der Skyline von Houston.

»Guten Tag.«

»Dr. Depawzna, offenbar gab es auch schon in der Vergangenheit Menschen, die in Kontakt mit dem Jenseits …«

Drrrnnnng.

Die Moderatorin brach ab, und die Gäste blickten nach links und rechts.

Drrrnnnng.

Tess blickte auf ihr neues Handy.

»Oh Gott«, flüsterte sie.

Drrrnnng.

Dann ertönte ein anderer Ton. *Bddllleeep …*

Und: *Ole-ole …*

Nacheinander meldeten sich alle Mobiltelefone in den Händen der »Auserwählten«, die sich gegenseitig verwirrt anstarrten.

»Hallo?«, sagte Dr. Depawzna auf dem Bildschirm. »Ich kann Sie nicht mehr hören …«

Die Zuschauer riefen jetzt »Drangehen!« und »Abnehmen, schnell!«. Die Auserwählten sahen sich alle an. Und Katherine neben Jack fuhr herum und blickte schockiert zu ihm auf.

Denn auch sein Handy klingelte.

*

Das Haus befand sich am Ende einer unbefestigten Straße. Sully stieg aus dem Wagen und betrachtete das Gelände. Es war von einem hohen Maschendrahtzaun umgeben, das Farmhaus und die Scheune lagen weit hinten. Es gab ein großes Eingangstor, aber Sully hatte nicht die Absicht, sich bemerkbar zu machen. Er holte tief Luft, dann begann er den Zaun hochzuklettern. Bei der Armee war er in Bestform gewesen und hatte solche Hindernisse mit Leichtigkeit bezwungen, doch inzwischen geriet er ziemlich außer Puste. Als er oben angelangt war, schwang er das Bein über den Maschendraht, ließ sich fallen und versuchte sich am Boden möglichst geschmeidig abzurollen.

Erinnern Sie sich noch an mich?

Sie sind Mr Harding.

Nennen Sie mich ruhig Sully.

Wie Sie wünschen.

Sully stapfte durch den hohen Schnee. Die Augen tränten ihm vor Kälte, und seine Nase lief. Als er sich dem Farmhaus näherte, entdeckte er einen großen kastenförmigen Bau neben der Scheune, aus dem ein fast zwanzig Meter hoher Pfosten mit Metallquerstreben aufragte. Äste und grüne Blätter hingen von der Spitze, als habe jemand versucht, den Pfosten wie einen Baum wirken zu lassen. Doch die anderen Bäume waren kahl, und dieses Blattwerk hatte eine unnatürlich grüne Farbe.

Sully kannte sich aus mit Tarnnetzen.

Der Pfosten war ein Telefonmast.

*

»Was hat Ihre Tochter gesagt, Anesh?«

»›Wir sind hier‹.«

»Und Ihre Mutter, Tess?«

»›Wir sind hier‹.«

»Ihr Geschäftspartner, Jay?«

»›Wir sind hier‹.«

»Eddie? Was hat Ihre Exfrau gesagt?«

»Das Gleiche.«

»Und Polizeichef Jack Sellers?« Die Moderatorin sah Jack an, der jetzt zwischen Katherine und den anderen »Auserwählten« stand und sich völlig fehl am Platz vorkam. »Was hat die Telefonstimme Ihnen mitgeteilt?«

»Es war mein Sohn.« Jack hörte seine eigene Stimme so verstärkt durch die Lautsprecher, als schreie er in einen Canyon hinein.

»Wie heißt Ihr Sohn?«

Jack zögerte.

»Robbie.«

»Wann ist er gestorben?«

»Vor zwei Jahren. Er war Soldat.«

»Haben Sie vorher schon Anrufe von ihm bekommen?«

Jack hob das Kinn. Er fragte sich, wie Doreen seine Antwort wohl verkraften würde, und bat seine Exfrau stumm um Verzeihung. Dann blickte er zu Tess hinüber, die ihm zunickte.

»Ja. Ich habe diese Anrufe bereits ebenso lange bekommen wie alle anderen hier auf der Bühne.«

Ein aufgeregtes Raunen lief durch die Menge.

»Und was hat er jetzt gerade zu Ihnen gesagt?«

Jack schluckte. »›Das Ende ist nicht das Ende.‹«

Die Moderatorin blickte in die Kamera, verschränkte die Hände im Schoß und genoss den erhabenen Moment, gerade Fernsehgeschichte zu schreiben. Alle Handys hatten sich gleichzeitig gemeldet, und mit einer Ausnahme hatten die Stimmen vom Himmel alle den gleichen Satz gesagt und waren dann verstummt. *Das Ende ist nicht das Ende.* Eine Szene von großer Tragweite, die gewiss auch noch von künftigen Generationen gesehen werden würde.

»Ich möchte noch einmal zusammenfassen, was wir hier gerade erlebt …«, sagte die Moderatorin in die Kameras.

»WIR HABEN NICHTS GEHÖRT!«

Die Stimme kam von der Tribüne. Nervös überschattete die Moderatorin die Augen und versuchte den Sprecher zu orten.

»WIR ALLE HABEN NICHTS GEHÖRT! WOHER SOLLEN WIR WISSEN, DASS ES WAHR IST?«

Die Zuschauer blickten sich um. Eine Kamera schwenkte auf den weißhaarigen Mann im langen Mantel, der ganz vorne an der Tribüne stand und nun auf den großen Monitoren erschien.

»DIE KÖNNTEN DOCH ALLE LÜGEN!«, schrie Elwood Jupes.

Er blickte um sich und breitete beschwörend die Hände aus.

»WIR ALLE HABEN NICHTS GEHÖRT, NICHT WAHR?«

*

Sully horchte an der Holzwand der Scheune. Er hörte undeutliche Geräusche, die er aber nicht genau bestimmen konnte. Das Tor war nur etwa sechs Meter entfernt, aber Sully hatte nicht die Absicht, daran zu klopfen. Wenn Horace tatsächlich hinter diesen Anrufen vom Himmel steckte, musste man ihn auf frischer Tat ertappen.

Das Fundament der Scheune bestand aus Stein, die Wände aus Holz, das Dach aus Blech. Fenster gab es keine. Sully bewegte sich an der Längsseite des Gebäudes entlang. Er zitterte vor Kälte; er war erschöpft; seine Lunge brannte. Einzig die Vorstellung von seinem kleinen Sohn, der das Telefon abnahm in der Hoffnung, seine Mutter zu hören, und dann stattdessen die Stimme von Horace vernahm, dem unheimlichen, klapperdürren, gespenstischen Horace, gab Sully die Kraft, sich weiter voranzukämpfen durch die Schneewehen, bis er schließlich zur Nordseite der Scheune gelangte.

Wo er eine etwa drei Meter hohe Schiebetür aus Metall entdeckte.

*

»Was wollen Sie uns damit sagen?«, fragte die Moderatorin, die an den Rand der Bühne getreten war. »Dass all diese Menschen hier lügen?«

»Davon kann man ausgehen«, antwortete Elwood ruhig. Er sprach in ein Mikrofon, das man ihm gereicht hatte. Sein Zwischenruf hatte die Zuschauer beunruhigt, denn er hatte ihnen verdeutlicht, dass sie hier waren, um Stimmen vom Himmel zu hören, bislang jedoch nur fünf Leute dabei beobachtet hatten, wie sie ihr Handy ans Ohr hielten und dann eine Aussage machten.

»Leben Sie hier?«, fragte die Moderatorin.

»Seit meiner Geburt.«

»Was machen Sie beruflich?«

»Ich bin Reporter der Lokalzeitung.«

Die Moderatorin warf dem Regisseur einen raschen Blick zu.

»Wieso sind Sie nicht zu anderen Zeitungen gegangen?«

»Weil ich in Coldwater aufgewachsen bin. Weil ich hier verheiratet war und hier meine Tochter großgezogen habe.«

Elwood hielt inne. »Und weil sie hier gestorben ist.«

Ein Raunen lief durch die Menge. Elwoods Stimme klang rau, als er weitersprach.

»Das ist bekannt hier in der Stadt. Meine Tochter ist mit dem Auto von einer Brücke gefahren. Sie hatte eine schlimme Krankheit und wollte nicht mehr leben.«

Die Moderatorin sah betroffen aus. »Das tut mir sehr leid …«

»Nicht nötig. Sie kannten meine Tochter nicht, und Sie kennen mich nicht. Für Sie ist nur diese Information wichtig: Vor ein paar Monaten hab ich einen dieser Anrufe gekriegt.«

»Wie? Sie haben einen Anruf von Ihrer toten Tochter bekommen?«

»Es war eindeutig ihre Stimme.«

Verblüfftes Murmeln vom Publikum war zu hören.

»Und wie haben Sie reagiert?«

»Ich habe gesagt, wer immer da dran ist, solle gefälligst mit dem Mist aufhören. Sonst würde ich beim nächsten Mal die Stimme aufnehmen und zur Polizei gehen.«

»Was ist dann passiert?«

Elwood blickte zu Boden.

»Sie hat nie wieder angerufen.«

Er wischte sich mit einem Taschentuch übers Gesicht. »Deshalb möchte ich so eine Stimme eben mal hören. Ich möchte, dass wir alle hier eine echte Stimme hören können, die vom Himmel berichtet. Damit alle Anwesenden die Chance bekommen, dieses Phänomen einzuschätzen. Dann werde auch ich wissen …«

Er verstummte.

»Was werden Sie wissen?«, hakte die Moderatorin nach.

Elwood wandte den Blick ab.

»Ob ich etwas falsch gemacht habe.«

Er wischte sich wieder übers Gesicht und gab das Mikrofon ab. Das Publikum war ganz still.

»Um so eine Stimme zu hören, haben wir uns ja alle heute hier eingefunden«, sagte die Moderatorin schließlich und kehrte zu ihrem Platz zurück. »Und mit Katherine Yellin …«

Sie wandte sich zu Katherine, die unentwegt von einer Kamera gefilmt wurde.

»… wird uns das hoffentlich auch gelingen.«

Katherine umklammerte das rosa Handy. Es kam ihr vor, als ruhten die Augen der ganzen Welt auf ihr.

*

Sully packte den Türgriff und konzentrierte sich. Jetzt durfte nichts schiefgehen. Eine weitere Chance, Horace auf frischer Tat zu ertappen, würde es nicht geben. Sully atmete dreimal tief ein, dann riss er mit einem Ruck die Tür auf und stürmte in die Scheune.

Es dauerte einen Moment, bis seine Augen sich an die Dunkelheit gewöhnt hatten. Dann sah er große Maschinen, rote Anzeigelichter, Netzteile, zahllose Kabel. In Regalen befanden sich weitere Geräte, die Sully nicht identifizieren konnte. An einem großen Metalltisch stand ein Stuhl. Und die Geräusche, die er von draußen gehört hatte, stammten von einem Flachbildfernseher.

Auf dem ein Zeichentrickfilm zu sehen war.

»Horace!«, brüllte Sully.

Seine Stimme hallte durch den großen Raum. Sully blickte um sich und umrundete die Maschinen.

»Horace Belfin!«

Nichts rührte sich. Sully trat zu dem Schreibtisch, auf dem ordentlich aufgestapelte Akten lagen. In einem Kaffeebecher steckten gelbe Marker. Sully schaltete die Schreibtischlampe ein und zog eine Schublade auf. Büromaterial. In der nächsten sah er Computerkabel.

Doch in der dritten Schublade stieß Sully auf etwas, das er kannte.

Marias Akten mit ihren farbigen Reitern, beschriftet mit Namen.

Barua. Rafferty. Sellers. Yellin …

Sully erstarrte.

Auf der untersten Akte stand *Harding, Giselle.*

»Mr Harding!«

Sully fuhr herum.

»Mr Harding!«

Die Stimme kam von draußen.

Sullys Hände zitterten jetzt so heftig, dass er die Schublade nicht mehr schließen konnte.

»Mr Harding! Kommen Sie bitte heraus!«

Sully lief zur Tür, holte tief Luft und spähte hinaus.

»Mr Harding!«

Horace stand vor dem Farmhaus. Er trug einen schwarzen Anzug und winkte Sully zu.

»Hier herüber!«, rief er.

*

Diane war bei der Geburt von Katherines erstem Kind dabei gewesen, ebenso wie Katherine Diane unterstützt hatte, als sie ihre erste Tochter zur Welt brachte. Sie erinnerte sich noch ganz genau: Die beiden hielten sich an der Hand, während die Wehen stärker wurden.

»Dauert nicht mehr lange«, sagte Diane damals beruhigend. »Du schaffst es.«

Katherine war schweißüberströmt. Zwei Stunden zuvor hatte Diane sie mit halsbrecherischer Geschwindigkeit in die Klinik gefahren, weil Katherines Mann Dennis bei der Arbeit war.

»Kaum … zu glauben …, dass wir nicht … von der Polizei angehalten worden sind«, keuchte Katherine.

»Ich finde das ja richtig schade«, erwiderte Diane. »Ich hab mir immer schon gewünscht, mal zu einem Polizisten sagen zu können: *Ich kann nichts dafür, die Dame hier kriegt grade ein Kind!*«

Katherine hätte beinahe gelacht, spürte dann aber einen stechenden Schmerz.

»Oh mein Gott, Diane, wie hast du das nur ausgehalten?«

»Kein Problem.« Diane lächelte. »Ich hatte doch dich, weißt du nicht mehr?«

An diese Szene dachte Katherine nun, während sie das rosa Handy umklammerte und von der Bühne ins Publikum blickte. Im Moment war gerade Werbepause, und Katherine wünschte sich plötzlich, verschwinden und einfach nach Hause gehen zu können – weg von all diesen Menschen, den Kameras, dem nervigen Elwood Jupes! Und diesen Millionen von Augen in aller Welt entfliehen zu können, die auf sie starrten.

Sie sah sich um. Eine Visagistin war mit dem Make-up der Moderatorin befasst. Produktionsassistenten schoben Heizlüfter näher zu den Gästen. Nur wenige Meter entfernt stand Jack Stellers, den Blick auf den Boden gerichtet.

Katherine betrachtete ihn. Sie war Jack bislang nur ein- oder zweimal begegnet, zu jener Zeit, als man die Bewohner der Stadt noch mit ihren Vornamen und Berufen kannte – »Jack, der Polizeichef«, »Katherine, die Immobilienmaklerin« – und noch nicht danach geurteilt wurde, wer Anrufe vom Himmel bekam und wer nicht.

»Entschuldigung«, sagte Katherine.

Jack schaute auf.

»Was glauben Sie, was Ihr Sohn damit gemeint hat?«

»Womit?«

»Mit der Bemerkung ›Das Ende ist nicht das Ende‹. Wie verstehen Sie das?«

»Ich denke, er meint damit den Himmel. Das hoffe ich jedenfalls.«

Jack wandte den Blick ab.

»Ich wollte das niemandem erzählen«, murmelte er.

Katherine blickte auf die riesige Menschenmenge.

»Dazu ist es nun zu spät«, sagte sie leise.

Und in diesem Augenblick klingelte ihr Handy.

*

Zögernd betrat Sully das Farmhaus. Horace hatte ihn nur hereingewinkt und war dann verschwunden. Sollte es sich um eine Falle handeln, war er denkbar schlecht vorbereitet, dachte Sully, während er vorsichtig vorwärtsging. Dabei hielt er aufmerksam Ausschau nach etwas, womit er sich zur Not verteidigen konnte.

Die Flure des Hauses waren schmal, die Böden abgetreten und die Wände in muffigen Farben gestrichen; die Zimmer wirkten so klein, als stammten sie aus einer Zeit, als auch die Menschen noch kleiner gewesen waren. Sully kam an der Küche vorüber und warf einen Blick auf die hellen Eichenmöbel und die geblümte Tapete. Auf dem Tisch stand eine Kaffeekanne. Er hörte Stimmen, die von unten zu kommen schienen, und entdeckte am Ende des Flurs eine Treppe, die in den Keller führte. Ein Teil von Sully wollte davonlaufen; ein anderer wollte dort hinuntersteigen. Sully zog seine dicke Jacke aus und ließ sie lautlos zu Boden fallen. So war er zumindest beweglicher.

Als er an der Treppe stand, dachte er an Giselle.

Bleib bei mir, Süße.

Dann begann er den Abstieg.

*

Neun Jahre nachdem Alexander Bell das Telefon erfunden hatte, experimentierte er mit der Tonwiedergabe. Er zeichnete seine eigene Stimme auf, indem er durch eine Membran sprach, die einen Stift in Bewegung versetzte, welcher wiederum Rillen in eine Wachsplatte ritzte. Bell sagte einige Zahlen auf und beendete die Aufnahme mit den Worten: »Ich bezeuge, dass dies meine Stimme ist … Alexander … Graham … Bell.«

Über ein Jahrhundert lang lag diese Wachsplatte unberührt in einer Kiste in einem Museum – bis man ihr mithilfe von Computern, Licht und einer 3-D-Kamera die Aufzeichnung entlocken konnte. Zum ersten Mal vernahm man die Stimme des längst verstorbenen Erfinders, der seinen Namen mit unüberhörbar schottischem Akzent aussprach – »Alex-ahhn-der Gray-ham Bell«.

Heutzutage hinterlassen Menschen tagtäglich irgendwo einen Abdruck ihrer Stimme, meist auf Mailboxen und Anrufbeantwortern. Bells bahnbrechende Erfindung, durch die menschliche Stimmen zum ersten Mal durch Kabel reisen konnten, kann heute Stimmen zu Satelliten befördern und unsere Worte in digitale Daten umwandeln – Daten, die gespeichert, vervielfältigt und auch manipuliert werden können.

Als Sully den Keller des Farmhauses betrat, wusste er noch nicht, dass er Maschinen vor sich sah, die zu solchen Zwecken eingesetzt wurden. Horace saß auf einem Stuhl mit hoher Lehne vor diversen Fernsehbildschirmen, auf denen die Bühne am Footballfeld zu sehen war. Außerdem war er umgeben von Computermonitoren, Keyboards und anderen elektronischen Geräten. Zahllose Kabelstränge an den Wänden verschwanden unter dem Dach und waren offenbar mit der Scheune verbunden.

»Nehmen Sie Platz, wo es Ihnen beliebt, Mr Harding«, sagte Horace, ohne sich umzudrehen.

»Was tun Sie da?«, flüsterte Sully.

»Wenn Sie das nicht bereits wüssten, wären Sie nicht hier«, antwortete Horace und tippte auf einige Tasten. »Also los.«

Er drückte auf eine weitere Taste, und man sah auf den Bildschirmen, wie Katherine Yellin auf ihr Handy starrte. Es klingelte einmal. Zweimal. Die Kameras zoomten auf Katherine, als sie das Handy aufklappte.

»Hallo … Diane?«, sagte sie. Ihre Stimme dröhnte so laut durch die Lautsprecher, dass Sully unwillkürlich zusammenzuckte.

»Hallo, Schwesterchen.«

Die Stimme von Diane Yellin.

Sully hörte sie im Keller des Farmhauses. Katherine hörte sie in ihrem Ohr. Das Publikum hörte sie auf der Tribüne. Und Menschen in aller Welt hörten sie vor ihrem Fernseher oder an ihren Computern – dank einem Signal, das von Horace' Geräten versendet, in einem Handy empfangen, durch einen Verstärker gejagt und mittels einer Netzwerkfrequenz verbreitet wurde.

Alexander Bells Traum, dass Menschen über große Distanzen hinweg miteinander sprechen könnten, war zu bizarrer Vollendung gelangt.

Die künstlich erzeugte Stimme einer Toten sprach nun mit lebendigen Menschen.

»Diane! Da bist du ja«, sagte Katherine.

Horace gab an einer Tastatur rasch etwas ein.

»Ich bin hier, Kath.«

»Diesmal hören noch viele andere Menschen zu.«

»Ich weiß … ich sehe es …«

»Diane, kannst du der Welt über den Himmel berichten?«

Horace warf die Hände in die Luft wie ein Pianist, der schwungvoll sein Konzert beendet, und murmelte: »Danke, Katherine Yellin.«

Er drückte auf eine Taste, und viele Worte erschienen auf einem Bildschirm. Dann drehte Horace sich um und sah Sully an.

»Es ist hilfreich, wenn man die Frage schon vorher weiß«, sagte er.

Was die Welt nun zu hören bekam, war eine vierundfünfzig Sekunden lange Erläuterung des Lebens nach dem Tode – gesprochen von der Stimme einer Toten. Diese Worte wurden unzählige Male niedergeschrieben, gedruckt, im Gedächtnis verankert und wiederholt.

Sie lauteten:

»Wir im Himmel können euch alle sehen … wir nehmen eure Gefühle wahr … wir sind vertraut mit eurem Leid und euren Tränen, doch wir selbst haben solche Gefühle nicht … hier gibt es keinen Tod und kein Alter … die Alten, die zu uns kommen, sind so wie die Kinder … niemand ist einsam … hier sind alle gleich … wir alle sind im Licht … das Licht ist Gnade … und wir alle hier sind … Teil des einen Großen.«

Die Stimme verstummte. Katherine blickte auf.

»Was ist das eine Große?«, flüsterte sie.

Horace nickte leicht, als habe er diese Frage erwartet, und drückte erneut auf eine Taste.

»Die Liebe … man wird damit geboren … und man kehrt zu ihr zurück.«

»Diane?«

»Schwesterchen …«

»Vermisst du mich auch so sehr wie ich dich?«

Horace zögerte einen Moment; dann gab er ein:

»Jede Minute.«

Katherine strömten Tränen übers Gesicht, und das Publikum sah ergriffen zu. Die Moderatorin deutete auf das Klemmbrett, und Katherine begann die Fragen vorzulesen.

»Hört Gott unsere Gebete?«

»Immer.«

»Wann wird er uns Antworten geben?«

»Ihr habt sie schon.«

»Seid ihr über uns am Himmel?«

»Wir sind immer in eurer Nähe.«

Sully trat näher zu Horace und sah, dass Tränen über dessen hageres Gesicht strömten.

»Dann wartet der Himmel wirklich auf uns?«

Horace holte tief Luft und schrieb einen letzten Satz:

»Nein, mein süßes Schwesterchen … *ihr* wartet auf den Himmel.«

Was im Keller des Farmhauses als Nächstes geschah, war abrupt und gewalttätig. Erst später konnte sich Sully wieder an die Einzelheiten erinnern – wie er Kabel aus Steckdosen riss, Monitore von Tischen fegte, das Regal voller Geräte umstieß. Er war wie geblendet von seinem Zorn, als seien seine Augen verschleiert, als höre er ein beständiges Dröhnen in seinem Kopf, das er zum Verstummen bringen musste. Er attackierte alles, was beweglich war, keuchend und in Rage. Als das Regal mit lautem Krachen umfiel, fuhr Sully herum und sah, dass Horace ihn beobachtete – nicht wütend, nicht aufgebracht und offenbar nicht einmal überrascht.

»SCHLUSS! AUS! NIE WIEDER!«, brüllte Sully.

»Es ist ohnehin erledigt«, erwiderte Horace ruhig.

»Wer *sind* Sie? Wieso haben Sie das den Menschen angetan?«

Jetzt wirkte Horace verblüfft.

»Wieso angetan? Ich habe niemandem etwas angetan.«

»Und ob! Es ist absolut widerwärtig, was Sie da gemacht haben!«

»Finden Sie?« Horace wies auf die verbliebenen Monitore. »Es sieht aber gar nicht widerwärtig aus.«

Durch Sullys Verwüstung war der Ton verloren gegangen, aber man sah noch immer die Bilder vom Footballfeld: Menschen, die jubelten und sich umarmten, die auf die Knie sanken und beteten, die an der Schulter anderer weinten. Katherine wurde von den anderen Gästen der Show umarmt. Die Moderatorin wanderte strahlend zwischen allen umher. Ohne Ton wirkte die ganze Szenerie noch surrealer.

»Das ist doch der reinste Wahnsinn«, flüsterte Sully.

»Wieso denn?«

»Weil es ein Schwindel ist. Eine Lüge.«

»Der Himmel? Sind Sie da so sicher?«

»Sie vermitteln falsche Hoffnung.«

Horace verschränkte die Hände im Schoß.

»Was kann falsch sein an Hoffnung?«

Sully stützte sich auf einen Tisch, weil er kaum noch Luft bekam. In seinen Augen pulsierte ein heftiger Schmerz, der ihn fast blind machte, und sein Hals fühlte sich wie zugeschnürt an.

Horace drehte an einem Knopf, und die Monitore wurden schwarz.

»Wir werden ja sehen«, sagte er.
»Damit werden Sie nicht davonkommen.«
»Bitte, Mr Harding …«
»Ich werde das publik machen.«
Horace schürzte die Lippen.
»Ich denke nicht, dass Sie das tun werden.«
»Sie werden mich jedenfalls nicht davon abhalten.«
Horace zuckte die Achseln.
»Versuchen Sie nur keine faulen Tricks – ich warne Sie.«
»Mr Harding. Sie verstehen mich falsch. Ich habe keinerlei Macht über Sie. Ich bin nicht in guter Verfassung.«
Sully schluckte, und in diesem Moment wurde ihm bewusst, dass Horace' Magerkeit, seine hohlen Wangen, die dunklen Schatten unter seinen Augen auf eine Krankheit zurückzuführen waren und nichts mit seiner Arbeit als Bestatter zu tun hatten, wie Sully zuvor immer vermutet hatte.
»Also … wer sind Sie?«, fragte Sully. »Sind Sie vom Militärgeheimdienst?«
Horace lächelte.
»Abhörattacken? Wanzen? Hacken?«
»Mehr als das.«
»Internationale Geheimdienste?«
»Reicht auch nicht.«
»Konnten Sie diesen Schwindel aufgrund Ihrer Vorgeschichte so durchziehen?«
Horace zog eine Augenbraue hoch. »Das da?« Er wies mit dem Kopf auf die zerstörten Geräte. »So was ist heutzutage nicht mehr schwer.«
»Erklären Sie es mir jetzt, verflucht noch mal!«
»Nun gut.«
In den folgenden Minuten erfuhr Sully zu seinem großen Erstaunen, wie weit die Technik inzwischen fortgeschritten war.

Nachrichten, die von den Verstorbenen in Mailboxen hinterlassen worden waren. Ein Provider, die diese Nachrichten jahrelang auf Servern gespeichert hatte. Stimmerkennungs-Software. Schnittprogramme. Horace war aufgefallen, dass fast alle Menschen täglich irgendwo mehrere Sprachnachrichten hinterlassen. Aus so vielen Wörtern ließ sich fast jeder Satz konstruieren. Manchmal wirkten sie unzusammenhängend oder stockend, weshalb man die Gespräche kurz halten musste. Der Prozess war jedenfalls einfacher, wenn man zusätzlich die Hintergründe der betreffenden Person kannte; wenn man Bescheid wusste über ihre persönliche Geschichte, ihre Familien, ihre Spitznamen – all diese Details hatte Horace sich durch die Nachrufe verschafft.

Als Horace endete, hatte Sully verstanden, wie diese Täuschung von Millionen von Menschen technisch machbar gewesen war. Doch das Motiv war ihm nach wie vor rätselhaft.

»Aber *warum* haben Sie das getan?«, fragte er Horace.

»Um der Welt den Glauben zurückzugeben.«

»Weshalb ist Ihnen das wichtig?«

»Wer glaubt, verhält sich verantwortungsvoller.«

»Aber was bringt Ihnen das persönlich?«

»Buße.«

Sully starrte Horace verblüfft an.

»Buße?«

»Manchmal sitzt man zu Unrecht hinter Gittern, Mr Harding.« Horace wandte den Blick ab. »Und manchmal ist es auch umgekehrt.«

Sully war völlig verwirrt. »Warum haben Sie ausgerechnet diese Menschen ausgesucht?«

»Habe ich gar nicht. Die Auswahl war beliebig. Es hätten auch andere sein können.«

»Und warum gerade in Coldwater?«

»Aber ist Ihnen das denn nicht klar?« Horace sah Sully fragend an. »Ihretwegen natürlich.«

»Meinetwegen? Was hat das denn mit mir zu tun?«

Horace sah zum ersten Mal erstaunt aus.

»Wissen Sie das wirklich nicht?«

Sully richtete sich auf und ballte die Fäuste.

»Tut mir leid«, sagte Horace. »Ich hatte geglaubt, Sie wüssten das längst.« Er blickte an Sully vorbei. »Wie haben Sie mich hier gefunden?«

Sully erklärte die einzelnen Schritte – Maria, die Bücherei, das Maklerbüro.

»Dann haben Sie doch bestimmt den Kaufvertrag gelesen.«

»Ja.«

»Lesen Sie ihn noch mal.«

Horace seufzte tief, legte die Hände auf den Tisch und erhob sich so mühsam wie ein angeschlagener Boxer nach dem Kampf. Er wirkte gebrechlicher denn je.

»Sie gehen nirgendwohin«, sagte Sully.

»Das wird nicht von Ihnen entschieden.«

»Ich rufe die Polizei.«

»Ich denke nicht, dass Sie das tun werden.«

Horace trat zur hinteren Wand des Raums. »Ihre Frau, Mr Harding. Es tut mir aufrichtig leid, dass Sie nicht von ihr Abschied nehmen konnten. Ich weiß, wie sich das anfühlt.«

Er zupfte am Sakko seines schwarzen Anzugs. An seinen mageren Händen traten die Adern hervor. »Es war wirklich eine schöne Zeremonie.«

»Ich verbiete Ihnen, über Giselle zu reden!«, schrie Sully. »Sie wissen nicht das Geringste über sie!«

»Das wird sich bald ändern.«

Horace legte die Handflächen aneinander, als wolle er beten. »Ich muss mich nun ausruhen. Entschuldigen Sie mich bitte.«

Damit drückte er auf einen Knopf an der Wand, und es wurde schlagartig dunkel.

*

In alter Zeit wurden Geschichten mündlich weitergegeben. Ein Bote wanderte über Berge. Ein Mann war tagelang auf einem Pferd unterwegs. Noch das wundersamste Ereignis wurde immer wieder aufs Neue besprochen, und es dauerte lange Zeit, bis Neuigkeiten sich verbreiteten.

Heutzutage beobachten wir die Welt alle gleichzeitig – sieben Milliarden Menschen, die auf dasselbe Lagerfeuer starren. Was auf dem Footballfeld von Coldwater geschah, wurde in die entferntesten Winkel der Zivilisation getragen – nicht innerhalb von Wochen oder Monaten, sondern binnen weniger Stunden. Und für kurze Zeit war die Vorstellung vom Himmel so greifbar wie nie zuvor.

»BEWEIS ERBRACHT!« oder »DER HIMMEL HAT GESPROCHEN!« lauteten die Schlagzeilen. Von Miami bis Istanbul versammelten sich Menschen in den Straßen, jubelten, umarmten sich, sangen und beteten. Kirchen, Synagogen, Moscheen und Tempel waren voll von Pilgern, die Buße tun wollten. Auf den Friedhöfen fanden sich Menschen ein, die sich dort noch nie zuvor hatten blicken lassen. Todkranke atmeten nun leichter, wenn sie die Augen schlossen. Es gab natürlich Zweifler – die gibt es immer – , doch für kurze Zeit sprach man überall auf der Erde über eine einzige Nachricht.

Hast du das gehört?

Wie denkst du darüber?

Glaubst du daran?

Ist es ein Wunder?

Nur ein Mann, der mit einem alten Buick eine Landstraße entlangraste, kannte die Wahrheit und hatte die Absicht, sie der

Welt zu offenbaren. Sully umklammerte das Lenkrad, kämpfte gegen seine Erschöpfung an. Ihm fiel auf, dass er zuletzt am Abend zuvor etwas gegessen hatte. Seine Hosenbeine waren nass und kalt, weil er noch lange im Schnee herumgestapft war und nach Horace gesucht hatte, der aber nicht mehr auffindbar gewesen war.

Sully hatte ziemlich lange gebraucht, um den Weg aus dem Keller zu finden. Horace hatte den Strom für das gesamte Anwesen abgeschaltet, und Sully war im Dunkeln umhergetappt, bis er die Treppe wiedergefunden hatte. Danach hatte er das Farmhaus, die Scheune und die umliegenden Waldstücke durchsucht – ohne Erfolg. Als es draußen allmählich dunkel wurde, beschloss Sully, die Suche aufzugeben und lieber die Welt über Horace' Machenschaften aufzuklären, bevor ihn womöglich jemand daran hindern konnte. Mit letzter Kraft hangelte Sully sich über den Zaun und war froh, als das Auto nach mehreren Startversuchen endlich ansprang.

Dichter Nebel erschwerte die Sicht ebenso wie die hereinbrechende Dämmerung, doch als Sully um eine Kurve bog, sah er eine lange Schlange roter Bremslichter auf der Straße nach Coldwater.

»Oh nein«, murmelte er. »Nein, nein. Bitte nicht.«

Die Sendung hatte einen verstärkten Massenandrang ausgelöst, und der Verkehr bewegte sich nur stockend. Sully hatte das Gefühl, in der Falle zu sitzen, und sehnte sich plötzlich so sehr danach, seinen Sohn im Arm zu halten, dass ihm Tränen in die Augen stiegen. Er zog sein Handy aus der Tasche und wählte die Nummer seiner Eltern. Zweimaliges Tuten, dann …

»Mami?«, fragte Jules.

Sully verschlug es die Sprache. Auch sein Sohn war betrogen worden. Er hatte irgendetwas mitbekommen.

»Mami?«, fragte Jules erneut. Sully hörte im Hintergrund die

Stimme seines Vaters: »Komm, Junge, gib mir jetzt das Telefon …«

Sully brach die Verbindung ab.

Ich denke nicht, dass Sie das tun werden, hatte Horace gesagt.

Hatte er womöglich recht?

War die Fälschung ebenso machtvoll wie der Glaube an den Himmel?

Sullys Atem ging schneller. Erbittert starrte er auf die lange Reihe von roten Lichtern vor ihm und schlug aufs Lenkrad. Nein. *Nein!* Er würde diesem unheimlichen, niederträchtigen Wahnsinnigen nicht unterliegen! Sully schaltete die Innenbeleuchtung ein und blätterte mit zitternden Händen in den Papieren auf dem Beifahrersitz. Als er eine bestimmte Telefonnummer gefunden hatte, gab er sie ein.

»Jupes?«, sagte er, als der Reporter sich meldete.

»Wer ist da?«

»Sully Harding.«

»Ach so. Ich hatte Sie nicht …«

»Hören Sie zu. Es ist eine vorsätzliche Täuschung. Die ganze Sache mit den Anrufen. Ich habe jetzt den Beweis.«

Am anderen Ende herrschte Stille.

»Sind Sie noch da?«, fragte Sully.

»Ich höre Ihnen zu«, antwortete Elwood.

»Das wurde alles mit Computern gefaked. Mit Software. Mit Technik. Aus Nachrichten auf Mailboxen hat man die Stimmen der Toten rekonstruiert.«

»Was?«

»Ja. Von Anfang an.«

»Moment mal …«

»Sie müssen es publik machen, hören Sie?«

»Augenblick, nun mal langsam. Wer hat es gemacht?«

»Es war …«

Sully unterbrach sich und schluckte. Er überlegte, was er sagen sollte. Mit einem einzigen Satz würde sich auf einen Schlag alles verändern. Danach würden Menschenmassen und Polizei das Bestattungsinstitut belagern. Plötzlich merkte Sully, dass er vorher noch etwas erledigen musste.

»Ich berichte Ihnen alles, wenn wir uns sehen«, sagte er zu Elwood. »Bin schon unterwegs, aber ich stecke im Stau.«

»Hören Sie zu, Harding. Ich kann von hier aus nicht genug bewirken. Die Zeitung erscheint erst nächste Woche wieder. Wenn es stimmt, was Sie sagen, weiß ich jemanden, der schneller handeln kann. Jemanden von der *Trib.*«

»Von der was?«

»Von der *Chicago Tribune.* Wir haben früher mal zusammengearbeitet. Dem Mann können Sie vertrauen. Soll ich ihn anrufen? Damit er sich bei Ihnen meldet?«

Sully presste sein Handy ans Ohr. Er fühlte sich einsamer als je zuvor in seinem Leben.

»Ja«, sagte er. »Er soll mich in einer Stunde anrufen. Vorher muss ich noch was erledigen.«

*

Fast alle Häuser in Coldwater waren mit Lichtern weihnachtlich geschmückt – doch an diesem Abend wurden auch die Lichter vor den Häusern angeschaltet, und man bat die Menschen auf den Straßen zu sich herein. Fremde gab es nicht mehr; wer sich in Coldwater aufhielt, war Teil des Wunders und wurde gastfreundlich bewirtet. Überall war fröhliches Lachen, das Hupen von Autos und Weihnachtsmusik zu hören.

Obwohl die Sendung schon vor mehreren Stunden geendet hatte, war das Footballfeld noch hell beleuchtet. Hunderte von Menschen hielten sich noch dort auf. Die berühmte Moderatorin und der Bürgermeister gaben Interviews. Katherine

Yellin wurde von zehn Statetroopern abgeschirmt, da sie unentwegt von Menschen bedrängt wurde, die fanatisch ihren Namen schrien oder ihr Fragen stellen wollten. Als Katherine einmal nach unten blickte, entdeckte sie Amy Penn vor der Bühne.

»Amy!«, schrie Katherine. »Komm rauf! Bitte, lassen Sie Amy Penn zu mir!«

Jack Sellers war unterdessen zu Tess gestoßen, und die beiden blieben dicht beisammen, während sie von Leuten umringt wurden, die Dinge wie »Danke!« oder »Gott ist allmächtig!« schrien. Auch die Uniform hielt die Menschen nicht davon ab, Jack die Hand zu schütteln oder ihn zu berühren. Jemand rief: »Polizeichef Sellers, bitte segnen Sie uns!« Als jemand Jack fest an der Schulter packte, fuhr er herum und sah seine Kollegen Ray und Dyson vor sich.

»Zur Stelle«, sagte Ray.

Die beiden flankierten Jack.

»Ich muss nach Hause«, sagte Tess und lehnte sich an ihn. »Bitte. Das ist jetzt alles zu viel für mich.«

»Na klar«, sagte er. »Komm.« Sie folgten Ray und Dyson, die sich durch die Menge drängten und schrien: »Bitte machen Sie den Weg frei! *Den Weg frei machen!*«

*

Im Krankenhaus saß Elias am Bett von Pastor Warren. Seit Diane Yellins Botschaft vom Himmel hatten die beiden meist geschwiegen. Nachdem Dianes Anruf plötzlich abgebrochen war, hatte Elias den Pastor gefragt: »Ist das nun der Beweis?«

Und Warren hatte leise geantwortet: »Wer glaubt, braucht keine Beweise.« Danach hatte Elias nicht mehr viel gesagt.

Die Schwester brachte einen neuen Infusionsbeutel, sagte etwas über »diese wunderbaren Neuigkeiten« und ging lächelnd hinaus. Die beiden Männer sahen ihr nach. Der Herzmonitor summte leise.

»Könnten Sie meine Hand nehmen, Elias?«, fragte Pastor Warren.

Elias ergriff die knochige Hand des Pastors und hielt sie ganz fest.

»Sie sind ein guter Baumeister«, sagte Warren leise.

»Sie auch«, erwiderte Elias.

Der Pastor blickte zur Decke hoch.

»Ich werde den Weihnachtsgottesdienst versäumen.«

»Vielleicht auch nicht. Vielleicht sind Sie dann ja gar nicht mehr im Krankenhaus.«

Warren lächelte matt und schloss die Augen.

»So wird es sein.«

*

Sully steckte weiterhin im Stau fest. In über einer Stunde war er nur knapp einen Kilometer vorwärtsgekommen. Der Mann von der *Chicago Tribune* meldete sich auch nicht. Sully schaltete das Radio ein. Fast jeder Sender berichtete über die Ereignisse in Coldwater, und überall hörte man Dianes Stimme.

»Wir im Himmel können euch alle sehen …«

Sully stellte das Radio aus. Er fühlte sich einsam und gefangen – in diesem Auto, im Verkehrsstau, in diesem Wissen, über das nur er allein verfügte. Er ging in Gedanken noch einmal alles durch, was Horace im Keller des Farmhauses gesagt hatte. Warum hatte der Mann sich für Coldwater entschieden? Was hatte dieser Ort mit ihm zu tun?

Dann haben Sie doch bestimmt den Kaufvertrag gelesen.

Ja.

Lesen Sie ihn noch mal.

Warum hatte Horace das gesagt? Der Kaufvertrag war ein

ganz gewöhnliches Dokument im Fachjargon, wie es jeder Hausbesitzer unterzeichnete.

Sully überlegte, ob er Liz anrufen sollte, damit sie ihm den Vertrag vorlas. Doch eine Art Beschützerinstinkt hielt ihn davon ab – als könnten böse Menschen ihr womöglich etwas antun, wenn er ihr sein Wissen offenbarte.

Er schrieb ihr stattdessen eine SMS.

Bist du in der Bücherei?

Wenige Sekunden später kam die Antwort:

Ja. Mache mir schrecklich Sorgen. Alles okay? Wo steckst du?

Ja, bin okay. Hast du den Kaufvertrag?

Von Horace' Haus?

Ja. Wo ist der?

Ein paar Sekunden verstrichen.

Hab ich dir gegeben.

Sully starrte auf die Nachricht. Dann griff er nach dem Stapel Papiere auf dem Beifahrersitz und legte hastig eines nach dem anderen beiseite. *Das nicht. Das nicht. Das nicht …* Da war er.

Der Kaufvertrag. Sully hielt ihn hoch. In der schwachen Innenbeleuchtung war die kleingedruckte Schrift schwer zu entziffern. Paragraphen über Provisionen, Quadratmeterzahlen etc. Was sollte daran bedeutsam sein? Sully überflog den Vertrag bis zu den Unterschriften am Ende.

Er blinzelte, um die Unterschrift des Käufers zu erkennen.

Dann las er sie noch einmal.

Und ein Schauer lief ihm den Rücken hinunter.

Die Unterschrift lautete: Elliot Gray.

Jemand hinter ihm hupte, und Sully erschrak so sehr, dass er sich fast den Kopf an der Decke gestoßen hätte. Er fluchte und starrte erneut auf die Unterschrift. Tausend Gedanken schossen ihm durch den Kopf. *Elliot Gray? Das war doch unmöglich!* Der Name, der ihn seit dem Unfall verfolgt hatte? Elliot Gray, der Towerlotse, der durch einen einzigen Fehler Sullys Leben zerstört hatte? Aber Elliot Gray war tot! Warum erlaubte sich Horace diesen grausamen Scherz? Wieso ...

Das Handy klingelte. Sully schaute aufs Display. Eine unbekannte Nummer. Er nahm das Gespräch an.

»Hallo?«

»Ben Gissen von der *Chicago Tribune.* Spreche ich mit Sullivan Harding?«

»Ja, der bin ich.«

»Okay. Also, ich habe einen merkwürdigen Anruf von einem alten Freund von mir bekommen, Elwood Jupes. Er schreibt für ein Blatt in Coldwa...«

»Ich bin im Bilde.«

»Gut. Elwood meinte jedenfalls, Sie hätten spezielle Informationen über diese Sache mit den Himmelsanrufen? Er meinte, es sei total wichtig. Was ist denn da genau passiert?«

Sully zögerte. Dann sagte er: »Was denken Sie persönlich denn darüber?«

»Ich?«

»Ja.«

»Ich ruf Sie nicht an, um meine Gedanken zu äußern, sondern um zu hören, was Sie mir berichten wollen.«

Sully holte tief Luft. Er bekam Elliot Gray nicht aus dem Kopf. *Elliot Gray?*

»Wo soll ich anfangen?«

»Wo Sie wollen«, antwortete der Journalist. »Vielleicht am besten mit …«

Die Verbindung brach ab.

»Hallo?«, rief Sully. *»Hallo?«*

Er blickte auf das Handy.

»Verflucht.«

Er hielt es hoch und starrte aufs Display. Der Akku war voll.

Sully drehte das Handy hin und her.

Wartete.

Ein paar Sekunden später klingelte es erneut.

»Tut mir leid«, sagte Sully. »Wir sind getrennt worden.«

»Nein. Niemals«, sagte eine sanfte Frauenstimme.

Sully stockte der Atem.

Giselle.

Was tut man, wenn Tote wiederkehren? Viele Menschen fürchten nichts so sehr wie das – andere sehnen es herbei.

»Sully?«, sagte Giselle, und er fühlte sich, als werde er aufgeschnitten, aufgerissen, als verblute er und verströme Trauer und Freude zugleich. Es war Giselles Stimme. Aus ihrem Mund, ihrem Körper, ihrer Seele. *Ihre Stimme.*

Aber.

»Ich weiß, dass du es nicht wirklich bist«, murmelte er.

»Mein Schatz. Tu es nicht.«

»Ich weiß, dass das nicht echt ist. Horace macht das.«

»Bitte. Wenn du mich liebst. Tu es nicht.«

Sully schluckte. Er konnte die Tränen nicht mehr zurückhalten. Er wollte dieses Gespräch nicht, und dennoch sehnte er sich so schmerzlich danach.

»Was soll ich nicht tun?«

»Es ihm sagen.«

Danach herrschte Stille.

Die nächsten Minuten waren die Hölle für Sully. Er schlug die Hände vors Gesicht. Schrie. Riss so heftig an seinen Haaren, dass seine Kopfhaut brannte. Schleuderte das Handy zu Boden. Hob es wieder auf. Brüllte den Namen seiner Frau, hörte aber nur seine eigene Stimme von den Fenstern widerhallen. Dieser brutale gewissenlose Horace mit seinem abscheulichen Betrug! Sully war übel, und er hatte das Gefühl, einen Kloß im Hals zu haben, an dem er ersticken würde, wenn er ihn nicht hinunterschluckte.

Als das Handy wieder klingelte, zitterte Sully so heftig, dass er sich selbst an den Ellbogen festhalten musste. Es klingelte mehrmals, bevor es Sully gelang, sich zu melden.

»Wer?«, flüsterte er.

»Ben Gissen. Mr Harding?«

Sully sank in seinem Sitz zurück. Obwohl er wusste, dass es sich um eine Täuschung handelte, wollte er Giselles Stimme wieder hören.

»Hallo? Hier ist Ben Gissen. Die Verbindung war weg.«

»Tut mir leid«, murmelte Sully.

»Okay, dann berichten Sie mal.«

Sully starrte auf die Autos vor ihm, und sein Blick schien sich plötzlich zu klären, wie wenn man aus tiefem Schlaf erwacht. Sully sah die Umrisse von Köpfen in dem Wagen vor ihm. Kinder? Jugendliche? Er dachte an Jules. Und an diese Menschen in Coldwater, die ebenso von Horace manipuliert wurden wie nun er selbst. Etwas Hässliches begann sich in Sully zu regen.

»Könnten Sie vielleicht nach Coldwater kommen?«, fragte er Ben Gissen. »Ich möchte darüber nicht am Telefon sprechen.«

»Können Sie wirklich beweisen, dass die Anrufe gefälscht sind? Ich kann nicht so viel Zeit entbehren, wenn ich nicht sicher …«

»Ich habe Beweise«, erwiderte Sully tonlos. »So viele Sie wollen.«

»Ich bin im Moment in Chicago. Es kann ein paar Stunden dauern, bis ich …«

Sully hatte das Gespräch schon beendet. Er brach aus der Kolonne heraus, wendete im Schnee und fuhr auf der Gegenfahrbahn zurück.

Ich werde dich umbringen, Elliot Gray, dachte er.

Und gab Gas.

*

Jack öffnete die Beifahrertür des Streifenwagens und half Tess beim Aussteigen.

»Vorsicht, hier ist es rutschig«, sagte er.

»Danke.«

Sie hatten wenig gesprochen während der Fahrt, nur ab und an »unfassbar« oder »nicht zu glauben« vor sich hin gemurmelt wie Menschen, die etwas Schlimmes durchgestanden haben. Hinter den Absperrungen am Straßenrand sangen und feierten zahllose fremde Menschen, deren Gesichter im Vorbeifahren kurz im Licht der Scheinwerfer aufleuchteten und dann wieder in der Dunkelheit verschwanden.

»Früher kannte ich mal fast alle Bewohner von Coldwater«, hatte Tess gesagt.

»Und ich wusste, wo sie wohnten«, fügte Jack hinzu.

Die Stille war ungewohnt, als sie jetzt zu Tess' Haustür gingen. An der Veranda blieben sie stehen und sahen sich an. Jacks Funkgerät meldete sich.

»Hey, Jack, hörst du mich?«

Jack drückte auf einen Knopf. »Ja, ich höre.«

Rauschen. »Kannst du sprechen?«

»Ich meld mich gleich bei dir.«

Jack steckte das Funkgerät in die Halterung zurück, seufzte und sah Tess wieder an. Es fühlte sich an, als ginge nun etwas zu Ende.

»Ich bin furchtbar müde«, sagte sie.

»Kann ich mir denken.«

»Aber bei dir muss es ja noch viel schlimmer sein. Lieber Himmel – seit wann bist du auf den Beinen?«

Jack zuckte die Achseln. »Weiß ich schon gar nicht mehr.«

Tess schüttelte den Kopf.

»Was?«, fragte Jack.

»Ich dachte nur an morgen.«

»Was passiert denn morgen?«

Tess schaute an ihm vorbei. »Das ist es ja gerade.«

Jack wusste genau, was sie meinte. Er selbst wurde schon den ganzen Abend von dem Gefühl verfolgt, dass er seine Aufgabe in dem Moment beendet hatte, als er der Welt von Robbies Anrufen erzählte.

»Aber hatte deine Mutter dir nicht von Anfang an gesagt, dass der Kontakt nicht von Dauer sein würde?«

Tess nickte und schloss die Augen. Sie beugte sich vor und lehnte für einen Moment den Kopf an Jacks Schulter. Dann öffnete sie die Augen und küsste Jack sachte auf die Lippen. Sein Funkgerät meldete sich erneut.

»Tut mir leid«, murmelte er. »Was hat man nur früher gemacht, als es diese Dinger noch nicht gab?«

Tess lächelte. »Keine Sorge. Danke, dass du mich heimgebracht hast.«

Sie ging ins Haus, und Jack kehrte zu seinem Streifenwagen zurück. Er wusste, dass er mit Doreen sprechen sollte, um ihr zu erklären, weshalb er seine eigenen Anrufe von Robbie vor ihr geheim gehalten hatte. Sie hatte ein Recht darauf, das zu erfahren. Doch zuerst drückte er den Sprechknopf an seinem Walkie Talkie, einem kabellosen Gerät, das gewiss sogar einen großen Erfinder wie Alexander Graham Bell beeindruckt hätte.

»Hier ist Jack«, sagte er. »Du kannst sprechen.«

»Jack, du musst sofort nach Moss Hill kommen.«

»Wieso? Was ist los?«

»Das musst du mit eigenen Augen sehen.«

*

Unsere Wünsche richten den Kompass aus, aber das wahre Leben lenkt den Kurs.

Katherine Yellin hatte nur das Andenken ihrer Schwester wahren wollen.

Amy Penn hatte nur eine berühmte Reporterin werden wollen.

Elias Rowe hatte nur in Ruhe sein Unternehmen leiten wollen.

Pastor Warren hatte nur Dem Herrn dienen wollen.

Die Wünsche hatten den Kompass ausgerichtet, doch die Ereignisse der letzten sechzehn Wochen hatten diese Menschen weit vom Kurs abgebracht.

Als Katherine von der Bühne geleitet wurde, fragte sie sich plötzlich, weshalb Diane sie zu Lebzeiten niemals »mein süßes Schwesterchen« genannt hatte.

Amy Penn, im Gefolge von Katherine, starrte so verstört auf den Medienrummel, als sei es ihr gerade gelungen, einer Sekte zu entkommen.

Elias Rowe fühlte sich ab jetzt verantwortlich für den Sohn von Nick Joseph – einen Jungen, den er noch nicht einmal kannte.

Und Pastor Warren, dessen Kirche zu voll geworden war für seine persönliche Mission, trat Dem Herrn alleine gegenüber, nachdem er in der Nacht zu Samstag im Krankenhaus seinen letzten Atemzug getan hatte.

Auch Sully Harding hatte einen Wunsch: Er wollte einen Mann namens Elliot Gray oder Horace Belfin oder wie auch immer er sich nannte, umbringen, für alles, was er Sully angetan hatte. Mit halsbrecherischer Geschwindigkeit raste Sully die Landstraße entlang, wutentbrannt, voller Rachsucht und Mordlust.

Doch als sich der Buick dem Anwesen näherte, lenkte das wahre Leben den Kurs. Sully trat abrupt auf die Bremse.

Blinkendes Blaulicht erhellte die Dunkelheit. Das Gelände war von Streifenwagen und einigen Autos umstellt, die Sully für Wagen vom FBI hielt. Überall wimmelte es von Polizisten.

»Großer Gott«, flüsterte Sully.

Unsere Wünsche richten den Kompass aus, das wahre Leben lenkt den Kurs. Sully Harding würde an diesem Abend niemanden umbringen.

Er legte den Rückwärtsgang ein.

NACH MITTERNACHT

In Coldwater wurde bis spät in die Nacht gefeiert, und die Lake Street war voller Menschen. In der Apfelmühle bekam man umsonst heißen Cider, und überall wurden selbstgebackene Kekse und Kuchen angeboten. Vor der Bank schmetterte ein Kirchenchor ein altes Lied:

Hoch oben im Himmel, Herr der Ewigkeit,
In deinem Reich erstrahlt dein Ruhm …

Drei Kilometer vor der Stadt verlor Sully Harding, der aufs Neue im Stau steckte, endgültig die Geduld, riss das Lenkrad nach rechts und holperte mit dem Wagen über die steinige Böschung zwischen der Straße und dem Lake Michigan. Er musste nach Hause. Musste seinen Sohn sehen. Musste Antworten finden.

Wie war die Polizei auf Horace' Anwesen gekommen? Wusste man, dass Sully dort gewesen war? Würde jetzt alles ans Licht kommen, und würde man als Nächstes nach ihm suchen? *Warum in Coldwater?*

Wegen Ihnen natürlich.

Wegen mir? Was hat das denn mit mir zu tun?

Wissen Sie das wirklich nicht?

Wer war Horace? War Elliot Gray noch am Leben? *Es konnte doch unmöglich Elliot Gray sein!* Sully versuchte sich zu konzentrieren, aber sein Kopf hämmerte, und er konnte keinen klaren Gedanken mehr fassen. Der Schweiß brach ihm aus, sein Nacken schmerzte, sein Hals war wie ausgetrocknet. Irgendwo in seinem Gehirn schien jemand *Fahr langsamer!* zu schreien, doch das war in weiter Ferne.

Er blinzelte heftig. Ein Stein wurde hochgeschleudert und knallte auf die Windschutzscheibe. Sully umklammerte krampfhaft das Lenkrad und versuchte der Straße zu folgen. Plötzlich erfasste das Licht der Scheinwerfer drei Menschen – einen Mann, eine Frau, ein Kind –, die ausgestiegen waren, um die Autoschlange zu betrachten. Die drei erstarrten, und Sully riss entsetzt die Augen auf. Er trat abrupt auf die Bremse und riss zugleich das Lenkrad herum. Der Wagen geriet ins Schlingern, kam von der Straße ab und raste den Abhang zum See hinunter. Einen Moment lang hing der Buick in der Luft, eher einem Flugzeug gleich als einem Auto. Und kurz bevor der Wagen auf den zugefrorenen See knallte, hatte Sully den Impuls, nach dem Griff für den Schleudersitz zu greifen.

Dann: der Aufprall. Das Auto landete auf dem Eis und schoss rückwärts. Sully knallte gegen die Beifahrertür, und ihm wurde schwarz vor Augen. Der Wagen kreiselte wild auf dem zugefrorenen See, bis er irgendwann zum Halten kam – ein an die zweitausend Kilo schweres Metallgefährt auf einer nicht allzu dicken Eisschicht.

Und Sully lag blutend und bewusstlos auf dem Vordersitz.

*

Kann nicht alles im Leben von der Liebe erreicht und durchdrungen werden?

Mabel Hubbard, von Geburt an gehörlos, schenkte Alexander Bell ein Klavier zur Hochzeit und bat ihn, täglich für sie zu spielen – gerade so, als könnten diese Klänge in ihre Stille vordringen. Jahrzehnte später, auf seinem Sterbebett, sagte seine Frau die Worte »verlass mich nicht«, und Bell, der nicht mehr sprechen konnte, antwortete mit Zeichensprache »niemals«.

Kann nicht alles im Leben von der Liebe erreicht und durchdrungen werden?

Sullys Bewusstsein war von Dunkelheit umhüllt; kein irdischer Ton hätte ihn wecken können. Dennoch hörte er von irgendwoher die Worte des allerersten Telefongesprächs der Welt, während das Eis des Sees unter dem Auto nachzugeben begann.

Komm her. Ich will dich sehen.

Was dann geschah, blieb für immer unerklärlich. Doch es war unbezweifelbar und real und würde Sully für den Rest seines Lebens in Erinnerung bleiben.

Er hörte drei Worte.

Handeln.

Er spürte, wie er aus dem Autowrack herausglitt.

Lenken.

Schwerelos wie ein Geist flog er durch die Dunkelheit und fand sich plötzlich in seiner Wohnung wieder. Er ging den Flur entlang und spähte in Jules' Zimmer. Und auf dem Bettrand saß Giselle, so jung und strahlend schön wie eh und je.

Verständigen.

»Hi«, sagte sie.

»Hi«, hörte Sully sich selbst sagen.

»Nur kurz. Du musst gleich wieder zurück.«

Einen Moment lang fühlte sich Sully so leicht und warm und unbeschwert, als sei er wieder ein kleiner Junge und liege auf einer Sommerwiese.

»Nein«, sagte er.

»Du darfst nicht störrisch sein.« Giselle lächelte. »So geht das nicht.«

Sie beugte sich über Jules.

»Wie schön er ist.«

»Du müsstest ihn sehen können.«

»Ich sehe ihn. Immer.«

Sully weinte innerlich, aber seine Miene änderte sich nicht, und in seinen Augen waren keine Tränen. Giselle wandte sich ihm zu, als fühle sie seine Verstörung. »Was ist?«

»Es kann doch nicht sein, dass du hier bist«, flüsterte er.

»Ich bin immer bei dir.«

Giselle deutete auf das Regal, in dem die Engelurne mit ihrer Asche stand. »Das war süß von dir. Aber die brauchst du nicht.«

Sully starrte sie an. Seine Augen konnten nicht blinzeln.

»Es tut mir so leid«, sagte er.

»Was denn?«

»Dass ich nicht bei dir sein konnte, als du gestorben bist.«

»Dafür konntest du doch nichts.«

»Ich habe mich nie von dir verabschiedet.«

»Das ist auch vollkommen überflüssig, wenn man jemanden liebt.«

Sully zitterte. Er spürte, wie alte Wunden in ihm wieder aufrissen.

»Ich habe mich so geschämt.«

»Warum?«

»Weil ich im Gefängnis war.«

»Das bist du immer noch.«

Giselle trat so dicht zu ihm, dass er eine starke Wärme spürte, die von ihrem Gesicht abstrahlte. Und in ihren Augen sah er jeden einzelnen Tag, den sie gemeinsam verbracht hatten.

»Hör jetzt damit auf«, flüsterte sie. »Vergib dir selbst. Ich habe nicht gelitten. Als ich wusste, dass du am Leben bist, war ich glücklich.«

»Wann war das?«

»Am Anfang.«

»An welchem Anfang?«

»Als ich starb.«

»Aber das ist doch das Ende.«

Giselle schüttelte den Kopf.

Und dann spürte Sully ganz plötzlich, wie er so ruckartig nach hinten gezerrt wurde, als habe ihn jemand gepackt. Die Körperempfindungen kehrten zurück. Eisige Kälte. Diffuse Schmerzen.

»Bitte sag es ihm nicht.«

Diesen Satz hatte Sully schon einmal von Giselle gehört. Doch erst jetzt verstand er, wen sie damit meinte.

Ihren gemeinsamen Sohn.

Giselle blickte auf Jules, der sich im Schlaf auf die Seite rollte. Unter seiner Schulter kam das hellblaue Spielzeughandy zum Vorschein.

»Sag ihm nicht, dass es keinen Himmel gibt. Er muss an etwas glauben können. Und er muss wissen, dass du es auch tust.«

»Es ist auch so«, erwiderte Sully.

»Ich liebe dich«, fügte er hinzu.

»Ich liebe dich auch«, sagte Giselle lächelnd.

Dann fühlte er sie überall um sich her, als halte sie ihn so fest in den Armen wie eine Mutter ihr weinendes Kind. Das Zimmer verschwamm in Lichtschwaden und Schatten, Sully wurde nach hinten gerissen und hörte die völlig absurd wirkenden Worte *Am Griff ziehen.*

Dann merkte er, wie er aus dem Auto fiel und die kalte Luft ihn wie ein Schlag traf. Er kroch über das schneebedeckte Eis, bis er ein paar Meter vom Auto entfernt war, und versuchte dann auf die Beine zu kommen. Sein Kopf blutete. Sully blickte zum Himmel auf, hielt Ausschau nach Giselle. Doch er hörte nur pfeifenden Wind und ein fernes Hupen.

»Giselle!«, ächzte er.

Und dann gab mit dröhnendem Krachen das Eis nach, und Sully sah benommen zu, wie der Buick langsam im schwarzen Wasser versank.

DER NÄCHSTE TAG

NACHRICHTEN
ABC NEWS

MODERATOR: Wir berichten von einer verblüffenden Entwicklung im sogenannten ›Wunder von Coldwater‹ in Michigan. Alan Jeremy ist für uns vor Ort.

(*Alan vor dem Anwesen von Horace Belfin*)

ALAN: Ja, und diese Entwicklung ist brandaktuell: Vor einer Stunde wurde bekannt, dass ein Mann namens Horace Belfin, der in Coldwater ein Bestattungsunternehmen leitete, möglicherweise jene Telefonanrufe erzeugt hat, die erst gestern die gesamte Welt bewegten – Anrufe, von denen vermutet wurde, dass sie aus dem Jenseits stammten. Belfin wurde am Freitagabend tot in seinem Haus aufgefunden, die Todesursache ist noch unbekannt. Wir sprachen mit Polizeichef Jack Sellers.

(*Jack Sellers*)

JACK SELLERS: Es hat den Anschein, als habe Mr Belfin mit Abhöraktivitäten zu tun gehabt. Wir können bis jetzt keine eindeutigen Aussagen machen. Mr Belfin verfügte jedoch über eine Vielzahl an modernsten technischen Geräten.

ALAN: Wir haben erfahren, dass auch Leute vom FBI hier eingetroffen sind. Aus welchem Grund?

JACK SELLERS: Das müssen Sie die betreffenden Personen selbst fragen.

ALAN: Mr Sellers, Sie selbst haben Anrufe von Ihrem verstorbenen Sohn bekommen. In welcher Weise beeinflusst …

JACK: Meine persönliche Geschichte ist nicht von Bedeutung. Ich leite hier lediglich die Ermittlungen.

(*Alan mit Demonstranten*)

ALAN: Zweifler und Kritiker des sogenannten ›Wunders‹ haben schnell reagiert.

DEMONSTRANT: Wir haben es doch von Anfang an gesagt! Wie kann man nur glauben, man könne mal eben zum Hörer greifen und mit Toten kommunizieren? Es war doch sonnenklar, dass es sich bei diesen Anrufen um eine Täuschung handeln musste!

(*Luftansicht von Horace' Anwesen*)

ALAN: Hier, auf diesem zwei Hektar großen Farmgelände lebte Belfin, der vor zwei Jahren einen Anteil am Bestattungsunternehmen Davidson & Söhne erwarb. Belfin war unverheiratet und hatte laut offizieller Aussagen des FBI auch keine Familie. Mehr wissen wir im Augenblick nicht. Wir melden uns in Kürze wieder mit weiteren Stellungnahmen. Im Augenblick jedenfalls scheint es, als sei das sogenannte ›Wunder von Coldwater‹ in Wahrheit gar kein Wunder gewesen …

ZWEI TAGE SPÄTER

Am Weihnachtsmorgen fiel frischer Schnee. Vor den Kirchen wurden die Treppen freigeschaufelt, und überall stiegen Rauchschwaden aus den Schornsteinen auf. Die Kinder, die in den Häusern ihre Geschenke aufrissen, achteten in ihrer freudigen Aufregung nicht weiter auf den bedrückten Gesichtsausdruck ihrer Eltern.

In der Harvest of Hope Baptist Church fand am Vormittag ein Weihnachtsgottesdienst statt, der zugleich auch Trauerfeier für Pastor Warren war. Pater Carroll hielt die Trauerrede, und die anderen Geistlichen des Ortes erwiesen dem Pastor die letzte Ehre. Elias Rowe erschien zum ersten Mal seit seiner Offenbarung wieder in der Kirche; wiederum stand er auf, aber diesmal sprach er die Worte: »Egal, was nun vielleicht behauptet wird: Ich weiß, dass unser Pastor jetzt im Himmel ist.«

Katherine Yellin nahm auch am Gottesdienst teil, begleitet von Amy Penn, die nun überall von Katherine als ihre »Freundin« vorgestellt wurde. Zum ersten Mal seit Monaten hielt Katherine kein Handy in der Hand.

In Tess Raffertys Haus drängten sich mehr Gäste denn je, doch die Stimmung war gedämpft. Tess und Jack servierten gemeinsam Pancakes. Als Jack merkte, wie Tess nach einem Blick auf das Telefon in der Küche Tränen in die Augen traten, lächelte er sie tröstend an.

Im Wohnzimmer seiner Eltern sah Sully Harding zu, wie Jules sein letztes Geschenk auspackte – einen Stapel Ausmalhefte von Liz. Sie saß neben dem Jungen am Boden, und ihre vormals rosa Haarsträhne leuchtete jetzt in weihnachtlichem Grün.

»Wie geht's dir heute?«, fragte Fred Harding seinen Sohn.

Sully berührte den Verband an seiner Schläfe. »Tut nur noch beim Denken weh.«

Als er sah, dass Jules intensiv mit seinen Geschenken beschäftigt war, stand Sully auf, ging in sein einstiges Kinderzimmer und schloss die Tür hinter sich. Der Raum wurde jetzt als Gästezimmer benutzt, aber an der Wand hingen noch immer Sullys alte Sporturkunden und ein paar Footballfotos.

Sully zog einen zerknitterten an ihn adressierten Brief aus seiner Tasche. Seine Gedanken wanderten zurück zu seinem Unfall am See. Während der Buick im Wasser unterging, war Sully über die restliche Eisfläche gewankt und dann an der Böschung zusammengebrochen. Irgendwann hatte er ein Martinshorn gehört; jemand hatte einen Krankenwagen gerufen, und Sully wurde ins Krankenhaus gebracht und verarztet. Man stellte eine schwere Gehirnerschütterung fest, und der Arzt war völlig verblüfft, weil Sully so schnell wieder bei Bewusstsein gewesen war, dass er das Versinken des Autos noch hatte beobachten können. Er konnte kaum länger als eine Minute ohnmächtig gewesen sein.

Man behielt Sully zur Beobachtung über Nacht im Krankenhaus. Als er am nächsten Morgen benommen die Augen aufschlug, sah er Jack Sellers hereinkommen. Der Polizeichef trug seine Uniform und schloss die Tür hinter sich.

»Und, kommen Sie wieder in Ordnung?«, fragte er Sully.

»Ich denke schon.«

»Was können Sie mir über ihn sagen?«

»Über wen?«

»Horace Belfin.«

»Nicht viel«, log Sully.

»Er hatte wohl so einiges am Laufen«, sagte Jack. »Besaß technische Geräte, wie ich noch nie welche zu Gesicht gekriegt habe. Und zwanzig Minuten, nachdem ich auf dem Anwesen ankam, tauchten haufenweise Leute vom FBI da auf, die uns sagten, wir sollten über alles dort Stillschweigen bewahren. Die haben das gesamte Zeug mitgenommen.«

»Wie haben Sie Horace gefunden?«

»Er hat uns angerufen.«

»*Er* hat bei der Polizei angerufen?«

»Am Freitagnachmittag. Sagte, auf seinem Anwesen läge ein Toter. Als wir hinkamen, fanden wir ihn in einer Art Geheimraum unten im Keller auf dem Boden.«

Jack hielt inne und fügte dann hinzu: »Er selbst war der Tote.«

Sully wurde schwindlig, und er sank auf sein Kissen zurück. Das ergab doch alles überhaupt keinen Sinn. Horace Belfin – *Elliot Gray* – war tot?

»Hören Sie«, sagte Jack und griff in seine Tasche. »Ich verstoße hier gegen eine Million Gesetze. Aber ich habe das hier in seinem Schreibtisch gefunden und an mich genommen, weil das sonst jemand anderer getan hätte. Und weil ich endlich wissen möchte, was da abgelaufen ist, und nicht will, dass der Rest der Welt davon erfährt. Die letzten Monate waren anstrengend genug.«

Sully nickte, und Jack reichte ihm einen Brief, den er zuvor zusammengefaltet hatte.

»Zeigen Sie das niemandem. Lesen Sie es erst, wenn Sie wieder zuhause sind. Und dann …«

»Ja?«, fragte Sully.

Jack atmete langsam aus. »Dann rufen Sie mich an, denk ich mal.«

Sully hatte bis zum Weihnachtsmorgen gewartet, bis er den Brief öffnete. Immer wieder sah er vor seinem geistigen Auge Giselle lächelnd an Jules' Bett sitzen.

Wie schön er ist.

Du müsstest ihn sehen können.

Ich sehe ihn. Immer.

Seit dieser Vision war Sully kaum von Jules' Seite gewichen – als könne das Zusammensein mit seinem Sohn sie alle drei wieder vereinen. Elwood Jupes und dem Reporter von der *Chicago Tribune* hatte Sully gesagt, er sei betrunken und nicht zurechnungsfähig und wegen der Sendung völlig durcheinander gewesen. Die beiden ließen ihn schließlich irgendwann in Ruhe und verfolgten andere Hinweise. Doch als Sully jetzt aus dem Nebenraum Jules lachen hörte, während der Junge mit seiner Freundin Liz spielte, fühlte er sich bereit, diesen Umschlag zu öffnen und sich dem Inhalt zu stellen – der vielleicht eine Erklärung liefern würde für den Irrsinn der letzten Monate.

Sully riss den Umschlag auf und nahm den Brief heraus.

Lieber Mr Harding,

hiermit möchte ich Sie um Verzeihung bitten. Wie Sie inzwischen sicher wissen, lautet mein wirklicher Name Elliot Gray. Ich bin der Vater von Elliot Gray junior, meinem einzigen Kind, mit dem Sie auf tragische Weise Bekanntschaft gemacht haben.

Ich war derjenige, der am Tag Ihres Unfalls am Flugplatz von Lynton im Tower die Flugdaten vernichtet hat. Für jemanden mit meiner Vorgeschichte war das ein Leichtes.

Ich tat es aus dem unsinnigen Impuls heraus, meinen Sohn schützen zu wollen.

Wir hatten uns seit vielen Jahren entfremdet. Die Mutter meines Sohnes war schon lange tot, und er hielt nichts von meinem Beruf. Ich kann es ihm nicht übel nehmen. Es war eine heimliche Arbeit im Gewerbe der Täuschung, und sie hatte zur Folge, dass ich oft monatelang nicht zuhause war. Ich habe diese Arbeit für mein Land und meine Regierung ausgeübt, doch beides bedeutet mir inzwischen erstaunlich wenig.

An jenem Morgen hatte Elliot meine Anrufe abgewiesen, weshalb ich unangekündigt bei ihm zuhause erschien. Ich wollte mich mit ihm versöhnen, weil ich achtundsechzig Jahre alt war und man eine unheilbare Krebserkrankung bei mir diagnostiziert hatte. Es war höchste Zeit, reinen Tisch zu machen.

Doch leider hatte Elliot kein Interesse daran und war alles andere als erfreut, mich zu sehen. Es kam zu einem Streit. Väter meinen vielleicht immer, man könnte am Ende noch Frieden schließen – doch das gelang mir nicht. Stattdessen stürmte Elliot wütend aus dem Haus. Und eine Stunde später erteilte er Ihnen fälschlicherweise die Flugfreigabe.

In solchen Momenten nehmen Leben eine andere Wendung.

Ich glaube, dass meine Anwesenheit Grund für die Unkonzentriertheit meines Sohnes war. Mein Sohn hatte seine Schwächen. Aber seine Arbeit war – wie auch die meine – immer tadellos. Ich war zum Tower gefahren, um Elliot einen Umschlag mit meinem Testament zu übergeben. Den hätte ich zwar auch bei ihm zuhause hinterlegen können, aber ich glaube, dass ich Elliot insgeheim noch ein letztes Mal sehen wollte. Als ich am Flugplatz ankam, hörte ich in der Ferne den Aufprall Ihrer Maschine.

Es gibt keine Worte, um diesen Moment zu beschreiben. In meiner Ausbildung hatte ich den Umgang mit unerwarteten und chaotischen Situationen erlernt. Mein Sohn je-

doch geriet in Panik. Als ich ihn im Tower alleine vorfand, schrie Elliot nur: »Was habe ich getan? Was habe ich getan?«

Ich befahl ihm, die Tür des Raums abzuschließen und alles andere mir zu überlassen. Dann löschte ich rasch alle Daten – in der Annahme, dass man Elliot dann nichts nachweisen könnte.

Während ich damit beschäftigt war, flüchtete Elliot aus irgendeinem Grund. Bis heute weiß ich nicht, warum. So ist das immer, wenn man abrupt verlassen wird, nicht wahr? Es bleiben so viele Fragen unbeantwortet.

In dem Chaos, das danach ausbrach, konnte ich den Flugplatz unbemerkt verlassen – auch darin war ich Experte. Doch als ich dann von Elliots Unfall und seinem Tod und vom schlimmen Zustand Ihrer Frau erfuhr, wurde ich von schrecklicher Reue geplagt. Ich komme aus einer Welt, in der man versucht, Gleichgewichte zu erhalten. Ich war für meinen Sohn verantwortlich, doch Sie und Ihre Frau waren versehentlich ins Kreuzfeuer geraten. Es wurde mir zu einem dringlichen Anliegen, etwas wiedergutzumachen.

Bei Elliots Begräbnis wenige Tage später hörte ich Freunde meines Sohnes mit Liebe und Respekt über seinen Glauben an eine bessere Welt nach der jetzigen sprechen. Sie sagten, er habe an die Gnade des Himmels geglaubt. Was ich ebenso wenig gewusst hatte, wie ich seine Freunde gekannt hatte.

Zum ersten Mal in meinem Leben weinte ich wegen meines Kindes.

Ich kam nach Coldwater, um meine Schulden zu begleichen – bei Ihnen und bei meinem Sohn.

Da ich mir leicht Zugang zu Ihrer Militärakte verschaffen konnte, wusste ich Bescheid über Ihre Vorgeschichte. Ich verfolgte Ihre Rückkehr hierher, wusste, dass Sie Ihren Sohn bei

Ihren Eltern untergebracht hatten, während Sie im Krankenhaus an der Seite Ihrer Frau weilten. Als ich von Ihrer Anklage hörte, hatte ich heftige Schuldgefühle, weil ich wusste, dass man kein Material finden würde, das Sie entlasten könnte. Durch den Prozess war Elliots Tod auch immer wieder Gegenstand der Medien, und ich fand innerlich keine Ruhe mehr.

Ich bin immer ein Mann der Tat gewesen, Mr Harding. Da ich wusste, dass auch ich selbst dem Tode nahe war, kaufte ich dieses Grundstück bei Coldwater und nahm eine neue Identität an (was durch meine Tätigkeit für die Regierung ebenfalls kein Problem darstellte). Ein glücklicher Zufall spielte mir Sam Davidson zu, der sich aus seinem Lebenswerk, dem Bestattungsinstitut, zurückziehen wollte. Wenn man dem Tod ins Auge blickt, entfaltet er eine mysteriöse Anziehungskraft. Ich erstand einen Anteil an dem Unternehmen und stellte dann fest, dass die Trauer anderer Menschen mich zu trösten vermochte. Ich hörte mir die Geschichten der trauernden Hinterbliebenen an. Häufig bereuten sie irgendetwas, und fast alle hatten diesen einen Wunsch – der wohl auch mich damals zum Flugplatz geführt hatte –, noch einmal mit ihren Lieben sprechen zu können.

Ich beschloss, einigen wenigen genau das zu ermöglichen. Um als letzte Handlung in meinem Leben etwas Gutes zu tun und Ihnen und Ihrem Sohn nach dem Dahinscheiden Ihrer Frau vielleicht eine Art von Hoffnung zu geben.

Über den Rest – die acht Stimmen, den Zeitpunkt, alle weiteren Details – sind Sie vermutlich inzwischen im Bilde. Sie werden aber kaum Beweismaterial finden, denn meine einstigen Arbeitgeber werden dafür sorgen, dass es keine Spuren gibt. Wenn man meinen Beruf so lange ausge-

übt hat wie ich, ist man niemals im Ruhestand; und da man gewiss kein Aufsehen um meine Person haben will, wird man dafür sorgen, dass meine Identität im Verborgenen bleibt.

Doch Ihnen teile ich das alles mit, Mr Harding, weil ich meine Schuld bei Ihnen niemals wettmachen kann. Sie vermuten vielleicht, dass jemand mit meinem Hintergrund nicht an Gott glaubt. Doch es verhält sich anders. Nur mit meinem starken Glauben an Gott konnte ich meine Handlungen so viele Jahre lang rechtfertigen.

Meine Taten in Coldwater dienten der Buße. Wie wir alle werde ich sterben, ohne um die Folgen meines Handelns zu wissen. Doch selbst wenn meine Arbeitsmethoden enthüllt werden, werden die Menschen das glauben, was sie glauben wollen. Und wenn durch diese Anrufe ein paar Seelen mehr zum Glauben gefunden haben, wird Der Herr vielleicht gnädig sein mit mir.

Wenn Sie diese Zeilen lesen, werde ich jedenfalls um das Geheimnis des Himmels wissen. Wenn ich wahrhaftig mit Ihnen in Verbindung treten und Ihnen vom Himmel berichten könnte, so würde ich das natürlich machen – das wäre das Mindeste, was ich tun könnte, um meine Schuld zu begleichen.

Doch stattdessen beende ich diesen Brief so, wie ich ihn begonnen habe – indem ich Sie um Verzeihung bitte. Vielleicht werde ich das in Kürze auch bei meinem Sohn tun können.

Auf Wiedersehen
Elliot Gray senior alias Horace Belfin

Wie befreit man sich von Zorn? Wie trennt man sich von Wut, auf der man so lange gestanden hat, dass man den Boden unter den Füßen verlöre, würde jemand sie wegziehen?

Als Sully mit diesem Brief in Händen in seinem einstigen Kinderzimmer saß, spürte er, wie seine Bitterkeit mit seltsamer Leichtigkeit verflog. Elliot Gray, den er so lange als Feind gesehen hatte, erschien ihm nun wie ein Mann, dem man seinen Fehler verzeihen konnte. Das Verschwinden der Flugdaten war nunmehr ebenso erklärt wie die Täuschung, die Coldwater monatelang in Atem gehalten hatte. Sogar Horace erschien Sully nun menschlich – einfach als trauernder Mann, der versucht hatte, etwas wiedergutzumachen.

Manchmal sitzt man hinter Gittern, obwohl man es nicht verdient hat, Mr Harding. Und manchmal ist es auch umgekehrt.

Sully las den Brief noch einmal von vorne. »Acht Stimmen« – unwillkürlich ging Sully sie in Gedanken noch einmal durch. Anesh Baruas Tochter: eins. Eddie Doukens Exfrau: zwei. Jay James' Geschäftspartner: drei. Tess Raffertys Mutter: vier. Jack Sellers' Sohn: fünf. Katherine Yellins Schwester: sechs. Elias Rowes ehemaliger Angestellter: sieben. Elwood Jupes' Tochter: acht.

Acht.

Hatte Horace mit Absicht Giselles Stimme nicht mitgerechnet – die Stimme, die er zuletzt erzeugt hatte?

Sully griff nach seinem Handy und überprüfte die Anrufliste von Freitagabend. Der Reporter von der *Chicago Tribune* hatte um 19.47 Uhr angerufen. Bei dem Anruf davor – mit Giselles Stimme – war die Nummer unterdrückt.

Er war um 19.44 vermerkt.

Sully suchte in seinen Taschen nach der Telefonnummer, die Jack Sellers ihm im Krankenhaus gegeben hatte, und tippte sie rasch ein.

»Sellers«, meldete sich Jack.

»Sully Harding.«

»Ah, hallo. Frohe Weihnachten.«

»Danke. Das wünsche ich Ihnen auch.«

»Hören Sie, ich bin im Moment gerade bei Freunden …«

»Ja, ich bin auch bei der Familie …«

»Möchten Sie mich irgendwo treffen?«

»Nein, ich will Ihnen nur eine einzige Frage stellen.«

»Bitte.«

»Es geht um Horace.«

»Ja?«

»Wann war der genaue Zeitpunkt seines Todes?«

»Er war bereits tot, als meine Leute eintrafen. Ray war der Erste vor Ort und hat es vermerkt. Er war um 18.52 Uhr dort.«

»Was?«

»Um 18.52 Uhr.«

Sully zitterte plötzlich am ganzen Körper.

19.44 Uhr.

»Sind Sie ganz sicher?«, fragte er.

»Absolut.«

Sully war schwindlig.

Er beendete das Gespräch.

Wir sind getrennt worden.

Nein. Niemals.

ZWEI MONATE SPÄTER

Jede kleine Stadt hat einen eigenen Rhythmus, unabhängig davon, wie viele Menschen kommen und gehen. In den nächsten Wochen und Monaten fand Coldwater diesen eigenen Rhythmus wieder – Wohnmobile verschwanden, Verkaufsstände wurden abgebaut, die Fremden verließen die Stadt. In Frieda's Diner gab es wieder freie Plätze. Parken war nirgendwo mehr ein Problem. Und hinter der Bank konnte man den Direktor – und Bürgermeister – dabei beobachten, wie er gelangweilt mit einem Bleistift spielte.

Niemand bekam mehr mysteriöse Anrufe. Man feierte Weihnachten und Silvester.

Katherine Yellin hörte ebenso wenig jemals wieder die Stimme ihrer Schwester wie alle anderen die Stimmen von Verstorbenen hörten. Es war, als sei das Wunder vom Wind davongefegt worden wie die Samen einer Pusteblume.

Die Nachrichten über Horace Belfin und seinen mysteriösen Tod sorgten tagelang für wilde Spekulationen. Viele Leute behaupteten nun auch, die Himmelsanrufe seien eine vorsätzliche Täuschung gewesen, erzeugt von diesem sonderbaren alten Mann, der – laut einem Pressesprecher des Militärgeheimdiensts – aus einer Bürotätigkeit bei einer Behörde in Virginia ausgeschieden sei, nachdem er von seinem inoperablen Gehirntumor erfahren hatte.

Doch es gab so gut wie keine präziseren Einzelheiten. Die Geräte aus Belfins Haus wurden vom FBI mitgenommen, das hernach verlauten ließ, man habe keine aufschlussreichen Daten finden können. Die Medien verfolgten die Story noch eine Weile, doch ohne die Anrufe vom Himmel wurde sie rasch fade, und die Reporter wandten sich davon ab wie ein Kind, das ein halb gelesenes Buch auf dem Tisch liegen lässt.

Die Pilger verschwanden nach und nach aus den Vorgärten und von den Feldern.

Da es nichts mehr gab, wogegen man protestieren konnte, reisten auch die Demonstranten ab.

Bischof Hibbing und die katholische Kirche schlossen die Akte über das Wunder von Coldwater.

Und wie es mit allen Wundern geschieht: Wenn das Leben weitergeht, erzählen jene, die daran geglaubt haben, noch jahrelang mit Staunen davon. Und den anderen ist es einerlei.

Obwohl viele Menschen in Coldwater den Verlust jener Himmelsstimmen bedauerten, schien niemand zu bemerken, dass sie in gewisser Weise die Menschen zu dem geführt hatten, was sie gebraucht hatten.

Katherine Yellin, die nach Dianes Tod so einsam gewesen war, hatte in Amy Penn eine Freundin gefunden, die wie eine Schwester für sie war.

Und Amy, die früher so besessen gewesen war von ihrer Karriere in den Medien, kündigte bei ihrem Sender und mietete ein kleines Haus in Coldwater, wo sie tagtäglich mit Katherine Kaffee trank und ein Buch über ihre Erlebnisse in dieser kleinen Stadt in Michigan schrieb.

Tess Rafferty und Jack Sellers spendeten sich gegenseitig Trost, und die Wunden, die der Verlust lieber Menschen gerissen hatte, konnten verheilen.

Die Kirchen von Pater Carroll und den anderen Geistlichen hatten regen Zulauf, worum man seit Jahren gebetet hatte. Elias Rowe baute eingedenk seiner Gespräche mit Pastor Warren der Familie von Nick Joseph ein kleines Haus und gab Nick junior seinen ersten Sommerjob beim Bau, wo er über die Jahre genug Geld verdienen konnte, um sich sein Studium zu finanzieren.

Sully Harding nahm die Urne mit der Asche seiner Frau Giselle aus dem Regal in seiner Wohnung und brachte sie in einem Urnengrab auf dem Friedhof unter.

Danach schlief er zum ersten Mal seit Jahren wieder ruhig und friedlich.

*

Es heißt, Alexander Graham Bell habe den ersten Einfall für die Erfindung des Telefons schon in seiner Jugend gehabt. Ihm war aufgefallen, dass bei einem offenen Flügel jeweils eine bestimmte Saite ins Schwingen geriet, wenn man eine bestimmte Note sang. Wenn Bell ein A sang, vibrierte die A-Saite. Und so wurde die Idee geboren, Stimmen durch Drähte miteinander zu verbinden.

Doch diese Idee war nicht neu. Wenn wir rufen, werden wir gehört. So war es schon seit Anbeginn des Glaubens, und so ist es noch heute, wenn in einer kleinen Stadt namens Coldwater spätabends ein siebenjähriger Junge ein Geräusch hört, die Augen aufschlägt, ein blaues Spielzeugtelefon ans Ohr hält und mit seinem Lächeln beweist, dass der Himmel immer für uns da ist und keine Seele, deren Andenken bewahrt wird, jemals verloren geht.

ANMERKUNG DES AUTORS

Dieser Roman spielt in der erfundenen Stadt Coldwater im Bundesstaat Michigan. Es gibt in Michigan tatsächlich eine Stadt namens Coldwater – ein schöner Ort, der einen Besuch wert ist. Doch sie ist nicht identisch mit der Stadt aus diesem Buch.

DANKSAGUNG

Dieses Buch entstand mithilfe von Gott, literweise Kaffee, einem Tisch an einem Fenster in Michigan und der Liebe meiner Familie und meiner Freunde.

Es wurde in einer schwierigen Zeit verfasst, in der ich viel Unterstützung erfahren habe. Worte sind ein kärglicher Dank, doch so herzlich und intensiv, wie es mit Tinte möglich ist, möchte ich mich bedanken bei Janine für jede kostbare Minute; bei Kerri Alexander für ihre Partnerschaft und Treue; bei Ali, mit dem ich viele Skype-Gespräche geführt habe; bei Phil McGraw für seinen engagierten Einsatz; bei Lew C. fürs Verstehen; bei David Wolpe und Steve Lindemann, zwei Männern Gottes, die himmlische Geduld an den Tag legten; bei Augie Nieto, der ein guter Freund ist; bei Eileen H. und Steve N., deren Mut mich beflügelt hat; bei den Kindern von HFH Haiti, wo ich hinreiste, um meine Ziele nicht aus den Augen zu verlieren; und ganz besonders und auf eine Weise, die nur sie verstehen können, bei zwei wahren Freunden, Marc Rosenthal (mit dem ich seit meinem zwölften Lebensjahr befreundet bin) und Chad Audi (mit dem ich seit meinem siebenundvierzigsten Lebensjahr befreundet bin). Da kann ich nur sagen: Endlich war es so weit!

Ach ja, Mendel hängt natürlich immer noch rum.

David Black ist jetzt seit einem Vierteljahrhundert für mich da, wofür ihm eine Medaille gebührt. Ich danke ihm von ganzem Herzen für seinen unerschütterlichen Glauben an mich, und auch all den tollen Leuten in seiner Agentur: Sarah, Dave,

Joy, Luke, Susan, die über die Welt herrscht, und Antonella, die über das Cyberspace herrscht.

Großer Dank auch an meine neue Familie bei HarperCollins, wo ich in allen Abteilungen – ob Vertrieb oder Werbung, Presse oder Herstellung – so herzlich empfangen wurde. Meine ganz besondere Dankbarkeit gilt der neuen kreativen Kraft an meiner Seite, Karen Rinaldi, die achtzehn Jahre lang dranblieb, um es wahr zu machen, und deren liebevolle Betreuung diesem Buch auf jeder Seite anzumerken ist, sowie Brian Murray, Jonathan Burnham und Michael Morrison, die mit mir den Sprung gewagt haben.

Ein spezieller Dank übers Meer an David Brown von Little Brown UK, dessen stets feinfühlige Anmerkungen mir das Gefühl gaben, das Richtige zu tun, und an Margaret Daly, die beste Freundin, die ein Amerikaner in Irland haben kann.

Mein Vater sagte mir, alles werde gut – »du musst einfach nur an deinem Buch weiterschreiben« –, und er hatte recht, wie immer. Meine Liebe für meine Eltern kennt keine Grenzen. Und meine ersten Leser Ali, Trish und Rick haben mir den Ansporn gegeben weiterzumachen.

Und jede Giselle, Alli oder Marguerite, über die ich schreibe, ist in Wirklichkeit Janine. Wie sonst sollte ich mir eine so starke Liebe vorstellen können?

Ferner möchte ich dankend erwähnen, dass zahlreiche Bücher und Zeitungsartikel mir bei meinen Recherchen zum Telefon und seiner farbigen Geschichte ungemein hilfreich waren. Und ich danke dem Bundesstaat Michigan, den ich liebe – es war mir eine Freude, ihn endlich zum Schauplatz einer Geschichte machen zu können, auch wenn es eine erfundene ist.

Zuletzt – und zugleich zuallererst – ist alles, was in meinem Herzen und mit meinen Händen geschaffen wurde, durch Gott und mit Gottes Hilfe entstanden. Wir mögen die Wahrheit über

Anrufe vom Himmel nicht kennen, aber eines wissen wir mit Sicherheit: Im Laufe der Zeit wird Er alle Rufe erhören. Und Er hat auch meinen erhört.

MITCH ALBOM
Detroit, Michigan, im Juni 2013